시어니 트월과 마법 시리즈 ❷

시어니 트월과 거울 마법

The Glass Magician

시어니 트윌과
거울 마법

찰리 N. 홈버그 지음 ┃ 공보경 옮김

이덴슬리벨

······ ★ 차례 ★ ★·····

누구보다 먼저 나를 믿어준
내 자매 알렉스에게 바칩니다.

1

늦여름 산들바람이 열린 주방 창문으로 흘러들자 시어니의 생일 케이크에 꽂힌 작은 촛불 스무 개가 심지를 중심으로 흔들흔들 춤을 추었다. 시어니가 직접 만든 케이크는 아니었다. 자기 생일에 직접 생일 케이크를 만드는 사람은 없으니까. 케이크를 만든 사람은 어머니였다. 어머니는 요리를 잘하고 시어니보다 빵을 더 잘 구웠으므로 시어니는 분홍색 체리 프로스팅과 젤리 필링으로 완성된 그 케이크가 틀림없이 맛있을 거라고 확신했다.

부모님과 세 동생이 생일 축하 노래를 불러주는 동안에

도 시어니는 마음을 바로 앞에 있는 디저트와 축하 노래에 온전히 집중할 수 없었다. 석 달 전 동서남북으로 에머리 세인 마법사의 미래를 읽은 다음부터 그때 본 이미지가 자꾸 떠올랐다. 해질 무렵 꽃이 흐드러지게 핀 언덕, 클로버 향기, 초록색 눈을 빛내며 옆에 앉은 에머리, 그리고 그들 옆에서 놀고 있는 두 아이들.

석 달이 지나도록 그 이미지는 실현될 기미가 보이지 않았다. 시어니는 아이들까지 본 이상 운명이 다른 쪽으로 흘러가리라고는 생각하지 않았지만 작은 단서라도 잡고 싶었다. 시어니와 에머리-세인 마법사-는 시어니가 그의 심장을 되찾아오면서 부쩍 가까워지기는 했다. 하지만 시어니는 더 가까운 사이가 되고 싶었다.

지금도 생일 소원을 놓고 고민하면서 사랑을 얻게 해달라고 비는 게 나을지 인내심을 갖게 해달라고 비는 게 나을지 결정을 못 하고 있었다.

"촛농이 케이크로 떨어지잖아!" 시어니보다 두 살 반 어린, 바로 밑의 여동생 지나가 식탁 맞은편에서 소리쳤다. 지나는 답답하다는 듯 바닥을 발로 탁 구르며 이마로 내려온 검은색의 짧은 앞머리를 훅 불어 올렸다.

열한 살인 막내 여동생 마고가 옆에서 시어니의 엉덩이를 툭 쳤다.

"소원 빌어, 언니!"

깊이 숨을 들이마신 시어니는 꽃 핀 언덕과 석양의 기분 좋은 이미지에 집중하면서 허리를 굽히고 촛불을 후 불었다. 땋은 머리에 불이 붙지 않게 조심해야 했다.

초 열아홉 개가 꺼지자 주방이 확 어두워졌다. 시어니는 얼른 한 번 더 불어 스무 번째 초를 마저 껐다. 초를 한 번에 다 끄지 못한 것이 불운으로 작용하지 않기를 바랐다.

가족들이 박수를 치는 동안 지나가 주방 천장에 달린 전구를 켜러 달려갔다. 전등은 세 번 깜박거리다가 픽 하고 터지며 그들에게 유리 파편과 어둠을 쏟아냈다.

"쳇, 끝내주네."

열세 살인 남동생 마셜이 투덜거렸다. 마셜의 손이 식탁 위로 스륵 미끄러지는 소리가 들렸다. 성냥을 찾으려는 것일 수도, 케이크를 슬쩍 먼저 먹으려는 것일 수도 있었다.

"발 조심해요!"

어머니가 소리쳤다.

"그래, 알았어요." 아버지가 찬장 모양의 덩어리를 향해 발을 끌며 천천히 걸어갔다. 잠시 후 아버지는 굵은 초에 불을 붙여 들고 여분의 전구를 찾아 서랍을 뒤졌다. "전구가 작동만 잘되면 참 편리한데 말이야."

어머니는 케이크 위로 유리 파편이 떨어지지 않았는지 확인했다.

"좀 어두워도 크게 불편할 것 없어요. 케이크나 자르자고요. 혹시 모르니까 조심해서 씹어, 마고."

"드디어 먹는구나."

지나가 한숨을 쉬며 말했다.

어머니가 생일 케이크를 능숙하게 삼각형 모양으로 잘라 건네자 시어니가 말했다.

"고마워요. 케이크까지 구워주시고. 정말 감사해요."

"네가 아무리 나이가 들어도 우리가 널 위해 케이크쯤은 언제든 구워줄 수 있어." 어머니는 거의 나무라듯이 말했다. "우리 딸이 마법사의 견습생이 됐는데 당연히 해줘야지." 어머니는 뿌듯해하며 환하게 웃었다.

마셜이 시어니의 빨간색 견습생용 앞치마 주머니를 눈여겨보며 물었다.

"내 거 만들었어? 누나가 지지난 번 편지에서 만들어준다고 약속했잖아. 기억나?"

시어니는 고개를 끄덕였다. 케이크를 한입 먹고 접시를 내려놓은 뒤 작은 거실로 들어갔다. 거실 벽 녹슨 고리에 시어니의 핸드백이 걸려 있었다. 마셜은 신이 나서 쫓아왔고 마고도 뒤따라왔다.

시어니는 핸드백에서 납작하게 접어둔 보라색 종이를 꺼냈다. 손가락 사이로 익숙한 찌릿한 느낌이 살짝 올라왔다. 시어니가 그 종이를 벽에 대고 눌러 마지막 마무리로 몇 번 더 접는 동안 마셜은 그 과정을 지켜보았다. 시어니는 마법이 깃들도록 종이 가장자리를 신중하게 나란히 맞추며 박쥐의 날개와 귀를 접었다. 그리고 박쥐의 배를 손으로 잡으며 명령했다.

"숨 쉬어."

날개 끝에 작은 종이 갈고리발톱이 달린 종이 박쥐가 몸을 움츠렸다 펴면서 시어니의 손바닥에 기댔다.

"굉장하다!"

마셜은 박쥐가 날아가버리기 전에 얼른 붙잡으며 소리쳤다.

"조심해서 다뤄!"

시어니가 외치는 소리를 뒤로하고 마설은 지나, 마고와 같이 쓰는 방을 향해 뒤쪽 복도를 달려갔다.

다시 핸드백에 손을 넣은 시어니는 단순하게 생긴 책갈피를 꺼내 지나에게 건넸다. 길쭉하고 한쪽이 뾰족한 책갈피였다.

지나는 한쪽 눈썹을 치떴다.

"음, 이게 뭐야?"

"책갈피. 읽고 있던 책 제목을 얘한테 말해주고 나서 침대 옆 테이블에 놓아두면 돼. 그럼 네가 읽고 있던 페이지를 기록해줄 거야." 시어니는 책갈피 가운데 붙여놓은 작고 네모난 종이를 가리켰다. "여기 내 필체로 페이지 숫자가 나타나게 돼. 네 스케치북에도 쓸 수 있어."

지나는 콧방귀를 뀌었다.

"괴상하네. 아무튼 고마워."

마고는 깍지 긴 두 손을 턱 밑에 괴고 물었다.

"내 거는?"

시어니는 웃으며 마고의 머리를 쓰다듬었다. 마고의 머리카락은 시어니와 똑같은 오렌지색이었다. 시어니는 핸드백 옆 주머니에서 작은 종이 튤립을 꺼냈다. 초록색 종이로 꽃대를 세우고, 빨간색 종이와 노란색 종이로 꽃잎 여섯 장을 접어 두 가지 색이 번갈아 들어가면서 서로 끝이 겹치게끔 만든 튤립이었다.

시어니가 튤립을 건네자 마고가 입을 동그랗게 벌렸다.

"창가에 두면 아침에 진짜 꽃처럼 피어날 거야. 물을 주지는 마."

마고는 기뻐하며 고개를 끄덕였다. 그러고는 마치 유리로 만든 것인 양 튤립을 소중하게 안아 들고 마셜의 뒤를 따라 저희들 방으로 들어갔다.

마셜과 마고가 방에서 새로운 마법 장난감을 가지고 노는 동안, 시어니는 거실에서 부모님과 함께 앉아 케이크를 마저 먹었다. 지나는 데이트를 하러 의회 광장으로 나갔다. 시어니가 견습생이 되기 위해 어쩔 수 없이 집에 떼어놓고 가야 했던 잭러셀테리어 품종의 암컷 개 비지는 시어니의 발 옆에 웅크리고 앉아 케이크 부스러기를 달라며 한 번씩 고개를 들곤 했다.

어머니는 두 번째 케이크 조각을 다 먹은 다음 말했다.

"그래, 거기서 잘 지내는 것 같구나. 세인 마법사가 꽤 좋은 선생님인가 보네."

"맞아요." 시어니는 어두운 조명이 발그레해진 두 뺨을 감춰주길 바라며 비지가 핥아 먹을 수 있도록 바닥에 케이크 접시를 놓아주었다. "무척 좋은 분이세요."

아버지는 두 손으로 무릎을 탁 치며 길게 숨을 내쉬었다. "자, 너무 늦지 않게 돌아가야지. 택시를 잡아주마."

아버지는 창문 너머 저녁 하늘을 흘끗 내다보더니 두 팔을 벌리며 일어섰다.

시어니도 일어서서 아버지와 어머니를 번갈아 껴안았다. "또 뵈러 올게요."

에머리의 집에서 화이트채플 지역 밀 스콰츠 마을의 이 집까지는 길이 막히지 않아도 한 시간 넘게 걸렸다. 그래서 시어니는 마음처럼 자주 집에 들르지 못했다. 에머리의 종이 글라이더를 타면 15분이면 올 테지만, 에머리는 세상이 아직 그 정도로 특이한 교통수단을 받아들일 준비가 되어 있지 않다고 했다.

아버지가 택시를 불렀다. 시어니는 자신이 택시비를 내겠다고 고집하며 뒷좌석에 탔다. 택시는 자갈 깔린 도로를 따라 밀 스콰츠 마을의 빽빽한 집들 사이로 부릉 소리를 내며 달렸다. 우체국과 식료품 잡화점, 모퉁이 너머 놀이터를 지나면서 구불구불한 도로가 교외로 이어졌다. 도시는 점점 고요해지고 있었다. 얼마 지나지 않아 시어니가 탄 택시의 헤드라이트만이 도로에서 유일한 불빛이 되었다. 시어니는 열린 차창 너머로 별을 바라보았다. 에머리의 집에 가까워질수록 별의 숫자도 늘어갔다. 런던의 중심을 벗어나자 도로 옆 키 큰 풀숲 사이에서 귀뚜라미들이 모습을 감춘 채 노래를 부르고, 도로와 나란히 흐르는 강물이 거품을 일으키며 휘돌아갔다.

마침내 택시가 멈춰 서자 시어니의 심장 박동이 괜스레 더 빨라졌다. 택시비를 치르고 차에서 내린 시어니는 에머리의 집에 걸려 있는 위협적인 환영을 지나 대문 안으로 들어갔다. 대문 밖에서는 창문이 부서지고 지붕널이 떨어진다 쓰러져가는 저택으로 보이지만, 안에서 보면 실상은 부드러운 노란색 벽돌로 지어진 3층짜리 건물이었다. 건물 주변의 정원을 장식한 선명한 색깔의 종이꽃들은 밤이라 봉오리를 닫은 상태였다. 서재 창문에 불이 환하게 켜져 있었다. 마법사 위원회의 요청으로 '건축 마법 재료' 회의에 참석하느라 일주일간 집을 비웠던 에머리가 돌아온 모양이었다. 시어니는 재빨리 치맛자락을 매만진 후 끝이 풀어진 머리카락을 새로 땋았다.

시어니가 열쇠를 꽂고 돌리기도 전에 현관문 너머에서 타다닥 달려오는 종이 발소리가 들렸다. 문을 열고 들어가자 펜넬이 폴짝 뛰어 시어니의 품에 안겼다. 펜넬은 종이 꼬리를 팔랑팔랑 흔들며 조그만 소리로 짖었다. 펜넬의 종이 혀가 시어니의 턱 아래를 핥았다.

시어니가 웃으며 말했다.

"내가 하루 꼬박 떠나 있었던 것도 아니잖아, 바보야."

시어니는 펜넬의 종이 귀 뒤를 긁어주고 바닥에 내려놓았다. 펜넬은 작은 원을 그리며 두 바퀴 맴을 돌다가 복도 끝의 종이 뼈 무더기 위로 뛰어올랐다. 그 뼈 무더기는 마법을 걸면 에머리의 해골 집사 존토의 몸을 이루었다. 시어니는 이제 겨우 그 해골 집사에 적응했다. 그래도 아침이면 방으로 들어와 침대 머리판의 먼지를 털어대는 해골 집사가 여전히 섬뜩해서 시어니는 잠들기 전에 꼭 방문을 걸어 잠그곤 했다.

"얌전히 굴어야지."

시어니는 존토의 대퇴골을 씹고 있는 펜넬에게 주의를 주었다. 다행히 종이 이빨이라서 뼈에는 별다른 손상을 입히지 않았다. 시어니는 뼈 무더기 옆을 지나 주방의 조명등을 켰다. 주방은 간소한 편이었다. 오른쪽에는 작은 난로가 하나 있고 왼쪽에는 편자 모양으로 배치된 찬장이 있으며 그 뒤에는 뒷문과 냉장고가 있었다. 사용한 접시가 싱크대에 보이지 않았다. 에머리가 밖에서 식사를 하고 온 걸까?

혹시 모르니 먹을 것을 준비해야겠다는 생각을 하고 있는데 식당 쪽에 있는 밝은 색깔의 물건이 눈에 들어왔다.

가서 보니 식탁 위의 나무 꽃병에 빨간 종이 장미가 한가득 담겨 있었다. 무척 복잡하게 접은 그 장미들은 마치 생화 같았다. 시어니는 천천히 다가가 손을 뻗어 고운 꽃잎을 만져보았다. 에머리가 갖고 있는 종이 가운데 가장 얇은 종이로 만든 것이었다. 장미에는 양치식물 같은 복잡한 잎사귀와 작고 뾰족한 가시까지 달려 있었다.

꽃병 옆에는 타원형 머리핀이 놓여 있었다. 종이로 만든 구슬과 단단히 꼰 나선 모양 줄로 만든 머리핀이었는데, 줄이 휘어지지 않도록 단단한 광택제를 두껍게 발라놓았다. 시어니는 머리핀을 집어 들고 장식 부분을 손가락으로 만져보았다. 장미는 물론이고 이 정도로 복잡한 종이 핀을 시어니가 직접 만든다면 수 시간은 걸릴 듯했다.

장미를 다시 살펴보았다. 장미 다발 한가운데에 꽂힌 네모난 작은 종이에 에머리의 완벽한 필기체 글씨로 '생일 축하해'라고 적혀 있었다.

시어니는 가슴이 두근거렸다.

머리핀을 귀 뒤에 꽂고 생일 축하 쪽지를 구겨지지 않도록 조심스럽게 핸드백 옆 주머니에 집어넣었다. 정신을 차리려고 볼을 꼬집으면서 블라우스를 허리춤 안으로 밀어넣고 매만지며 계단을 지나 2층으로 올라갔다. 서재의 전등에서 흘러나온 조명이 단단한 목재로 된 복도 바닥에 한쪽으로 처진 직사각형 모양의 빛을 드리우고 있었다.

책으로 가득한 서재 안을 들여다보니 문 맞은편 테이블 앞에 앉은 에머리의 뒷모습이 보였다. 에머리는 한쪽 손에 머리를 괸 채 그쪽 손가락으로 검은 곱슬머리를 배배 꼬면서, 다른 손으로는 상당히 오래돼 보이는 책의 페이지를 넘기고 있었다. 시어니는 그 책의 제목이 무엇인지 알 수 없었다. 기다란 회녹색 외투는 에머리가 앉아 있는 의자 등받이에 걸쳐져 있었다. 다양한 색깔의 긴 외투를 소유한 에머리는 한여름에도 외투를 입었다. 무척 더웠던 7월 24일만 빼고. 그날 에머리는 남색 외투를 창밖으로 집어 던지고, 눈보라를 만들 수 있을 만큼 엄청난 양의 종이 눈송이를 하루 종일 만들었다. 요즘도 종이 눈송이가 냉장고와 주방 조리대 사이에 끼어 있거나 펜넬이 깔고 자는 개 방석 아래에 구겨진 채 놓여 있곤 했다.

시어니는 오른쪽 검지의 관절로 문틀을 똑똑 두드렸다. 에머리가 움찔하며 돌아보았다. 시어니가 집에 들어오는 소리도 못 들은 걸까?

에머리는 종일 이동해서 이제야 집에 왔는지 피곤한 표정이었지만, 초록색 눈동자는 여전히 반짝거렸다.

"자네를 보니 눈이 다 환해지는군. 일주일 내내 딱딱한 의자에 앉아 고루한 영국 남자들과 떠들고 와서 그런가 봐." 그는 미간을 찌푸리며 말을 이었다. "게다가 그동안 자네 덕분에 미식가가 다 됐는지 음식도 입에 잘 안 맞더라고."

시어니는 미소를 지었다. 아까 계단을 올라올 때 볼을 너무 세게 꼬집지 말걸 그랬다는 생각이 들었다. 시어니는 고개를 돌려 머리에 꽂은 핀을 보여주며 물었다.

"어때요?"

에머리의 표정이 부드러워졌다.

"예뻐. 내가 참 잘 만들었어."

시어니는 눈을 위로 굴렸다.

"겸손도 하셔라. 머리핀을 만들어주셔서 고마워요. 꽃도요."

그는 고개를 끄덕였다.

"내가 출장을 다녀온 바람에 자네 공부 일정이 일주일 정도 뒤처져서 걱정이야."

"전에는 제가 두 달 정도 앞서간다고 하셨잖아요!"

시어니가 인상을 쓰며 말했지만 그는 못 들은 척 똑같은 말만 했다. 어쩌면 진짜 못 들었을 수도 있었다. 그는 선택적으로 필요한 말만 골라 듣는 재능이 있었다.

"일주일 뒤처졌어. 이제 자네는 종이접기의 뿌리에 대한 공부를 하는 게 좋겠어."

"나무에 대한 공부인가요?"

시어니는 머리핀을 엄지로 쓰다듬으며 물었다.

"거의 그렇다고 할 수 있지. 여기서 동쪽으로 가다 보면 다트퍼드시에 제지 공장이 있거든. 그 공장에는 마법 재료 관리과도 있어. 그게 중요한 건 아니지만. 어쨌든 패트리스, 그러니까 에이비오스키 마법사가 모레로 예정된 제지 공장 견학에 자네를 보내라고 했어."

시어니는 고개를 끄덕였다. 이미 그런 내용이 담긴 에이비오스키의 전신을 받은 터였다.

"우리 공부는 거기서 시작하기로 하지. 꽤 재미있을 거야."

에머리는 이 말을 하며 빙그레 웃었다. 시어니는 한숨이 나왔다. 에머리가 이렇게 웃는다는 건 재미없을 거란 뜻이었다. 물론 놀랍지는 않았다. 제지 공장이 재미있어 봤자 얼마나 재미있을까?

"모레 아침 8시에 택시를 타고 가도록 하지. 일찍 일어나야 돼. 내가 존토에게 일러서……."

"아뇨, 아뇨. 제가 알아서 일어날게요." 시어니는 한사코 거절하며 돌아서서 나가려다가 걸음을 멈추고 물었다. "식사는요? 배고프시면 뭐라도 만들어드릴 수 있는데."

에머리는 미소를 지었다. 입보다 눈이 더 웃고 있었다. 시어니는 그의 그런 미소를 좋아했다.

"괜찮아. 물어봐줘서 고마워. 잘 자, 시어니."

"마법사님도요. 너무 늦게까지 일하지는 마세요."

에머리는 다시 책으로 시선을 돌렸다. 시어니는 그의 뒷모습을 조금 더 바라보다가 잘 준비를 하러 나갔다.

잠들기 전 시어니는 침대 옆 테이블에 에머리에게 받은 종이 장미를 놓아두었다.

2

. . . . . ★ 🔎 ★ . . . .

아침 식사로 먹을 크레페를 굽고 딸기와 크림을 곁들여
놓은 후 시어니는 위층 자기 방으로 가서 온도가 지나치게
높아지지 않도록 문과 창문을 열어두었다. 스타킹을 뭉쳐
만든 공으로 펜넬과 공 던지기 놀이를 잠시 하다가, 에머리
가 회의에 참석하러 떠나기 전에 숙제로 내줬었던 마법 공
부를 했다. 자신을 닮은 종이 인형 만들기였다.

종이 인형 만들기는 꽤 까다로운 작업이었다. 개념이 추
상적이기 때문이 아니라 초기 단계에 다른 이의 도움을 받
아야 하기 때문이었다. 시어니 혼자서는 자신의 몸 윤곽을

종이에 제대로 그려낼 수가 없었다. 에머리는 회의에 참석하러 떠났고 존토는 연필을 안정적으로 쥐지 못했다. 하는 수 없이 에이비오스키에게 전신을 보내 그녀의 견습생인 딜라일라 베르제의 도움이 필요하다고 부탁했다. 시어니보다 1년 먼저 태기스 프래프 마법학교에 입학한 딜라일라는 2년 만에 졸업했고, 시어니는 1년 만에 졸업했기 때문에 둘은 같은 해 졸업생이었다. 에이비오스키가 딜라일라를 엄청 바쁘게 굴리고 있어서, 시어니의 생일 전날 저녁이 되어서야 딜라일라는 시어니의 일을 도와줄 수 있었다.

지금 시어니는 2년 전 어느 금속 마법사한테서 구매한 가위를 손에 들고 침실 바닥에 앉아 있었다. 그 가위의 쌍둥이 날은 무엇이든 자를 수 있고 절대 무뎌지지 않았다. 시어니는 그 가위를 잠시 살펴보다가 자신의 앞모습 윤곽을 그린 기다란 종이를 자르기 시작했다. 시어니는 한때 금속 마법사를 꿈꾸었다. 금속 마법사가 됐으면 지금쯤 이 마법 가위가 작동하는 원리를 알아내고 싶어 했을 것이다. 물론 시어니는 에머리의 견습생이 된 것을 후회하지 않았다. 비록 본인이 결정한 길이 아니기는 했지만.

윤곽을 자르는 일은 천천히 시간을 들여야 하는 작업이

었다. 에머리는 한 군데만 잘못 잘라도 마법을 망치게 된다고 경고했다. 시어니는 망쳐서 처음부터 다시 시작하고 싶지 않았다. 왼발을 자른 뒤 왼 무릎으로 올라가는데, 종아리까지 내려오는 남색 외투를 입은 에머리가 문간에 나타났다.

시어니는 가위를 조심스럽게 뒤로 빼고는 그를 쳐다보았다. 에머리는 재미있어하며 눈을 반짝이고 있었다. 시어니가 무슨 재미있는 행동이라도 한 걸까?

"오늘 첫 수업으로 카드 속임수에 대해 가르칠 생각이야."

시어니는 가위를 바닥에 내려놓았다.

"그동안 저랑 카드놀이를 하면서 속임수를 쓰셨군요!"

"눈치 빠르네. 내가 속임수를 썼다는 걸 바로 알아차릴 만큼은 아니지만."

에머리는 검지로 머리 옆쪽을 톡톡 쳤다.

"위치 찾기 마법 같은 건가요?"

그는 미소를 지었다.

"거의 비슷해. 따라와."

그가 손짓했다.

시어니는 펜넬이 돌아다니다 종이 인형을 밟아 망가뜨리지 않도록 펜넬의 가슴을 손으로 받쳐 들고 에머리를 따라 복도로 나왔다. 그리고 방문을 꼭 닫은 후 펜넬을 바닥에 내려놓았다. 펜넬은 마룻장에 코를 대고 킁킁거리다가 욕실에서 흥미로운 것을 발견했는지 그리로 들어갔다.

서재로 간 에머리는 다양한 색깔과 두께의 종이 더미들을 깔끔하게 쌓아둔 테이블 옆 바닥에 앉았다. 종이접기용 재단대를 앞에 놓은 뒤 외투 안주머니에서 평범해 보이는 카드 한 질을 꺼냈다.

시어니는 그의 맞은편에 가 앉았다. 수업 때마다 거의 그렇게 앉는 편이었다. 에머리는 능숙하게 카드를 섞었다. 시어니는 그가 종이 마법사가 되기 전에 무슨 일을 했기에 저렇게 카드를 잘 섞는지 의아했다. 그의 심장 속을 돌아다니면서 그런 부분에 관한 비밀은 본 적이 없었다. 하지만 굳이 묻지 않기로 했다.

"전에 내가 가르쳐줬던 서류철 위치 찾기 마법 기억나지?"

시어니는 본인의 의지와 상관없이, 살면서 겪은 거의 모든 일을 기억했다. 당연히 그 마법도 기억하고 있었다. 시어니는 사진처럼 정확한 기억력을 갖고 있었는데, 대부분의 경우 그 재능은 그녀에게 유리하게 작용했다. 에머리는 빼앗겼던 심장을 되찾고 회복한 그다음 날에 서류철 위치 찾기 마법을 시어니에게 가르쳐주었다. 그날은 시어니가 그를 '에머리'라고 부르기 시작한 날이기도 했다.

시어니는 배운 내용을 읊었다.

"해당 종이에 신체적 접촉을 하면 '분류' 마법을 쓸 수 있으니, 제가 찾으려고 하는 항목을 그대로 말하면 된다고 하셨어요."

태기스 프래프에서 중간고사를 앞두고 공부할 때 같으면 유용하게 썼을 마법이었다.

"맞아." 에머리는 고개를 끄덕였다. "변조된 카드가 아닌 경우 카드를 가지고도 같은 마법을 쓸 수 있어. 카드에 명칭 대신 손짓을 지정해두고 카드놀이 중에 그 카드를 불러낼 수 있거든. 보여줄게."

그는 모든 카드에 확실히 접촉하기 위해 카드를 부채꼴 모양으로 펼쳐 한 손에 들고 명령했다.

"분류해, 다이아몬드 킹."

그러자 맨 위에 있던 카드 중 하나가 쏙 뽑혀 그에게 다가왔다. 그는 다른 쪽 손으로 그 카드를 잡고 뒤집어서 시어니에게 다이아몬드 킹임을 확인시켜주었다.

에머리는 그 카드를 옆으로 치워놓고 다시 명령했다.

"재분류해, 손짓으로."

그러고는 코의 오른쪽 측면을 손으로 한 번 톡 쳤다. 그는 다이아몬드 킹 카드를 도로 카드 더미에 넣고 섞은 뒤 마치 포커를 치듯 시어니와 자신 앞에 카드를 다섯 장씩 놓았다. 그들은 토요일 저녁마다 7시 15분이면 거의 빼놓지 않고 포커를 치곤 했다.

에머리는 자신의 카드를 집어 들고 말했다.

"이제 카드들이 내 목소리를 들을 수 있는 곳에서 '분류해'라고 속삭이면, 코 옆을 손으로 톡 치는 손짓만으로 다이아몬드 킹에 신호를 보낼 수 있어. 내가 해보니까 카드놀이가 진행 중인 방으로 들어가기 전에 이 명령을 내리는 게 좋더군. 그래서 보통 그렇게 하고 있지. 다만 훔쳐내려고 하는 각 카드에 대고 '분류해'라는 명령을 반드시 되풀이해서 해줘야 해."

에머리는 기침을 하면서 ─ 시어니는 그가 기침 중에 '분류해'라는 말을 조그맣게 내뱉는 소리를 들은 것도 같았다-코 옆을 손으로 톡 쳤다. 그러자 카드 더미에 섞여 있던 다이아몬드 킹 카드가 그가 기다리고 있는 손으로 바로 날아왔다.

"능청스럽네요."

시어니는 어쩔 수 없이 웃음이 났다. 다음에 지나와 하트 카드놀이를 할 때 이 속임수를 쓰면 지나가 얼마나 성질을 낼까!

"카드를 섞거나 다룰 때, 아니면 상대방이 주방에서 요리 중인 음식에 정신이 팔려 있을 때 슬그머니 카드에 명령을 하는 게 제일 쉬운 방법이야."

시어니는 받아치려고 입을 열었다가 다시 닫고는 못마땅한 시선으로 에머리를 노려보았다. 지난 화요일에 시어니는 오븐에 시나몬 롤을 넣어두고 그와 카드놀이를 했는데 그가 이겼다. 시어니는 시나몬 롤이 탈까 봐 걱정이 돼서 오븐 쪽에 계속 신경을 쓰고 있었다. 아마 그래서 그는 카드놀이에서 이길 때마다 시어니의 판돈을, 금액이 얼마든 상관없이 가져가지 않은 모양이었다. 사기꾼 같으니라고.

"카드 변조는 어떻게 하는 거예요?"

시어니의 질문에 그는 재미있어하며 다시 눈을 빛냈다.

"그 수업은 다른 날에 진행하기로 하지. 내 비밀을 한 번에 다 공개할 수는 없잖아."

에머리는 시어니에게 카드 더미를 건넸다. 시어니는 스페이드 퀸만 가지고 마법을 연습해보았다. 땋은 머리를 빠르게 잡아당기는 손짓으로 카드에 신호를 보내는 방법을 썼는데 다행히 처음 시도하자마자 카드를 불러내는 데 성공했다.

"이제 카드놀이를 하면 누가 이길지 궁금해지네."

에머리는 싱긋 웃었다. 그는 카드를 모아 외투 안주머니에 도로 집어넣고 다음 마법에 관한 수업을 진행했다. 허리를 펴고 일어선 그는 가로 8.5인치, 세로 11인치 크기에 두께가 중간쯤 되는 흰 종이 두 장을 꺼내 종이접기용 재단대에 내려놓았다. 그는 다시 앉으면서 시어니의 눈을 한참 마주 보았다. 하지만 시어니는 그의 생각을 읽을 수가 없었다. 요즘 들어 그의 눈은 속내를 전보다 더 잘 감추고 있었다.

"이제부터 가르쳐줄 것은 '잔물결 마법'이야. 이 마법은 급하게 배울 수가 없어." 그는 손에 든 직사각형 종이를 내려다보며 설명을 이어갔다. "종이의 두께가 마법에 영향을 주는데, 두꺼울수록 강한 잔물결이 생성돼."

"무슨 잔물결이요?" 시어니는 양미간을 좁히며 물었다. "잔물결 마법에 관한 내용은 책에서 읽어본 적이 없어요."

에머리는 짓궂게 웃으며 종이를 접었다. 직사각형을 삼각으로 접어 나머지 부분을 자르면 펼쳤을 때 정사각형이 되게 만들었다. 그는 회전날 커터로 나머지 부분을 잘라낸 뒤 완전히 접기를 적용해서 좌우대칭을 이루는 삼각형으로 만들었다.

"나머지 부분을 잘라내는 과정이 들어가야 돼. 처음부터 정사각형인 종이로 시작하지 마. 거기 있는 자 좀 건네줄래?"

시어니는 책상 서랍장의 맨 위 서랍에서 자를 꺼냈다. 서랍을 도로 집어넣자 그 안쪽에서 연필 몇 개가 굴러다니는 소리가 들려왔고 에머리는 인상을 썼다. 아마 그는 오늘 서재를 나가기 전에 이 서랍 안을 정돈할 것이다. 그는 살림쥐처럼 온갖 물건을 모아놓는 습성이 있었는데, 단순히 모으기만 하는 게 아니라 완벽하게 정돈하는 것을 좋아했다. 물론 그의 눈에만 완벽한 정돈이겠지만.

에머리는 종이에 자를 대고 가로 길이를 잰 뒤 세로 길이도 쟀다.

"8분의 5인치가 이 마법의 핵심이야. 명심해."

그는 회전날 커터로 종이를 길게 자르다가 삼각형 아래쪽까지 다 잘라내기 전에 칼질을 멈췄다. 종이를 뒤집은 뒤다시 간격을 재고 반대편에서 위로 8분의 5인치 지점까지또 잘랐다.

"바느질하는 것과 비슷하네요."

시어니는 그의 손이 어떤 식으로 움직이는지 지켜보았다. 그의 칼질을 전부 기억한다고 해도 이 마법을 준비하려면 그보다 시간이 훨씬 많이 걸릴 것이다. 그는 어쩜 이렇게 신속하게 치수를 재가며 자를 수 있을까?

"그런가?"

에머리는 세 번째로 칼질을 하기 전에 시어니를 한 번 흘끗 바라보았다. 그러고는 다시 삼각형을 뒤집고 두 번 더 잘라서, 일정한 간격으로 자른 삼각형을 만들었다.

그가 삼각형을 조심스럽게 펼쳐놓자 단층으로 잘린 사각형이 됐다. 그는 그 한가운데를 손으로 잡아 올렸다. 시어니가 다시 보니 마치 다층으로 된 기하학적 구조의 해파리 같았다. 그렇게밖에는 표현할 말이 떠오르지 않았다.

에머리가 일어서자 시어니도 따라서 일어섰다.

"법 집행 업무를 보조할 때…… 이걸 뒷주머니에 넣고 다녔어."

시어니는 그가 금지된 피의 마법을 하는 신체 마법사들을 잡는 일을 한다는 것 정도는 알고 있었다. 하지만 그가 입에 올리고 싶어 하지 않는 부분도 있었다.

"상대의 주의를 다른 곳으로 돌리는 데 효과적이야. 싫어하는 사람에게 두통을 유발할 수도 있어."

에머리는 앞으로 팔을 뻗어 명령을 내렸다.

"물결쳐라."

그러자 종이 장치가 더욱 해파리를 닮은 모습으로 위아래로 흔들거렸다.

종이 장치가 부옇게 흐려지자 서재의 나머지 부분도 마찬가지로 흐릿해졌다. 시어니는 앞을 제대로 보려고 눈을 깜박거렸지만 종이 해파리에서 나온 진동 때문에 공기가 일렁거려 똑바로 볼 수가 없었다. 연못 한가운데에 누군가 돌을 던진 것 같았다. 바닥이 일렁거리고 책장이 흔들렸다. 천장이 뒤틀리고 가구들이 물살 속에 떠다니는 듯했다. 시어니의 몸도 앞뒤로 이리저리 흔들거렸다.

머리가 빙빙 돌고 현기증이 났다. 시어니는 의자와 테이블을 붙잡으려 팔을 뻗었지만 손이 빗나가 휘청했다.

어느새 에머리가 옆으로 다가와 시어니를 붙잡고는 그녀의 어깨를 한 팔로 감싸 안았다. 그가 마법을 중단시키자 서재가 다시 원래대로 바로 섰다.

"미리 앉아 있으라고 할걸 그랬군."

에머리가 미안해하자, 드디어 똑바로 선 시어니가 고개를 저었다.

"아니에요. 무척, 음, 유용한 마법이네요."

눈의 초점이 정상적으로 맞춰지자 시어니는 자신의 어깨를 감싼 에머리의 손에 온 신경이 쏠렸다. 안 그러려고 안간힘을 썼지만 양 볼이 발그레하게 달아올랐다.

시어니가 몸을 가누고 난 뒤에도 에머리의 팔은 계속 그녀의 어깨에 머물렀다. 그는 얼른 팔을 치우려 하지 않았다. 시어니가 쓰러질까 봐 걱정돼서 그런 걸까?

에머리는 헛기침을 하며 뒷머리를 문질렀다.

"시간이 있을 때 연습해두도록 해. 아무래도 이것보다 얇은 종이로 시작하는 게 좋겠지?"

그는 문 쪽을 바라보다가 연필이 흐트러진 책상 서랍장 쪽으로 시선을 돌렸다. 그러더니 책상 쪽으로 가서 서랍 안의 연필을 가지런히 정리하며 덧붙였다.

"종이 인형도 마저 끝내도록 해. 내일 견학 가기 전까지 바쁘겠네."

시어니는 숨을 깊이 들이마시며 그가 얼굴의 홍조를 알 아채지 못하길 바랐다.

"그럴 것 같네요. 우선 종이 인형부터 끝낼게요. 그래야 덜 어지러울 것 같아요."

에머리는 고개를 끄덕였고 시어니는 복도로 나갔다.

자기 방으로 돌아온 시어니는 방문을 약간 열어놓은 채 바닥에 앉았다. 마법 가위를 집어 들고 종이 인형을 자르기 시작했지만 손이 계속 떨려서 한동안 애를 먹었다.

3

다음 날 아침 시어니는 존토의 도움 없이 일찌감치 일어났다. 옷을 입고 방 밖으로 나갔더니 존토가 수상쩍게도 가만히 기다리고 있었다. 시어니는 베이지색 블라우스에 감청색 치마를 입고 그 위에 빨간색 견습생용 앞치마를 둘렀다. 머리카락은 견습생용 모자를 썼을 때 방해가 되지 않도록 뒤로 모아 목덜미쯤에서 쪽을 지고 핀으로 고정했다. 시간 여유가 있어서 달걀프라이 샌드위치 두 개를 준비하고 펜넬의 방석을 톡톡 쳐서 부풀려주었다. 마침 집 앞에 택시가 도착했다. 택시기사는 덧문이 깨지고 날카로운 눈빛의

까마귀들이 홰를 타고 앉아 있는 음침한 저택의 환영을 조심스럽게 바라보았다. 처음 와본 기사인 듯했다.

에머리는 택시가 경적을 울린 뒤에야 방에서 나왔다. 그의 눈빛은 피곤해 보였다.

"일찍 잠자리에 드시는 게 좋겠어요." 시어니는 현관문을 잠그는 그에게 한마디 했다. "뭐 하시느라 늦게까지 있었어요?"

"생각 좀 하느라고."

그는 하품을 참았다.

"무슨 생각을요?"

그는 시어니를 흘끗 쳐다보고 머뭇거리며 미소를 지었다.

"말했다시피 내 비밀을 다 공개할 수는 없어."

시어니는 눈을 위로 굴리며 서둘러 택시로 향했다.

"낮에도 생각할 시간은 충분할 것 같은데요."

에머리는 또다시 미소를 지으며 시어니가 택시에 탈 수 있게 도왔다. 택시 안에 편안하게 자리를 잡은 시어니는 에머리에게 준비한 샌드위치를 건넸다. 에이비오스키가 시어니를 에머리의 견습생으로 배정하지 않았다면 그는 지금쯤 굶어 죽었을지도 모를 일이다. 시어니가 샌드위치를 먹기 시작한 에머리에게 그렇게 말하자 그가 대답했다.

"자네가 없었으면 정말 많은 것들이 달랐겠지. 그건 확실해."

시어니는 그 말에 숨겨진 의미를 곰곰이 생각해봤지만 잘 알 수가 없었다. 어쩌면 시어니는 그다지 눈치가 빠른 편이 아닐 수도 있었다. 시어니는 그런 문제를 해결해줄 마법은 없는지 궁금했다.

택시를 타고 가는 두 시간 동안 시어니와 에머리는 열한 가지 주제에 대해 대화를 나누었다. 시어니의 아버지가 동네 정수 처리장 시설의 근로자로 일하게 된 것부터 시작해서 벌의 짝짓기 습성까지. 얘기를 나누고 있는데 어느덧 택시가 다트퍼드시에 도착했다. 시어니는 다트퍼드에 처음 와봤다. 창밖으로 산업도시 같은 모양새의 거대한 도시가 눈에 들어왔다. 비좁게 다닥다닥 붙어 있는 일반 주택과 다세대 주택이 길 양옆을 빼곡히 채웠다. 도시 주변에는 다양한 공장과 창고가 있었고 드문드문 나무가 서 있었다. 다트퍼드에는 항구가 있는 드넓은 강도 있었다. 택시가 강을 가로질러 길게 뻗은 다리를 건너가는 동안 시어니는 눈을 감고 숨을 참았다. 발아래로 흐르는 수 킬로미터의 물에 대해 생각하지 않으려고 안간힘을 썼다. 에머리는 시어니를 안심시키려 그녀의 등에 한 손을 얹었는데, 택시가 다리를 다 건너 단단한 땅으로 내려선 이후에도 손을 치우지 않았다. 시어니는 그의 손가락에서 전해오는 미묘한 온기를 즐기며 아무 말도 하지 않았다.

자갈로 포장된 널찍한 광장으로 차를 몰고 들어간 택시 기사는 길게 줄지어 선 자동차와 말을 풀어놓은 마차 한 대 사이에서 빈 공간을 찾아 차를 세웠다. 택시에서 내린 시어니는 제지 공장을 찾으려 주변을 둘러보았지만 더 많은 다세대 주택과 정육점, 서점, 플라스틱 마법 작업실, 외국 식재료 판매점뿐이었다. 런던에 있는 비슷한 건물에 비해 층이 낮고 색이 칙칙한 건물만 보였다. 이 주변에서 2층 이상인 건물은 은행뿐이었다.

돌연 가벼운 바람이 스치고 지나가자 시어니는 목덜미의 잔털이 곤두섰다. 고개를 돌려 등 뒤의 좁은 길을 살펴봤지만 출근하는 회사원들, 그리고 근처 도시의 다른 종이 마법사가 우편물 배달을 위해 날려 보낸 종이 새들뿐이었다. 누군가 지켜보는 시선이 느껴져서 시어니는 기분이 묘했다.

"제지 공장은 어디에 있어요?"

택시기사에게 요금을 지불한 에머리가 광장 안쪽으로 걸어가자 시어니가 물었다.

"동쪽에." 그는 턱을 들어 광장에 주차돼 있는 짤막하고 색 바랜 빨간색 셔틀버스를 가리켰다. "자네는 저 셔틀을 타고 가면 돼."

시어니는 멈칫했다.

"저만요?"

에머리는 미소를 지었다. 그의 초록색 눈동자에 장난기가 담겨 있었다.

"좀 지루한 견학이거든. 공장 안이라 냄새도 별로 좋지 않아. 난 이번 견학은 건너뛰어야겠어."

시어니는 인상을 썼다.

"재미있을 것처럼 말하셨잖아요. 그럼 저도 제지 공장에 대해 책으로만 읽고 건너뛰어도 되는 거예요?"

"시어니, 시어니. 자네는 톱밥과 펄프가 얼마나 경이로운지 아직 잘 모르잖아. 견학이 끝나면 시험을 치르게 될 거야. 이번 견학은 종이 마법사 교육 위원회에서 지정한 필수 과정이야. 종이 마법 견습생이 아닌 이들에게는 선택 과목이지만. 아까도 말했듯이 패트리스가 특별히 자네를 꼭 보내라고 했어."

시어니는 모자를 아래로 눌러 썼다.

"어찌나 배려가 깊으신지 천국에 마법사님 같은 사람을 위한 특별한 자리가 마련돼 있을 거예요."

에머리는 웃으며 그녀의 어깨에 한 손을 얹었다.

그때 익숙한 목소리가 시어니를 불렀다.

"시어니!"

소리가 나는 쪽으로 고개를 돌려보니 에이비오스키의 견습생 딜라일라가 셔틀버스 앞에서 시어니 쪽으로 달려오고 있었다. 에머리는 시어니의 어깨에서 얼른 손을 치우고 옆으로 물러섰다. 두 여자는 서로 반갑게 인사를 나누었다.

딜라일라는 늘 그랬듯 프랑스식으로 시어니의 팔을 잡고 양 볼에 입을 맞췄다. 딜라일라는 과묵한 자기 멘토 에이비오스키와는 정반대 성격이었다. 에이비오스키는 언제나 꼬장꼬장하고 점잖은 태도를 유지했지만, 딜라일라는 안팎으로 발랄한 기운이 넘치고 완벽한 타원형 얼굴에 미소가 떠나지 않았다. 햇살처럼 눈부신 금색 단발머리를 곱슬하게 다듬은 딜라일라는 하늘색 여름용 원피스를 입었고 그 위에 견습생용 앞치마를 둘렀다. 시어니의 키가 큰 편이 아닌

데도 딜라일라는 시어니보다 5센티미터쯤 작았다.

"여기서 뭐 해?" 시어니는 에이비오스키가 에머리에게 다가가는 모습을 곁눈으로 보며 물었다. "넌 유리 마법 견습생이잖아!"

"에이비오스키 마법사님이 모든 재료를 잘 알아두는 게 좋다고 하셔서." 딜라일라는 말투에 프랑스식 억양이 약간 섞여 있었고 목소리는 차임벨처럼 경쾌했다. "마법사님이 네가 올 거라고 하셨거든. 내가 참석해도 괜찮지?"

시어니는 웃었다.

"당연하지. 그런데 모인 사람이 별로 없는 것 같아."

에이비오스키와 에머리, 셔틀버스 운전기사 말고 버스 옆에 모여 있는 사람은 견습생 세 명뿐이었고 전부 남자였다. 남자 견습생들은 앞치마 대신 약간 긴 붉은색 조끼를 착용했다. 그중 두 명은 시어니와 졸업반 수업을 같이 들어서 아는 사이였다. 짤막한 코에 무테안경을 쓴 다부진 체격의 견습생은 조지였고, 검은 곱슬머리에 황갈색 피부를 가진 견습생은 도버였다. 특히 도버는 학창 시절 시어니의 반 여학생들의 관심을 한 몸에 받았다. 시어니는 도버가 태기스 프래프에서 꼬박 3년을 채우고 졸업을 한 이유가 여학생들의 관심을 즐기느라 그런 게 아니었을까 의심하기도 했다.

딜라일라는 시어니의 손을 잡고 버스 쪽으로 함께 걸어갔다. 딜라일라는 버스 옆에 서 있는 남자 견습생들과 인사를 한 뒤, 시어니가 처음 보는 세 번째 견습생에게 시어니를 소개했다. 멀쑥하고 여윈 편인 그 견습생을 보면서 시어니는 에머리와 같은 중등학교를 다녔던 프릿을 떠올렸다. 프릿은 에머리에게 괴롭힘을 당하면서도 종이 마법사를 꿈꿨던 소년이었다. 하지만 클렘슨이라는 이름의 이 견습생은 프릿과는 달리 불 마법사가 되기 위해 수련 중이었다.

딜라일라는 도버의 이름을 특별히 달콤하게 불렀지만 도버는 신경 쓰지 않는 눈치였다. 시어니는 도버와 조지도 종이 마법 견습생이 된 걸 알고 깜짝 놀랐다. 조지는 종이 마법 견습생이 됐다는 사실이 아직도 마뜩잖은 눈치였다.

"시간 낭비지 뭐." 조지는 버스에 기대어 느슨하게 팔짱을 낀 채 구시렁거렸다. "우리가 서로 손을 놓지 않고 졸래졸래 따라다니기만 하면 이 말도 안 되는 견학이 끝났을 때 누군가 와서 우리 입에 막대사탕을 물려줄걸."

"시큰둥하기는."

시어니는 이렇게 한마디 했다가 자신이 한 말에 놀라 얼굴을 붉혔다. 에머리와 너무 오래 시간을 보냈더니 말투까지 비슷해진 것 같았다. 도버는 고개를 돌리고 쿡쿡 웃었고 조지는 시어니의 말처럼 시큰둥한 표정으로 인상을 썼다.

딜라일라는 계속 잡고 있던 시어니의 오른팔을 놓으며 말했다.

"정말 재미있을 거야. 공부도 될 테고. 종이가 만들어지는 과정이 난 늘 궁금했거든."

"삼림을 파괴하는 짓일 뿐이야."

조지가 뚱하게 대꾸하자 도버는 완벽한 곱슬머리를 찰랑거리며 또 웃었다. 클렘슨은 뒷머리만 긁적였다.

에이비오스키는 손뼉을 치며 말했다.

"다들 셔틀버스에 탑승하세요. 여러분은 성인이니까 보호자 없이 제지 공장 견학을 하게 될 겁니다. 견학 중에도 그 점을 명심하도록 해요. 그리고 견학을 마치고 나면 정오에 제지 공장 남쪽 출입구에서 다시 셔틀버스에 탑승하세요. 지각하지 않도록 하세요. 이번 견학은 여러분의 기록에 영구적으로 남을 겁니다."

조지는 나지막하게 욕을 내뱉었다. 시어니는 에머리의 눈을 바라보며 어깨를 으쓱한 후 딜라일라가 이끄는 대로

버스에 올랐다.

　당황스럽게도 다트퍼드 제지 공장은 정말로 고약한 냄새를 풍겼다. 지나치게 오래 익힌 브로콜리 냄새에 아침의 입 냄새를 섞은 것 같은 악취였다. 서로 바짝 붙어 있는 건물 세 개가 제지 공장을 이루었다. 모두 7층 건물인데 기숙사와 감옥을 합쳐놓은 듯한 분위기였다. 1층부터 6층까지는 일정한 간격으로 직사각형 창문이 설치돼 있었다. 첫 번째 건물과 세 번째 건물의 거대하고 높은 굴뚝에서 브로콜리 냄새가 나는 하얀 증기가 모락모락 피어올랐다. 그 증기는 상당한 습기를 머금은 듯 보였다. 시어니가 택시를 타고 건너온 거대한 강의 지류가 공장 뒤로 흐르면서 다양한 바퀴와 발전기를 돌리고 있었다.

　견학을 온 몇 안 되는 견습생들은 셔틀버스에서 내려 건물 측면에 모여 섰다. 시어니는 그날 두 번째로 누군가 몰래 지켜보는 시선을 느꼈다. 팔에 소름이 돋았지만 다른 견습생들은 알아채지 못했는지 온통 제지 공장에만 눈길을 주고 있었다. 낯선 도시라 시어니가 괜히 신경이 곤두서서 피해망상에 사로잡힌 것일까.

"건물에 커튼이라도 좀 치면 괜찮을 텐데."

딜라일라의 말에 시어니도 맞장구를 쳤다.

"향수도 좀 뿌리면 좋겠어."

지금까지 시어니가 종이 마법에 사용한 종이가 전부 이 제지 공장에서 생산됐을 것을 생각하면 이곳은 상당히 의미가 있는 곳이었다. 이 공장이 없었으면 시어니는 지금처럼 종이 마법 견습생으로 살 수 없었을 것이다.

셔틀버스가 떠나자마자 보라색 재킷에 무릎을 겨우 덮는 길이의 엄청나게 짧은 치마를 입은 키 큰 여자가 첫 번째 건물 밖으로 걸어 나왔다. 검은 머리카락을 뒤로 바짝 당겨 틀어 올리고 콜 펜슬로 완벽하게 아이라인을 그린 여자였다. 그 여자는 왼쪽 팔꿈치 안쪽에 클립보드를 끼고 있었다.

"안녕하세요, 여러분." 여자는 손가락을 까딱거리며 머릿수를 헤아렸다. 그러고는 자갈 깔린 길 주변으로 우아하게 몇 걸음 걸으며 말했다. "몇 명 빠진 것 같네요. 나머지는 아직 여기로 오는 길인가요?"

시어니는 주변을 둘러보며 대답했다.

"저희가 전부인 것 같습니다."

"아, 그렇군요. 이 정도면 적당해요." 여자는 고개를 끄덕였다. "내 이름은 존스턴입니다. 오늘 여러분의 견학을 인솔할 담당자입니다. 이 안에서는 늘 함께 다니고, 별도의 지시가 없는 한 아무것도 손대지 말아주세요. 여러분이 이대로만 해준다면 견학은 차질 없이 진행될 겁니다."

조지가 조그맣게 구시렁댔지만 시어니는 무슨 말인지 듣지 못했다. 못 들어서 다행이란 생각도 들었다. 조지가 입을 열 때마다 시어니는 점점 더 조지가 싫어지고 있었다.

존스턴은 클립보드에 무어라 휘갈겨 쓰며 말했다.

"이쪽으로 따라오세요."

존스턴은 첫 번째 건물 안으로 견습생들을 안내했다. 돌로 세공된 판이 깔린 길을 보니 수차례 수리를 했는지 색이 조금씩 다른 모르타르가 발려 있었다. 색 바랜 벽돌로 된 아치형 구조물 아래로 공장의 유일한 출입문이 나 있었다. 견습생들은 존스턴의 설명을 들으며 한 줄로 늘어서서 건물로 입장했다.

"1588년에 존 스필먼 경이 다트퍼드에 처음으로 제지 공장을 만드셨고, 종이 소비세가 폐지된 후 1862년에 런던 제지 회사가 '다트퍼드 제지 공장'을 최초로 설립하고 건물을 지어 올렸습니다. 그 후 1889년에 조직 개편이 있었죠.

다트퍼드는 원래 석회암 채굴과 석회 제조, 양모업의 중심지였고 농업 인구도 있었지만, 제지 공장의 설립으로 산업화를 이루게 됐습니다."

딜라일라는 시어니에게 가까이 다가서며 물었다.

"석회 제조가 뭐야?"

시어니는 잘 모른다는 뜻으로 어깨를 으쓱했다.

그들은 초록색과 회색 바닥 타일이 깔리고 가구가 별로 없는 널찍한 리셉션 로비로 들어섰다. 피튜니아부터 잎이 무성한 양치식물에 이르기까지 화분에 담긴 수많은 식물이 모서리와 틈마다 자리를 차지하고 있었다. 시어니의 눈에 전선은 보이지 않았다. 문 위쪽의 오래되고 길쭉한 창문들을 통해 들어오는 햇빛이 조명의 전부였다. 이 로비에서는 브로콜리 냄새가 한층 약해졌는데, 정말 약해졌을 수도 있고 시어니의 코가 그 냄새에 익숙해져 약해졌다고 착각하는 것일 수도 있었다.

시어니 일행이 문으로 들어가자 높은 베이지색 책상 뒤에 있던 비서가 고개를 들고 그들을 쳐다보았다. 하지만 비서의 관심은 그다지 오래가지 않았다.

"이쪽은 우리 직원들이 사용하는 회의실입니다."

존스턴은 뒷걸음질로 이동하면서 저쪽 끄트머리의, 페인트칠을 하지 않은 문 두 개를 가리켰다. 그 문들은 야생 식물처럼 보이는 양치식물에 반쯤 가려져 있었다.

"나를 따라서 이 복도를 걸어가다 보면 발밑으로 물이 흐르는 소리가 들릴 겁니다. 공장 펌프가 여섯 개의 금속 마법 터빈을 통해 지하에서 강물을 퍼 올려 최신 기계에 동력을 공급하고 있습니다. 그 기계들은 모두 영국에서 만들어진 것입니다. 다트퍼드 제지 공장은 모든 부품을 국내에서 들여오고 있으며 그 점을 자랑스럽게 여기고 있습니다."

견학이 계속되면서 다음 방은 지나온 방보다 더 많은 설명을 필요로 했다. 존스턴은 여기서 사용하는 다양한 기계의 작동 방식, 직원들이 하는 일, 눈에 보이는 모든 것에 얽힌 역사를 들려주었다. 그들은 첫 번째 건물의 뒤쪽 절반을 차지하는 거대한 수집실로 들어갔다. 배에 실려 온 통나무들은 수집실의 톱밥 제조기 안에서 갈린 후 펄프실로 옮겨졌다. 존스턴은 견습생들에게 톱밥 제조기 가까이 가지 못하도록 했다. 그럼에도 불구하고 시어니는 톱밥 제조기의 어마어마한 소음 때문에 양손으로 귀를 틀어막아야 했고, 그래서 제지 공장의 작동 방식에 대한 존스턴의 끝없는 설명을 제대로 들을 수가 없었다. 펄프실로 들어가자 브로콜리 냄새와 입 냄새를 섞은 것 같은 고약한 악취가 더욱 강렬하게 밀려왔다. 딜라일라가 빌려준 여분의 손수건으로 코를 막지 않았다면 시어니는 분명히 그 자리에서 구역질을 하고 말았을 것이다.

안타깝게도 성형실과 압착실 같은 제지 공장의 흥미로운 구역은 바닥에 그려진 노란 선 너머에 있어서 견학 중인 이들은 들어갈 수 없었다. 줄지어 놓인 상자와 반쯤 비어 있는 선반들 때문에 시야가 가려서 시어니는 흥미로울 듯한 기계 장치들을 잘 볼 수도 없었다.

이윽고 존스턴은 견습생들을 이끌고 기계실로 들어갔는데 시어니는 기계실의 일부 모퉁이밖에 볼 수 없었다. 수집실과 거의 비슷한 크기의 창고는 선반이 더 많이 있었고 조명이 어두워서 잘 보이지 않았다. '발전 및 엔진'이라는 팻말이 붙은 방으로 들어가자 한층 더 독한 종이 냄새 때문에 시어니는 눈물이 났다. 그런데 존스턴이 교반 장치와 지료통에 대해 설명을 시작하려는 순간, 작업복 차림의 젊은 남자 직원이 왼쪽에서 다가와 그녀의 귀에 대고 무어라 속삭였다. 시어니는 앞으로 걸어가 귀를 쫑긋 세웠지만 '지금 당장'과 '의심스럽다'라는 말밖에 듣지 못했다. 그리고 '의심스럽다'는 말에 흥미가 돋았다.

직원이 나가자 시어니는 무슨 상황인지 물어보려고 손을 들었다. 하지만 존스턴은 손을 휘저으며 말했다.

"불편을 끼치게 되어 사과드립니다. 공장에 기술적인 문제가 발생한 듯하니, 모두 여기서 나가야겠습니다. 저를 따라오시면 창고를 지나 서문으로 나가는 길을 안내해 드리겠습니다. 저 역시 견학이 오래 중단되지 않고 재개되기를 바랍니다. 다시 한번 사과드립니다."

조지는 어이없다는 듯 손바닥으로 제 이마를 탁 쳤다. 나머지 견습생들은 조용히 존스턴을 따라 창고 쪽으로 향했다. 그곳에도 창문 없는 녹슨 문 쪽으로 견학 온 이들이 접근하지 못하도록 바닥에 노란 선이 그려져 있었다.

시어니는 딜라일라의 손목을 잡고 뒤쪽으로 끌어당기며 나지막이 물었다.

"아까 그 직원이 뭐라고 말했는지 들었어?"

딜라일라가 고개를 가로젓자 딜라일라의 곱슬머리가 시어니의 코를 간질거렸다.

"못 들었어. 너는?"

"의심스럽대. 그러니까 내 말은, 아까 그 직원이 '의심스럽다'고 말했다는 거야. '지금 당장'이라고도 했어. 제지 공장에서 견학을 중단시킬 만큼 잘못될 만한 일이 뭐가 있지? 불량 펄프인가?"

딜라일라는 어깨를 으쓱했다.

"큰 사업체들은 원래 견학 온 단체 응대나 비상사태 대비에 관해 정해진 절차를 가지고 있어. 우리 아빠가 스탠튼 자동차 회사에 다니시잖아. 그 회사에도 일이 잘못됐을 때 어떻게 해야 하는지에 관한 온갖 괴상한 규칙이 다 있어. 그래서 아빠는 툭하면 초과 근무를 하셔."

시어니는 제지 공장에서 초과 근무를 한다는 생각만 해도 아찔했지만 그 주제에 관해 더는 말하지 않기로 했다.

존스턴은 견습생들을 강에서 그리 멀지 않은 잔디밭까지 안내해주고 다시 공장 안으로 들어갔다. 그 잔디밭은 사람들이 많이 다니는지 풀이 짓밟혀 있었다. 클렘슨은 시험 삼아 서문의 손잡이를 돌려봤지만 안에서 잠겨 있었다.

"흥미롭네."

클렘슨이 말했다. 시어니는 클렘슨의 목소리를 처음 들었다. 클렘슨은 문손잡이에서 손을 떼고 더는 아무 말도 하지 않았다.

시어니는 한숨을 토하며 주변을 둘러보았다. 공장 아래쪽에서 강물이 흐르는 소리가 들려왔다. 공장 측면을 따라 앞쪽으로 자갈 깔린 길이 이어지고 있었다. 공장에서 약간 떨어진 곳에는 사시나무와 바랭이가 무성하게 자라고 있었다. 시어니는 딜라일라와 함께 나무들이 있는 곳으로 걸음을 옮겼다. 오후의 햇살이 성긴 구름 사이로 비치고 있었다. 다른 견습생들도 느릿느릿 그들 뒤를 따라왔다. 조지는 연신 투덜거렸다.

딜라일라가 활짝 웃으며 말했다.

"우리 조만간 다시 만나서 점심이나 같이 먹자, 시어니."

이렇게 불편한 상황도 딜라일라는 긍정적으로 잘 헤쳐 나가는 성격이었다. 시어니는 딜라일라의 그런 면이 부러웠다.

"그래. 네 일정에 맞추면 될 거야. 세인 마법사님은 내 일정에 관대한 편이라서."

"아, 내일 점심이면 딱 좋겠어." 딜라일라는 손뼉을 치며 말을 이었다. "곧 새 학년이 시작되니까 에이비오스키 마법사님이 내일은 종일 학교에 가 계실 거야. 난 개인 연구만 마치면 돼. 우리 어디 가서 먹을까?"

제지 공장에서 15미터쯤 떨어진 곳에 있는 어느 나무 밑에서 걸음을 멈춘 시어니는 하얗게 상처가 난 나무줄기에 기대어 대답했다.

"생선 좋아해? 의회 광장에 있는 세인트 알반 새먼 레스토랑에서 파는 비스크 수프가 엄청 맛있어. 전에 그걸 먹고 나서 똑같이 만들어보려고 했는데 도저히 안 되더라."

"아, 나도 세인트 알반 좋아해." 딜라일라는 손을 흔들며 좋아했다. "그 집 빵도 맛있어. 내일 정오에 볼까? 거기 있는 조각상 앞에서 만나면……."

딜라일라의 그다음 말은 딜라일라의 뒤에서 터져 나온 쾅 하는 요란한 폭발음에 묻혀버렸다. 땅을 통해 흘러온 엄청난 폭발의 진동이 시어니의 다리와 심장까지 전해졌다. 머리 위의 나뭇잎이 흔들리고 찌르레기 두 마리가 하늘로 날아올랐다.

눈앞에 거센 불길이 타오르고 있었다.

제지 공장의 첫 번째와 두 번째 건물에서 불기둥이 솟구쳤다. 마치 화산이 분출하듯, 굴뚝의 증기보다 더 높이 잔해와 재가 솟구쳐 올랐다. 불길은 건물의 절반을 순식간에 휘감았고, 잠시 후 뜨거운 열기가 벽처럼 밀어닥쳐 시어니의 피부에 맺힌 땀방울을 앗아갔다.

"뛰어!"

시어니는 악을 썼지만 자기 귀에조차 목소리가 들리지 않았다. 시어니는 딜라일라의 손을 잡고 무작정 공장 반대 방향으로 뛰었다. 클렘슨은 보이지 않았고 조지와 도버는 저만치 앞에서 도망치고 있었다. 시어니는 그들 뒤를 따라갔다. 폭발의 잔해가 시어니의 왼쪽으로 열 걸음도 채 떨어져 있지 않은 나무에 떨어져 나무를 반으로 쪼개놓았다.

무언가 쉭 하는 소리를 내더니, 아까보다 작은 두 번째 폭발음이 터져 나왔다. 고개를 돌려 보니 공장 벽에서 떨어져 나온 거대한 잔해가 시어니와 딜라일라를 향해 곧장 날아오고 있었다. 시어니는 비명을 질렀다.

그 순간 클렘슨이 갑자기 나타나 두 손을 문지르며 벽의 잔해를 향해 달려갔다.

"빗겨가라!"

클렘슨이 소리치자 거대한 불덩어리가 날아가 벽의 잔해를 쳐 방향을 바꿔놓았다. 벽의 잔해는 시어니와 딜라일라에게 떨어지는 대신 나무 위로 날아가 요란한 쿵덩 소리를 내며 강으로 떨어졌다.

딜라일라가 울음을 터뜨렸다.

"고마워!"

시어니가 떨리는 목소리로 말했지만 클렘슨은 말없이 시어니와 딜라일라를 밀어 앞으로 보내면서 방금 불 마법에 썼던 성냥을 바닥에 던졌다. 시어니는 지금 그들이 얼마나 위험한 상황에 처해 있는지 직감했다. 다리가 움직일 수 있는 최대한으로 빠르게 달리기 시작했다. 하지만 딜라일라가 시어니의 속도를 감당하지 못했다. 시어니는 힘들어하는 딜라일라의 손을 놓지 않고 질질 끌다시피 하면서 작은 언덕을 넘어갔다. 그들은 셔틀버스가 제지 공장으로 올 때 지나왔던 거리로 내달렸다. 도버와 조지는 이미 그곳에 도착해 있었는데, 그들 옆에는 충격을 받은 행인 몇 명이 같이 서 있었다.

마침내 시어니는 뜀박질을 멈췄다. 숨을 쉴 때마다 가슴이 터질 것 같았다. 딜라일라는 시어니의 옷깃에 얼굴을 묻고 계속 울었다. 클렘슨이 조심스럽게 다가왔지만 시어니가 고개를 젓자 조용히 물러섰다. 시어니는 딜라일라의 등을 토닥이며 달랬지만 울음을 그치게 하기에는 역부족이었다. 시어니는 제지 공장에서 피어오르는 진회색 연기 기둥을 바라보았다. 대체 무슨 일이 일어난 걸까? 뭐가 잘못된 거지?

문득 직원들 생각에 시어니는 신경이 곤두섰다. 존스턴과 견학 중에 마주친 직원 중에 몇 명이나 제때 공장에서 탈출했을까?

공기 중에 재와 그을음 냄새가 매캐하게 퍼져 나갔다. 사고를 구경하러 점점 더 많은 사람이 모여들었고, 이윽고 경찰이 도착해 구경꾼들을 뒤로 밀어냈다. 처음 온 경찰들은 제지 공장으로 달려갔고, 그다음 도착한 경찰들은 군중 통제를 시작했다.

또다시 누군가 지켜보고 있다는 느낌이 들어 시어니는 오싹해졌다. 바짝 달라붙어 있는 딜라일라를 안고서 주변에 모여든 사람들을 둘러보았다. 하지만 사람이 너무 많아서 시선의 당사자를 가려내기 어려웠다.

그때 길 건너편에 서 있는 한 사람이 눈에 들어왔다. 옷차림은 평범했지만 어두운 피부색 탓에 구경꾼 사이에서 확 튀었다. 키가 큰 편이었고 인도 아니면 아랍 사람인 듯했다. 시어니는 그의 검은 눈동자와 시선이 마주쳤지만 구경꾼들이 가까이 몰려드는 바람에 시야에서 그를 놓치고 말았다.

시어니는 깊이 숨을 들이마셨다. 멀쩡한 사람이라면 아무리 외국인이 이쪽을 보고 있었다고 해도 무작정 의심부터 해서는 안 되는 것 아닌가? 영국에는 외국인이 많이 살고 있었다. 친구인 딜라일라도 외국인이었다. 시어니가 외국인을 보며 남다른 외모를 가졌다는 이유로 의심했다는 것을 알면 어머니는 깜짝 놀랄 것이다.

시어니는 다시 한번 주변을 둘러봤지만 특별히 눈에 들어오는 사람은 없었다. 클렘슨과 도버, 조지의 모습도 보이지 않았는데, 그곳을 떠났거나 인파에 묻혀버린 듯했다. 시어니는 딜라일라에게 눈물을 닦으라고 손수건을 건넸다. 심장이 쿵쾅쿵쾅 뛰었지만 애써 참으며 가까이에 있는 경찰에게 다가가 말을 걸었다.

"저기요."

경찰은 시어니 쪽을 흘끗 돌아봤다가 다시 불타고 있는 제지 공장으로 시선을 돌렸다. 시어니는 그의 관심을 끌려고 모자를 벗어 흔들었다.

"여기 있는 제 친구와 저는 마법 견습생인데요, 우리가 견학을 하고 있던 중에 공장 건물이 폭발했어요."

경찰이 눈을 가늘게 떴다.

"나중에 두 분에게 어떻게 된 일인지 물어봐야겠군요."

"네, 그러세요." 시어니는 사람들의 웅성거림에 묻히지 않도록 목청을 높이며 말을 이었다. "저희는 도심으로 돌아가서 선생님들을 찾아야 해요. 그분들이 걱정하실 텐데 저희는 이곳 출신이 아니라 길을 잘 몰라요. 부탁드립니다."

경찰은 입을 다물고 한참 고민하다가 고개를 끄덕였다.

"잠시만 기다리세요."

그는 동료에게 걸어가 무어라고 나지막이 말했다. 동료 경찰은 고개를 끄덕이더니 순찰차 트렁크에서 메신저 마법을 걸어놓은 종이 새를 꺼냈다. 그는 종이 새에 간단히 내용을 휘갈겨 쓰고 바람에 날려 보냈다. 새는 멀리 날아갔다. 아무래도 지원을 요청하는 편지인 듯했다.

15분 후 더 많은 경찰이 현장에 도착했다. 대부분 말을 타고 왔는데, 그중 한 명이 시어니와 딜라일라를 함께 말에 태워 도심으로 데려다주겠다고 했다. 시어니는 몹시 고마워했고 딜라일라는 감사의 뜻으로 돈을 주려고 했지만 경찰은 한사코 받지 않았다. 그렇게 광장에 도착한 시어니는 마음을 차분히 가라앉히려 애쓰면서 에머리를 찾아보았다.

부디 그가 근처에 있기를 바랄 뿐이었다. 애초의 일정대로라면 셔틀버스는 한 시간 뒤에나 이곳에 도착하게 될 터였다. 하지만 에머리와 에이비오스키가 공장에 이 소동이 벌어진 사실을 모르고 있을 것 같지는 않았다.

공장보다는 도심 쪽에 더 많은 사람이 모여들어 폭발에 대해 떠들어댔다. 광장에 선 시어니는 공장에서 춤추듯 치솟는 연기 기둥이 독 구름처럼 하늘에 퍼져나가는 모습을 바라보았다. 가만히 서서 숨을 고르며 멍하니 연기를 응시했다. 사람들이 저 불을 끌 수 있을까? 도대체 어떤 원인으로 이런 규모의 참사가 벌어진 걸까?

시어니는 구경하러 모여든 여자들과 까치발을 들고 섰어도 불구경을 제대로 못하는 아이들 사이를 헤치고 지나갔다. 가방에 손을 넣어 종이 한 장을 꺼냈다. 위치를 알리기 위해 광장 위로 새를 날려 보낼 작정이었다. 그러려면 큼직한 날개를 가진 두루미를 접는 게 좋을 듯했다. 종이를 접을 만한 장소를 찾아야 했다. 시어니는 구경꾼들과 가게 밖으로 나와 손가락질을 하며 떠들고 있는 가게 주인들 머리 위로 주변을 살폈다.

그런데 두 명의 신문 배달 소년 사이로 남색 외투가 언뜻 보였다. 시어니는 종이를 가방에 도로 집어넣고 딜라일라에게 따라오라고 손짓하고는 남색 옷이 보인 방향으로 사람들을 헤치고 나갔다.

그곳에 불만스러운 표정의 경찰관 두 명과 얘기를 하고 있는 에머리와 에이비오스키가 있었다. 아니, 엄밀히 말하자면 에이비오스키는 입을 다물고 가만히 서 있고 에머리가 경찰들에게 소리를 지르는 중이었다.

"그리로 가야 한단 말입니다!" 에머리의 이마 옆에 핏줄이 돋아 있었다. 그는 눈가가 벌겋게 달아오른 채로 두 손을 마치 큰 식칼처럼 휘둘렀다. "이해가 안 됩니까? 그녀가 저 안에 있다고요! 다들 저 안에 있을 가능성이 있습니다. 우리가 가서 확인해야 됩니다!"

키 큰 경찰이 말렸다.

"선생님, 아까도 설명했다시피 저희는……."

"에머리!"

시어니는 인파를 헤치고 나아가며 소리쳤다. 에머리가 그 소리를 듣고 고개를 휙 돌렸다.

"괜찮아요. 우린 빠져나왔……."

말을 마치기도 전에 에머리가 두 팔로 그녀를 끌어안았

다. 시어니의 모자가 바닥에 떨어지고 심장도 덩달아 쿵 떨어졌다.

"신이여, 감사합니다!"

그는 시어니를 품에 안고 그녀의 머리카락에 대고 말했다. 시어니는 거대한 파편이 정면으로 날아왔을 때보다 혈관 속의 피가 더 빨리 도는 기분이었다.

"아, 시어니! 난 혹시 네가……."

에머리는 말을 잇지 못하고 뒤로 물러서서 시어니를 위아래로 살펴보았다. 그의 초록색 눈동자가 걱정과 안도감으로 반짝였다. 이번에는 시어니도 그의 기분을 어렵지 않게 파악할 수 있었다.

"무사한 거 맞지? 다친 데는 없어?"

시어니는 목구멍 안에서 빠르게 뛰는 맥박을 느끼며 고개를 끄덕였다.

"무, 무사해요. 정말이에요. 딜라일라도 그렇고 다른 견습생들도요. 우리는 폭발 전에 공장 건물에서 빠져나왔어요. 무슨 일이 일어난 건지는 모르겠어요. 지금 클렘슨과 도버, 조지가 어디 있는지는 모르겠지만 다들 빠져나왔어요. 우리랑 같이요."

에머리는 길게 숨을 들이마시며 눈을 감았고 시어니를 다시 끌어당겨 안았다. 시어니도 그의 외투 안으로 두 팔을 살그머니 집어넣고 그를 껴안았다. 혹시 그가 방망이질치는 심장을 느끼더라도 제지 공장에서 벌어진 재난 때문이지 이렇게 바짝 붙어 있기 때문이라고 생각하지는 않을 것이다. 시어니는 조그맣게 덧붙였다.

"이렇게 말하면 기분이 좋아지실지 모르겠는데, 견학은 무척 지루했어요. 마지막에 난리가 나기 전까지는요."

에머리는 소리 내어 웃었다. 하지만 편안한 웃음이 아니라 여전히 신경이 곤두선 날카로운 웃음이었다. 그는 시어니의 어깨에 손을 얹은 채 뒤로 물러섰다.

"정말 미안해."

"아니에요."

시어니는 에이비오스키를 곁눈으로 흘끗 보았다. 뚱하게 찡그린 표정을 한 에이비오스키는 이 분위기가 심히 못마땅한 듯했다.

시어니는 얼굴을 붉히며 에머리한테서 물러서며 말했다.

"마법사님 잘못이 아니잖아요. 공장 안에 사람들이 있었는데, 그 사람들은 어떻게 됐는지 모르겠어요."

시어니는 마지막 말을 하면서 목소리가 떨려 헛기침으로 애써 진정시켰다. 에머리와 다투고 있던 경찰 중 한 명이 앞으로 나서며 시어니에게 물었다.

"증인인가요?"

시어니는 고개를 끄덕였다.

"그럼 우리와 함께 가주셔야겠습니다. 저 안에서 목격한 것에 대해 몇 가지 물어볼 게 있습니다. 저 여자 분도요."

그는 딜라일라를 가리켰다.

"알겠어요." 시어니는 외투 안에서 그녀의 손을 여전히 잡고 있는 에머리의 손을 느꼈다. "필요한 건 뭐든 협조할 게요."

그러자 에머리가 말했다.

"나도 같이 가겠습니다."

에이비오스키도 나섰다.

"나도요. 내가 이들의 책임자입니다. 이들이 이 일에 어떻게 관련이 됐든 모두 내 책임입니다."

경찰들은 고개를 끄덕이며 말했다.

"이쪽에 저희 차가 있습니다. 따라오시죠."

시어니와 에머리, 딜라일라, 에이비오스키는 순찰차를

타고 경찰서로 향했다. 경찰서에 도착한 시어니는 공장 안에서 어떤 직원이 존스턴에게 속삭인 말 중 귀에 들어왔던 두 단어를 포함해서 최대한 자세히 진술서를 작성했다.

'맙소사, 존스턴 양도 무사해야 될 텐데.'

시어니와 에머리는 밤늦게까지 경찰서에 머물렀다. 하지만 그 시간이 되도록 경찰은 고의적인 파괴에 가까운 폭발의 원인이 무엇인지 구체적인 증거를 전혀 찾지 못한 분위기였다.

택시를 불러 타고 어두운 도로를 달려 런던으로 돌아가는 동안에도 시어니는 궁금증을 떨칠 수가 없었다.

'도대체 누가 이런 일을 벌였을까?'

4

아침에 눈을 뜬 시어니는 햇빛이 눈에 들어오지 않게 이마 위에 팔을 올려놓은 채 가만히 누워 있었다. 바닥에서 펜넬이 카펫에 대고 종이 꼬리를 빠르게 탁탁 치면서 끙끙거렸다. 시어니는 아래로 손을 뻗어 펜넬의 종이 머리를 쓰다듬어주었다.

머릿속으로는 어제 일을 곰곰이 생각 중이었다. 등 뒤로 셔틀버스가 자갈 깔린 길을 따라 저만치 멀어지는 동안, 제지 공장을 이루는 세 개의 건물 앞에 서 있던 자신의 모습을 떠올렸다. 앞에서 존스턴은 중얼거리며 설명을 하고 있었다. 시어니는 폭발의 원인이 될 만한 단서를 찾아, 혹시라도 잊고 있었을지 모를 세부 사항을 기억 속에서 더듬어보았다. 어제 좀 더 주변에 주의를 기울일걸 그랬다. 경찰은 공장 내 건조실 - 시어니가 견학 중에 둘러보지 못했던 - 에서 폭발이 일어났다고 했다. 경찰이 사고가 아닌 고의적인 파괴일 가능성이 있다고 의심하는 이유도 그래서였다. 건조실 안에는 고장이 나더라도 이 정도 대규모 폭발로 이어질 만한 장비가 없었다.

불길이 하늘로 치솟으면서 얼굴에 와 닿던 강력한 열기를 떠올려보았다. 밖에서도 열기가 그 정도였는데 내부는 얼마나 뜨거웠을까. 시어니와 에머리가 경찰서를 나설 무렵 사망자는 총 열네 명이라는 보고가 들어왔다. 시어니가 명단을 살펴봤지만 '존스턴'이라는 이름은 없었다.

시어니는 눈을 감고 폭발과 불길, 떨어지는 잔해를 머릿속으로 찬찬히 떠올렸다. 불 마법으로 목숨을 구해준 클렘슨이 정말 고마웠다. 종이 마법은 그 상황에서 시어니의 생명을 구해줄 수 없었을 것이다. 하지만 시어니는 경찰서에서 진술할 때 자신을 향해 날아오던 파편에 대해서는 입에 올리지 않았다. 옆에서 듣고 있던 에머리를 지나치게 걱정시키고 싶지 않아서였다. 그는 심할 정도로 말이 없었고 시어니에 대해 몹시 걱정하고 있었다. 시어니 역시 큰 충격을 받아 그의 포옹에 기뻐할 만한 여유도 없었다. 하지만…….

시어니는 침대에서 일어나 앉아 잠옷의 윗부분을 바로잡고 책상으로 향했다. 책상은 이 작은 침대의 맞은편에 위치해 있었다. 책상의 두 번째 서랍 안쪽에는 시어니에게 기분좋은 미래를 보여주었던 동서남북이 들어 있었다. 시어니는 동서남북을 한참 손에 쥐고 있다가 다시 그 자리에 넣어두었다. 자신의 미래를 읽는 일은 불운을 불러올 염려가 있다. 그 주에 불운이라면 이미 넘치도록 겪었다.

펜넬이 작은 소리로 컹컹거리며 꼬리를 흔들었다. 잠시 후 시어니는 침실 문 아래로 스며드는 베이컨 냄새를 맡았다. 에머리가 아침 식사를 준비하고 있는 걸까?

시계를 흘끗 보니 오전 9시 10분이었다. 오늘은 꽤 늦잠을 자고 말았다.

얼른 블라우스와 치마를 입고 긴 양말을 신었다. 욕실로 가서 양치질과 세수를 하고 머리를 땋은 다음 얼굴에 화장을 했다. 가파른 계단을 달려 내려가 식당으로 들어가니 에머리가 접시 두 개에 베이컨과 달걀을 담고 있었다.

"안 하셔도 되는데. 저 일어나 있었어요."

베이컨이 홀랑 타지 않았고 한쪽만 익힌 달걀 반숙 프라이도 완벽하게 되어 있어서 시어니는 깊은 인상을 받았다. 견습생으로 일하기 시작한 첫날 오래된 밥으로 끼니를 때운 뒤, 시어니는 매번 요리를 자청해서 해왔다. 에머리가 장학금을 대주지 않았다면 시어니는 요리학교에 진학하려 했을 정도로 요리를 잘하는 편이었다.

"나도 요리할 줄 알아." 에머리는 시어니를 위해 의자를 당겨주며 덧붙였다. "안 그랬으면 옛날에 굶어 죽었겠지."

시어니는 미소를 지으며 의자에 앉았고 에머리는 은 식기를 꺼내 왔다. 아마 리라와 결혼 생활을 할 때는 그가 요리를 했을 것이다. 신체 마법사 리라는 요리를 잘했을 것 같지 않았다. 물론 시어니는 그에게 그에 관해 질문을 할 생각은 하지 않았다. 전 부인에 대한 얘기보다 에머리를 더 불편하게 만드는 대화 소재는 없을 테니까.

리라는 여전히 시어니가 내버려두고 온 모습 ─ 파울니스 섬의 바위투성이 해변에서 피를 흘리며 얼어붙은 모습 ─ 그대로 남아 있을까? 에머리가 옆으로 와 앉자 그날의 기억은 저만치 사라졌다.

시어니는 에머리가 건네는 전신을 받아 펼치며 물었다.

"이게 뭐예요?"

계획 변동 없음. 정오에 세인트 알반에서 만나.

"오늘 아침에 왔어."

에머리는 음식을 씹으며 말했다. 그는 직접 만든 달걀 프라이 맛에 인상을 찌푸리며 후추 통으로 손을 뻗었다.

"딜라일라한테서 온 전신 같아서. 자네가 패트리스 에이비오스키와 사적으로 만날 약속을 한 게 아니라면 말이야."

그는 본인이 말해놓고도 좀 우스운지 싱긋하며 눈을 빛냈다.

"점심에 딜라일라를 만나고 올게요. 따로 시키실 일이 없다면요."

에머리는 음식을 씹으며 잠시 생각을 하다가 실례한다는 말도 없이 식탁을 떠났다. 잠시 후 가로 9인치, 세로 14인치짜리 종이 한 장을 들고 돌아와 그 종이를 반으로 자르며 마법을 걸었다.

"모방해라."

시어니는 처음 보는 마법이었다. 그는 반으로 자른 종이를 대충 또 반으로 접은 뒤 시어니에게 한 장을 건넸다.

"자네가 이 종이에 대고 글씨를 쓰면 내가 가진 종이에도 똑같이 나타나게 돼." 평소 같지 않게 보호자 같은 말투였다. "혹시 뭐든 필요한 게 있으면……, 종이가 설명해줄 테니까 편리할 거야."

시어니는 마법을 건 종이를 두 손으로 잡고 이리저리 뒤집어보았다.

"전에는 제가 외출할 때 이런 걸 쥐여준 적이 없잖아요."

"지금은 지나치게 조심해도 나쁠 거 없어. 너무 늦지는 마. 해야 할 숙제도 많으니까."

아침을 다 먹은 시어니는 방으로 올라갔다. 모방 마법이 걸린 종이와 여분의 종이들을 핸드백에 챙겨 넣으면서도 불안감을 떨칠 수 없었다. 3개월 전 시어니는 에머리의 심장 속 네 번째 방에 갇힌 채 에머리에 대한 사랑을 고백했다. 하지만 그는 그 고백에 대해 아직까지 직접적으로 언급을 한 적이 없다. 원래 그는 불편한 주제에 대한 대화를 피하는 편이라 시어니의 고백에 대한 얘기도 껄끄럽게 여기는 것일 수도 있었다. 그 생각만 하면 시어니는 뺨이 달아

70

올랐다. 심장 속에서 사랑을 고백하면서 시어니는 그가 정신이 들고 나면 다 잊을 줄 알았다. 리라가 잔인하게 웃으며 했던 말이 생각났다.

'그는 널 사랑하지 않아.'

시어니는 책상 두 번째 서랍으로 다시 시선이 갔다. 만약 동서남북이 진실이 아니라 시어니가 보고 싶어 하는 환영을 보여주었을 뿐이라면? 시어니의 어떤 행동으로 인해 미래에 일어날 일의 가능성이 이미 틀어져버렸고, 더 이상 선택지가 될 수 없는 것에 대한 갈망이 동서남북으로 표출된 거라면?

한숨이 나왔다. 시어니는 연애를 딱 한 번 해봤다. 중등학교 시절이었는데 그 연애는 이번보다 훨씬 수월했다. 에머리의 침묵을 대답으로 받아들이고 그만 포기해야 하는 걸까.

하지만 에머리를 도저히 포기할 수 없었다. 그 마음만은 무엇보다 확실했다.

시어니는 에머리를 사랑했다.

에머리의 순정과 솔직함, 영민함, 유머, 기벽을 사랑했다. 그가 종이를 접을 때 손을 움직이는 방식도, 집중할 때

입술을 오므리는 모습도 사랑했다. 그의 친절함도 사랑했다. 그는 시어니에게만은 언제나 친절했다. 에머리 세인에게 멸시당하는 사람의 수는 아마 헤아릴 수도 없을 것이다. 그 사람들이 충분히 예민했으면 그가 조롱하고 있음을 알아차렸을 것이다. 그는 꽤 미묘하게 사람들에게 모욕을 주는 편이었다.

시어니는 그에게 이렇게 빨리 빠져들지 않았으면 좋았을걸 싶었다.

그녀는 안전 자전거를 타고 마을로 나갔다. 아무리 타도 닳지 않는 마법 타이어를 장착한 자전거였다. 택시를 기다리는 것도 지치고 교통비로 큰돈을 지출하는 것도 싫어서 견습생 생활을 시작하고 한 달쯤 지났을 때 그 자전거를 구입했다. 꽤 오래 타고 가야 했지만 도심으로 향하는 길이 평화로워서 시어니는 싫지 않았다. 번잡한 거리와 그 거리를 따라 흐르는 좁은 강에서 최대한 먼 길을 택해 자전거를 타고 달렸다.

마을 중심가로 들어가자 세인트 알반 새먼 레스토랑 앞에서 딜라일라가 기다리고 있었다. 그 레스토랑은 붉은 벽돌로 지어 올린 작은 건물이었다. 비바람에 닳은 파란 물고

기가 그려진 타원형 간판이 초콜릿색 창틀의 창문 위에 매달려 있었다. 딜라일라는 평소처럼 쾌활한 모습이었다. 시어니가 자전거를 세우는 모습을 보며 딜라일라는 손을 크게 흔들었다.

"오늘 기분은 어때?"

반쯤 차 있는 레스토랑 한가운데 놓인 작은 오크나무 테이블 앞에 앉자마자 시어니가 물었다. 왼쪽과 오른쪽의 칸막이 자리는 커플과 가족이 차지했다. 생선 요리 냄새가 공기 중에 퍼져 있었다. 주방에서 접시 달그락거리는 소리가 들려왔다. 시어니는 테이블 아래 발 근처에 핸드백을 내려놓았다.

"아, 시어니. 어젠 정말 끔찍하지 않았니?"

딜라일라는 메뉴판 너머로 시어니를 쳐다보며 말했다. 딜라일라는 시어니를 한참 바라보다가 시선을 내렸다.

"밤새 거의 잠을 못 잤어. 오늘 아침에 에이비오스키 마법사님은 일정을 전부 취소하고 다트퍼드로 다시 가셨어. 평소보다 훨씬 더 긴장하신 것 같더라. 학생들이 위험에 처했는데 앉아서 구경만 할 수는 없다고 하셨어."

"학생들이 아직 위험에 처한 건 아니잖아?"

시어니는 이렇게 물었지만 어쩐지 오싹한 기분이었다.

딜라일라는 고개를 저었다.

"그래, 그렇지. 우린 모두 무사하니까."

웨이터가 물을 가져왔고 딜라일라는 얘기를 계속했다.

"나머지 학생들은 다른 곳으로 견학을 갔대. 그 이상은 나도 몰라. 정말 당혹스러워. 머리도 어지럽고. 나도 너처럼 침착할 수 있으면 좋겠어."

시어니는 웃었다.

"예전 같으면 아무도 나한테 침착하다는 말은 안 할 텐데." 시어니는 잠시 머뭇거리다 말을 이었다. "모르겠다. 내가 온갖 것을 다 보고 난 후라서 엄청난 일도 덤덤하게 느끼는 걸 수도 있어."

"그렇게 엄청난 걸 많이 봤어?" 딜라일라는 앞으로 몸을 기울였다. "말해줘! 낭만적인 얘기면 좋겠다."

시어니는 얼굴을 붉혔다.

"전부 그렇지는 않아. 나중에 우리 둘만 있을 때 얘기해 줄게."

이렇게 사람들로 붐비는 레스토랑에서 신체 마법사와 싸웠던 일을 얘기하는 건 현명하지 못한 처사였다. 무엇보다 시어니는 리라와 있었던 일을 에이비오스키에게도 아직 상세히 털어놓지 않았다. 에머리가 형사과와 함께 진행 중인 일도 절대 발설할 수 없었다.

특히 에머리에 관한 일은 혼자만의 비밀로 간직할 작정이었다.

웨이터는 배녁(오트밀이나 보릿가루를 개서 구운 과자 빵 - 옮긴이)을 담은 작은 바구니를 두 사람 자리에 가져다주고 주문을 받았다. 딜라일라는 피시 앤 칩스(생선살에 튀김옷을 입혀 튀긴 것과 감자튀김을 함께 먹는 음식 - 옮긴이)를, 시어니는 크랩 비스크(주로 꽃게를 갈아서 만든 걸쭉한 크림 수프 - 옮긴이)를 주문했다. 잠시 후 딜라일라는 커다란 천 가방 안에 머리를 집어넣고 무어라 중얼거리더니 작은 화장 거울을 꺼냈다. 아름다운 거울이었다. 윗부분에 은으로 된 켈트 매듭 무늬가 들어가 있고 조가비 모양 걸쇠로 뚜껑을 잠그게 되어 있었다.

"이 정도로 엄청난 거니?"

딜라일라가 물었다.

시어니는 눈썹을 위로 올리며 그 거울을 받아 뚜껑을 열어보았다. 그런데 거울 속에서 자신의 얼굴이 아니라 고릴라가 까만 눈을 깜박거렸다. 놀란 시어니는 소리를 지르며 거울을 테이블에 내려놓았다. 딜라일라가 웃으면서 거울을 다시 집어 들었다.

시어니가 물었다.

"어떻게 한 거야?"

"선택 투영 마법이라는 건데, 머릿속으로 생각하는 게 무엇이든 이 거울이 투영해서 보여주는 거야."

"명령만 하면 된다는 거네."

조금 전 딜라일라가 천 가방 속에 대고 중얼거리던 것을 떠올리며 시어니는 딜라일라의 손에 들린 거울을 살펴보았다. 시어니가 종이에 내릴 수 있는 명령은 몇 개 되지 않았다. 종이 마법을 쓰려면 종이 접기, 준비하기, 예측하기가 필요했다. 게다가 솜씨 있게 종이에 주름을 잡고 알맞게 잘라야 했다. 유리 마법은 불 마법 다음으로 속도가 빨랐고, 가장 느린 마법은 금속 합금에 마법을 거는 금속 마법이었다.

시어니는 테이블을 손가락으로 톡톡 치며 말했다.

"이야기 환영 마법이랑 비슷하구나."

딜라일라는 미간에 주름을 잡았다.

"음, 그래? 그게 뭔지는 모르겠고, 이 마법을 쓰려면 우선 거울을 들여다봐야 돼." 딜라일라는 거울 뚜껑을 열고 그 안을 들여다보며 말을 이었다. "그리고 '선택 투영'이라고 주문을 외우면서 보고 싶은 것이나 보고 싶지 않은 것을 머릿속에 정확하게 떠올리는 거야."

딜라일라는 주문을 외우고 눈을 감았다 뜨면서 시어니에게 다시 거울을 보여주었다. 이번에도 거울 속에는 시어니의 모습이 비치지 않았다. 대신 뒤쪽 창가에 혼자 앉아 있는 떡 벌어진 어깨의 남자가 보였다. 그 남자는 그녀들의 대화에 관심이 있는지 그녀들 쪽으로 목을 길게 빼며 쳐다보고 있었다.

딜라일라는 마법을 취소하고 거울 뚜껑을 닫은 뒤 시어니에게 건넸다.

"늦었지만 생일 선물이야. 포장을 못해서 미안해. 하지만 이렇게 선물이 아닌 척 속이는 게 재미있을 것 같았어."

시어니는 거울을 바라보며 입을 딱 벌렸다.

"어머, 딜라일라. 정말 예쁜 선물이야. 굳이 선물 안 줘도 되는데."

"넣어둬, 어서!"

딜라일라는 거울을 흔들며 시어니에게 내주었다.

웃으며 거울을 받아 든 시어니는 켈트 매듭 장식을 손가락으로 만져보고 핸드백에 집어넣었다.

"고마워."

"내 생일은 12월이야." 딜라일라가 말했다. "잊어버리지 마."

"12월 11일이잖아. 안 잊어버려."

딜라일라는 흡족해하며 의자에 편안하게 기대어 앉아 물한 모금을 마셨다.

"시어니, 너 혹시 사랑에 빠졌니?"

물을 마시고 있던 시어니는 깜짝 놀라 물을 살짝 뿜었다가 입 안에 남은 물을 간신히 삼켰다.

"뭐, 뭐라고?"

"멍하니 넋 빠진 표정일 때가 많더라. 셔틀버스에서도 그랬고 자전거를 타고 올 때도 그랬어."

"네가 도버 옆에서 짓는 것 같은 표정 말이야?"

딜라일라는 혀를 살짝 내밀었다.

"아무래도 도버가 날 좋아하는 것 같아. 제지 공장에서 무서운 일을 겪은 후에 나한테 굳이 종이 비둘기를 보내서 안부를 묻더라고. 걔는 나보다 두 살 연하지만 어리게 보이지는 않아. 그게 중요한 거지."

마침내 음식이 나왔다. 그들은 음식을 먹으며 제지 공장에서 일어난 일, 시어니의 종이 인형, 여성 모자의 새로운 깃털 유행에 대해 얘기를 나누었다. 의회 광장 북쪽에 있는 빅벤이 오후 1시 30분을 알리는 종을 울리자 딜라일라는 종이 냅킨을 집어 입을 닦으며 말했다.

"미안한데, 시어니, 나 이만 가봐야겠어. 다트퍼드에 가신 에이비오스키 마법사님을 대신해서 두 시에 유리 세공사를 만나기로 약속했거든. 용서해줄 거지?"

시어니는 손사래를 쳤다.

"괜찮아. 나도 이제 돌아가야 돼."

딜라일라는 테이블을 빙 돌아와 시어니의 양쪽 볼에 키스했다.

"나중에 또 보자."

딜라일라는 테이블에 몇 실링을 놓아두고 서둘러 앞문으로 나갔다.

시어니는 남은 비스크를 마저 긁어 먹으려고 그릇을 기울였다. 그런데 스푼을 입술로 가져가기도 전에 맞은편 의자가 덜컥거렸다.

어깨가 떡 벌어진 남자가 방금 전 딜라일라가 앉았던 자리에 멋대로 앉아 있었다. 시어니가 아까 거울 속에서 봤던 남자였다.

시어니는 그릇을 내려놓았다.

어디서 본 적이 있는 남자 같은데 정확히 어디서 봤는지 떠오르지 않았다. 나이는 사십 대 초반쯤으로 보였고 체격이 좋은 편이었으며 머리카락은 옅은 생강색에 가까웠다. 무성한 눈썹과 주름 잡힌 이마 아래로 가늘고 무표정한 회색 눈이 시어니를 바라보았다.

"무슨 일이시죠?"

시어니가 물었다.

남자의 넓은 턱 위로 희미한 웃음이 번졌다.

기억이 떠오른 순간 시어니는 숨이 막혔다. 전에 본 적 있는 턱이었다. 코는 가짜로 붙인 듯했지만 저 턱과 눈은 똑똑히 기억했다. 우체국에 붙어 있던 수배 전단지에서 본 얼굴이었다. 에머리의 심장 속 두 번째 방에서 보았던 감옥 환영, 그 감옥의 창살 뒤에 갇혀 있던 자였다. 파울니스섬 앞 바다에 떠 있던 보트 속 남자이기도 했다.

입이 마르고 혀가 벽돌처럼 굳어졌다. 시어니는 테이블

아래서 냅킨을, 종이 냅킨을 움켜쥐었다.

어쩔 줄 모르던 시어니는 간신히 입을 열었다.

"당신이 바로 그래스 코발트군요."

그래스는 유럽 전역까지는 아니어도 영국 내에서는 가장 유명한 신체 마법사였다.

시어니는 그래스가 몸을 건드리지 못하도록 의자를 뒤로 밀며 물러나려 했지만, 그는 시어니의 의자 다리를 발로 걸어 꼼짝 못 하게 했다.

레스토랑 안에 있는 사람 중 어느 누구도 이상한 낌새를 알아채지 못했다. 시어니가 느끼기에는 그랬다. 시어니는 간신히 출입문에서 레스토랑 안쪽을 지나 등 뒤의 뒷문, 그리고 왼쪽으로 시선을 돌렸다. 여기서 비명을 지르면 이 남자는 어떻게 나올까? 그는 너무 가까이에 앉아 있다. 이대로라면 시어니를 한번 만지기만 해도 신체 마법을 걸 수 있을 것이다.

시어니는 그래스를 주시하면서, 무릎을 덮은 종이 냅킨을 매끈하게 펴고 중간 지점 접기를 시작했다.

"나를 알아봐주다니 감동인걸." 그래스는 입술을 비딱하게 기울이며 히죽거렸다. 길쭉한 송곳니 때문에 마치 고양이처럼 보였다. "똑똑하군그래."

"당신 얼굴이 담긴 수배 전단지가 사방에 붙어 있어요."

시어니는 태연한 목소리를 내려고 애를 쓰면서 세 테이블 건너에 있는 웨이터를 흘끗 쳐다보았다.

그래스는 시어니의 의자를 앞으로 당겼다.

"나를 봐, 아가씨. 어서 이 대화를 끝내자고. 난 가봐야 할 데가 있어."

시어니는 떨리는 숨을 들이마시며 식은땀으로 젖은 손가락을 조심스럽게 무릎에 올려놓았다. 그리고 냅킨으로 완전히 접기를 한 후 오리 접기를 했다.

"네 위치를 알아내는 데 시간이 좀 걸렸어."

그래스는 딜라일라가 들고 먹던 포크를 만지작거렸다. 그의 손이 워낙 커서 포크가 더욱 작아 보였다.

"괴상한 마법을 쓰는 빨간 머리 계집애라는 것밖에 아는 게 없어서. 그런데 알고 보니 에머리 세인의 견습생이더군. 그자는 요즘 어떻게 지내나? 여전히 살아 있다고 듣긴 했는데."

시어니는 아무런 대꾸 없이 그래스의 싸늘한 시선을 마주 보았다.

82

그래스는 싱긋 웃었으나 곧 얼굴에서 미소가 가셨다. 그는 상체를 뻗어 위험할 정도로 가까이 다가왔다.

"네가 리라한테 무슨 짓을 했는지 들어야겠어."

아드레날린이 솟구치며 피부에 소름이 돋았다.

"나, 나는 아무 짓도 안 했어요."

그래스가 테이블을 주먹으로 내리치자 접시가 덜그럭거렸다. 다른 손님들이 호기심 어린 눈빛으로 그들을 쳐다보았다. 시어니는 놀라서 펄쩍 뛸 뻔했지만 꾹 참았다.

"지금 나한테 거짓말할 입장이 아니야, 시어니 마야 트윌. 리라한테 어떤 괴상한 마법을 걸었냐니까?"

"괴상한 마법 건 적 없어요." 시어니는 냅킨의 네 모서리를 접고 뒤집었다. "나는 종이 마법 견습생일 뿐이에요."

"무슨 마법이야?"

시어니는 길게 숨을 들이마시며 냅킨을 손가락으로 밀어 끝이 나란해지게 만들었다. 그리고 조용히 속삭였다.

"말해줄 생각 없어요. 이 세상은 그 여자가 없는 편이 나아요. 더 빨리 없어졌어야……."

그래스가 시어니의 의자를 왼쪽으로 홱 밀었다. 시어니는 움찔했지만 흔들림 없이 마지막 부분을 접었다.

"내가 여기 있는 사람들을 신경 쓸 것 같아?"

그래스는 위협적으로 속삭이며 으르렁댔다.

"당장 네 뼈에서 피부를 벗겨낼 거야. 저 사람들이 본다고 해도 상관없어. 모두 겁쟁이들이거든, 시어니. 피를 보자마자 달아날 거다. 원하는 답을 말할 때까지 네 피를 전부, 한 방울 한 방울 뿌려주마. 아니면 저 사람들부터 시작해주지."

그래스는 구석 자리에 앉아 있는 네 가족을 고갯짓으로 가리켰다. 십 대 여자아이와 어린 소년이 있는 가족이었다.

"어린애의 심장이 얼마나 강한지 알아, 시어니? 그 심장으로 내가 어떤 마법을 쓸 수 있을 것 같나?"

시어니는 잠시 눈을 감았다. 다시 보고 싶지 않은 수많은 기억이 그래스의 말끝을 따라 홍수처럼 밀려왔다. 바닥에 쓰러진 에머리의 가슴에 뚫린 구멍, 리라가 움켜쥔 에머리의 심장, 끈적끈적하고 피에 젖은 에머리의 심장 벽이 사방에서 밀려들며 가하던 압력, 창고 저장실 바닥에 널브러진 시체들. 시어니는 그 기억들을 달래 마음속 깊은 곳에 묻었다. 방금 전 딜라일라는 시어니에게 침착하다고 했었다. 시어니는 그 말을 되뇌며 스스로에게 애원했다.

'침착하자.'

시어니는 조심스럽게 입을 열었다.

"알았어요. 내가 어떻게 리라를 굳어지게 만들었는지 알고 싶다는 거죠?"

그래스는 깍지 낀 손을 턱 밑에 받치며 다음 말을 기다렸다.

시어니는 또다시 깊게 숨을 들이마셨다.

"이렇게 시작하는 거예요."

시어니는 마름모 모양으로 접은 냅킨을 테이블 한가운데 떨어뜨리며 속삭였다.

"터져라."

냅킨이 빠르게 흔들리기 시작했다. 그래스는 혼란스러운 표정을 짓더니 이내 눈이 휘둥그레졌다.

시어니는 그래스가 발로 걸고 있던 의자를 뒤틀며 테이블을 박차고 뒷문을 향해 달렸다.

폭발 마법을 걸어놓은 마름모가 펑 터졌다.

얇은 냅킨을 사용한 탓에 리라에게 썼을 때만큼 강력한 폭발은 아니었지만 접시가 날아가고 테이블이 부서질 정도의 위력은 됐다. 바로 앞에 있는 사람에게 화상을 입힐 수 있는 정도이니 그래스 같은 신체 마법사도 피할 수 없었을 것이다.

시어니는 피해의 정도를 가늠할 여유가 없었다. 레스토랑 뒷문을 온몸으로 들이받아 열고 햇살이 비치는 거리로 달려 나갔다.

도로를 가로질러 뛰어가는 시어니를 칠 뻔한 운전자가 성난 고함을 내질렀다. 시어니는 은행 건물을 끼고 모퉁이를 돌아 의회 광장을 빠져나갔다. 미친 듯이 또 다른 거리를 달려 내려가는데 심장이 다리만큼 빠르게 뛰었다. 연석을 뛰어넘어 호텔과 깔개 가게 사이의 골목으로 내달렸다. 멀리 가야 한다. 그래스에게서 최대한 멀리 달아나야 한다. 그와의 사이에 최대한 많은 것을 두어야 한다.

'에머리!'

모방 마법을 쓰려고 팔을 뻗은 시어니는 모방 마법을 걸어둔 종이를 핸드백과 거울, 자전거와 함께 레스토랑에 놓고 왔다는 것을 깨달았다. 이대로라면 에머리에게 연락할 방법이 없었다.

'딜라일라!'

딜라일라가 어떤 유리 세공사에게 간다고 했지? 알 수

가 없었다.

시어니는 단층 건물인 애완동물용품 판매점과 2층 건물인 골동품점 사이의 교차로에 서서 가쁜 숨을 고르며 주변을 둘러보았다. 사람들은 자신들이 어떤 위험에 처해 있는지도 모르고 속 편한 얼굴이었다. 그래스는 다른 사람들이 어찌 되든 신경 쓰지 않았다. 그가 한 말은 진심이었다. 시어니는 사람들이 모여 있는 곳에서 최대한 멀리 가야 했다.

뒤에서 고함 소리가 들렸다. 황급히 오른쪽으로 달려가다가 식료품을 들고 오던 남자에게 세차게 부딪혔다. 폐가 불타는 듯 아팠지만 그 남자를 밀치고 계속 뛰었다.

또다시 오른쪽으로 급히 모퉁이를 돌아 달려가던 시어니는 단단한 무언가에 부딪혔다. 갈색 조끼에 갈색 바지를 입은 몸집 큰 남자였다. 그 남자와 부딪힌 충격에 시어니는 뒤로 넘어지면서 엉덩방아를 찧고 말았다.

눈물이 핑 돌았다.

남자가 소리쳤다.

"아가씨! 괜찮아요? 정말 미안합니다! 자, 내 손 잡고 일어나세요."

남자가 그래스의 손보다 훨씬 크고 두툼한 손을 내밀었

다. 시어니가 손을 잡자 남자는 팔을 당겨 그녀를 훌쩍 일
으켰다. 어찌나 빠르게 일으켰는지 시어니가 어지러울 지
경이었다.

잠시 후 눈앞이 바로 보이자 시어니는 숨을 몰아쉬며 말
했다.

"고맙습니다."

그녀는 눈을 깜박이며 남자를 살펴보았다. 나이는 이십
대 후반 정도로 보였고 키가 무척 컸다. 큰 키가 아니었으면
약간 뚱뚱하게 보였을 만한 체구였다. 칙칙한 갈색 머리카
락은 기름을 발라 한쪽으로 넘겼고 눈동자는 갈색이었다.

시어니는 그를 알아보았다.

"래, 랭스턴!"

남자는 깜짝 놀랐다.

"우리가 만난 적이 있습니까?"

만난 적은 없지만 시어니는 랭스턴을 알고 있었다. 에머
리의 심장 속 첫 번째 방에서 본 적이 있었다. 랭스턴은 에
머리의 첫 번째 견습생으로, 에머리를 도와 존토를 만든 사
람이었다.

랭스턴은 근육보다 지방이 많은 편이긴 했지만 몸집이

그래스의 두 배는 될 듯했다.

"저는 시어니라고 해요. 세인 마법사님의 견습생인데 길을 잃었어요. 집으로 돌아갈 수 있게 도와주시겠어요?"

갑작스런 상황에 혼란이 왔는지 랭스턴은 눈을 몇 번 깜박이다가 고개를 끄덕였다.

"물론이죠. 여기서 몇 블록만 가면 제 차가 있습니다. 아무 문제없습니다. 오늘 누굴 만나기로 했는데 약속이 취소됐거든요."

랭스턴은 팔을 내밀었고 시어니는 고마워하며, 절박한 마음으로 그의 팔을 잡았다.

시어니는 조심스럽게 뒤를 돌아보았다. 그래스 코발트가 따라오는 기미는 보이지 않았다.

5

·······★★★ 🔍 ★★★·······

시어니와 랭스턴은 저택을 외부의 시선으로부터 감춘 환영을 뚫고 대문 안으로 들어왔다. 에머리는 정원 바깥쪽에서 무릎을 굽히고 작업을 하고 있는 중이었다. 종이를 정교하게 접어 만든 꽃으로 가득한 곡선형 정원이었다. 그는 튤립 모양의 빨간 꽃들을 백합 모양의 파란 꽃들로 교체하고 있는 듯했다. 에머리가 작업을 하는 동안 펜넬은 버려진 마법 꽃들을 이빨로 물어 구기고 뭉쳐 뒤집힌 쓰레기통에 뱉어놓고 있었다. 시어니를 본 펜넬이 깽깽 짖었다.

"랭스턴?" 에머리는 일어서며 바지에 묻은 흙을 털었다.

"자네가 올 줄 몰랐는데."

랭스턴이 대답하기 전에 시어니가 나섰다.

"그래스 코발트가 런던 시내에 있어요. 저는 도망치느라 핸드백을 폭발 마법으로 날려버렸어요."

에머리의 표정이 돌처럼 굳었다. 그의 눈빛이 어두워지자 시어니는 그의 심장 세 번째 방에서 봤던 광경들이 떠올랐다. 그곳은 에머리의 실패와 비통함, 어둠이 담겨 있는 방이었다.

"확실해?"

에머리가 물었지만 질문을 하는 말투가 아니었다. 그 말은 꽤…… 위협적으로 들렸다.

시어니는 고개를 끄덕였다.

"전에 본 적이 있어서 얼굴을 알아봤어요."

시어니는 잠시 시선을 에머리의 가슴에 두고 있다가 고개를 들었다.

"레스토랑에 있는데 그자가 다가와서 말을 걸었어요."

에머리의 낯빛이 창백해졌다.

"둘 다 어서 들어와." 그는 돌아서서 파란 종이 백합을 발로 밟으며 현관문으로 향했다. "안에서 얘기하도록 하지."

랭스턴은 비좁은 거실로 들어가 소파 중간에 자리를 잡았다. 시어니는 복도를 지나 주방으로 들어갔는데, 예전부터 골치 아픈 문제가 생기면 늘 주방에서 고민을 하곤 했다. 손을 바쁘게 움직이면 도움이 됐다. 난로에 불을 피우고 찻주전자에 물을 채운 뒤 찬장을 뒤져 말린 페퍼민트 잎을 찾아냈다. 차를 마시고 싶은 생각은 없었지만 일단 잔 세 개에 찻잎을 나눠 담았다.

에머리도 차 생각이 별로 없을 것 같았다. 그는 찻주전자에 물이 끓기 직전에 주방으로 들어왔다. 시어니는 난로에서 찻주전자를 들어 올렸다.

에머리가 뒤에 서 있는 동안 시어니는 뜨거운 물을 찻잔에 부었다.

"무슨 일이 있었는지 얘기해봐."

"다친 사람은 없을 거예요."

시어니는 속으로 '그래스만 빼고요'라고 덧붙였다. 레스토랑의 다른 손님들이 다치지 않도록 폭발 마법의 규모를 줄이긴 했지만 그래도 많은 사람이 놀라기는 했을 것이다.

에머리는 시어니의 손에서 찻주전자를 받아 조리대에 올려놓았다. 그리고 그녀의 어깨를 잡고 돌려 세운 뒤 나지막하지만 한 음절 한 음절 또렷하게 이름을 불렀다.

"시어니."

그는 허리를 굽혀 선명한 초록색 눈동자로 시어니의 눈을 마주 보았다.

"무슨 일이 있었는지 얘기해."

시어니는 딜라일라와 만나 점심 식사를 한 얘기, 그래스의 엉성한 분장, 리라에 대한 그래스의 요구에 대해 털어놓았다. 시어니의 얘기를 들으며 에머리의 입술에는 점점 힘이 들어갔다. 그러다 시어니가 그래스의 위협을 언급하자 그의 입이 벌어졌다.

시어니는 그래스와의 대화를 있는 그대로 털어놓지 말아야 했다고 생각했다.

그래스가 한 말을 시어니 자신의 입으로 되풀이했더니 말에 더욱 무게가 실린 느낌이었다. 시어니는 리라가 손도 대지 않고 에머리를 벽에 밀어붙인 뒤 심장을 훔쳤던 식당 벽을 돌아보았다. 고기를 보관하는 창고 저장실에 쌓여 있던 시체들, 에머리의 심장 속에서 본 가장 끔찍한 이미지가 떠올랐다. 리라가 몸을 붙들고 주문을 외우기 시작할 때 피부를 타고 흐르던 불안한 열기도 생각났다.

시어니는 몸서리를 쳤다.

"마법사님에게 모방 마법으로 연락을 하려고 했는데, 생각해보니까 모방 마법 장치를 핸드백에 넣어뒀더라고요. 그래서 막 도망치다가 랭스턴에게 부딪혔어요. 랭스턴까지 이 일에 엮을 생각은 없었는데 이미 늦은 것 같아요."

에머리는 침통한 표정이었다.

"랭스턴이 표적이 되지는 않을 거야. 그래도 그가 랭스턴을 못 봤거나 신경 쓰지 않길 바라야지. 그래스는 특정한 사냥감을 골라 집중적으로 사냥하는 스타일이야."

에머리가 손을 잡아주자 시어니는 곤두선 신경이 가라앉았지만 또 다른 느낌으로 긴장이 되었다. 시어니를 데리고 거실로 간 그는 랭스턴이 보기 전에 그녀의 손을 놓았다.

에머리는 랭스턴에게도 자초지종을 물었다. 랭스턴은 시어니가 한 얘기에서 크게 보태지 않았다. 그는 시어니가 그래스와 한판 하고 난 후에 시어니를 만난 게 전부였다.

랭스턴이 얘기를 끝마치자 에머리가 말했다.

"성가신 부탁을 하나 해야겠어, 랭스턴. 이 일에 관해서 경찰에 제출할 진술서를 써줬으면 해."

랭스턴은 가슴 주머니에서 종이 한 장을 꺼내고 거실의

작은 테이블에 놓인 좁은 통에서 펜을 집어 들었다. 그가 주문을 외우자 종이 위에 시어니가 털어놓은 그래스와의 일이 글씨가 되어 나타났다. 시어니가 그래스의 위협을 언급하자 랭스턴은 크게 놀란 표정이었지만 예의를 차리느라 그런 것인지 필사 마법을 망치고 싶지 않아서인지 아무 말도 하지 않았다.

애기가 끝나자 랭스턴은 종이를 세 번 접어 조끼 주머니에 집어넣었다.

"경찰에 전달하겠습니다."

그는 칙칙한 갈색 옆머리를 손으로 쓸어 넘기며 약속했다. 그가 일어서자 소파가 삐걱거렸다.

"당신이랑 부딪혀서 다행입니다, 시어니. 위협에 대해서는 생각하기도 싫지만……, 몸조심하세요."

그러고는 에머리에게 덧붙였다.

"제 연락처 아시죠?"

에머리는 고개를 끄덕이고는 랭스턴을 현관까지 배웅했다. 그리고 존토를 깨워 밖으로 내보내 발에 밟혀 망가진 종이꽃들을 치우게 했다.

"예전에 우리가 버크셔에 살 때 그래스는 이웃에 사는 사람이었어." 에머리는 현관문을 닫으며 말했다. "당시 그의 이름은 그레고리였고 깔개 판매원 일을 하고 있었지. 그 사람한테서 구입한 깔개 몇 장을 이 방에 깔아두곤 했어." 그는 거실을 휘 둘러보았다. "나중에 다 갖다 버렸지만."

시어니는 조용히 고개를 끄덕였다. 에머리는 잘못이 없었다. 그로서는 그래스 코발트를 증오할 이유가 충분했다. 그의 심장 속에서 확실히 보진 못했지만 아마 그가 이혼 소송을 제기하기 훨씬 전부터 리라는 그래스와 어울리며 한패가 된 듯했다. 리라에게 심장을 잡아 뜯기기 전에 그의 심장이 이미 갈가리 찢어지지 않은 게 의아할 정도였다.

시어니는 이마를 문지르며 생각에 잠겼다. 버크셔. 에머리의 기억에 남아 있던 낡은 집이 바로 그 버크셔의 집인 모양이었다.

"그래스가 제지 공장에 불을 낸 범인일까요?"

그 생각을 하자 시어니는 심장이 비틀리는 기분이었다. 제지 공장의 사람들이 죽은 게 결국 자기 때문이었을까?

에머리는 벽에 기대어 팔짱을 꼈다.

"그럴 수도 있겠지. 하지만 그래스는 자신에게 시선이 쏠리는 걸 좋아하지 않아. 영리한 놈이거든. 폭발은 그의 스타

일이 아니야. 제지 공장 화재의 범인을 추측해보자면 사라
즈일 가능성이 더 높아." 그는 미간을 찌푸렸다. "그래스와
사라즈가 아직도 같이 일하는지는 모르겠지만."

시어니는 초조한 마음에 침을 꼴깍 삼켰다.

"사라즈요?"

시어니는 되찾은 에머리의 심장을 가지고 돌아오기 전
에, 파울니스섬을 향해 다가오는 보트에 탄 두 *사람*을 본
적이 있었다.

에머리는 손사래를 쳤다.

"상황에 따라 그래스와 동업자가 됐다가 말았다가 하는
또 다른 신체 마법사인데……, 그게 중요한 게 아니고." 그
는 손가락으로 머리카락을 쓸어 넘겼다. "일이 점점 복잡
해지고 있어."

시어니는 자세히 묻고 싶었다. 하지만 에머리의 의기소
침한 표정을 보니 그 주제를 지하실에 집어넣고 문 열쇠를
깊이 파묻어버리고 싶은 심정이 되었다. 시어니는 팔짱 낀
에머리의 팔뚝에 한 손을 올리며 말했다.

"어떤 식으로든 잘 해결될 거예요. 늘 그랬듯이요."

에머리는 빙그레 웃었다.

"본인이 곤란한 입장에 처했으면서 오히려 나를 안심시키려 드니 기분이 묘하네." 곧 그의 목소리에서 웃음기가 가셨다. "마을에 들어와 있는 신체 마법사가 그래스뿐이길 바라야지. 그놈들을 진작에 끝장냈어야 했는데."

스트레스를 받으면 종종 그래왔듯이 에머리는 일을 하러 갔다. 작업실에서 두툼하고 기다란 두루마리 종이를 꺼내서 앞마당으로 끌고 나갔다. 그는 시어니에게 책상 뒤에 놓아둔 가로 8.5인치, 세로 11인치짜리 종이와 가로 6인치, 세로 6인치짜리 종이를 잔뜩 가져오라고 지시했다. 조금 전 그가 앞마당으로 가지고 나간 것과 같은 두루마리에서 미리 잘라둔 종이들이었다. 그는 남색 외투 안에서 가위를 꺼내 들고 재단대도 없이 종이를 자르기 시작했다. 오래지 않아 시어니는 그가 집을 둘러싼 결계를 바꾸고 있음을 알아챘다. 방해하고 싶지 않아서 시어니는 펜넬과 함께 현관 앞에 조용히 앉아 지켜보았다. 도움이 필요하자 에머리는 존토를 불러 보조하게 했다.

에머리는 놀라울 정도로 신속하게 작업을 진행했다. 결계가 어찌나 복잡하고 난해한지 시어니는 최소 기한으로 생각해둔 2년 내에 과연 정식 마법사가 될 수 있을지 의문이었다. 배울 게 너무나도 많았다. 그는 이곳을 찢고 저곳을 자르면서 기다란 부채꼴 모양의 종이와 사각형 통 모양의 종이를 접어 여기저기 놓아두었다. 언뜻 봐서는 무작위로 배치해놓은 것처럼 보였다.

작업을 마친 에머리는 시어니에게 말했다.

"대문 밖으로 나가서 뭐가 보이는지 말해줄래?"

현관에서 대문까지 이어진 좁은 길을 따라 내려간 시어니는 대문 밖 길로 나섰다. 에머리의 종이 환영 결계를 벗어나 뒤를 돌아보자, 귀신이 나올 것 같은 시커먼 저택은 온데간데없고 갈라진 모래땅과 바람에 굴러다니는 덤불뿐인 척박한 풍경이 펼쳐졌다. 에머리는 밖에서 집이 아예 보이지 않게 만들어놓았다.

잠시 후 에머리도 결계 밖으로 나와 시어니 옆에 나란히 섰다. 더운지 외투를 벗어서 어깨에 걸친 모습이었다. 그는 손가락 두 개로 턱을 톡톡 치면서 눈썹을 찌푸렸다. 입보다 눈에 더 힘이 들어간 것 같아 시어니는 걱정스러웠다. 그는 아무 말도 하지 않았지만 만족하는 기색은 분명 아니었다.

시어니는 에머리가 두 번째로 좋아하는 요리인 셰퍼드파이(다진 양고기를 넣고 매시트포테이토를 올려 구운 파이-옮긴이)를 저녁 식사로 준비하고 디저트로 구스베리 코블러(위에 밀가루 반죽을 두껍게 씌운 과일 파이의 일종 - 옮긴이)도 만들었다. 에머리가 제일 좋아하는 요리를 만들려면 큰 넙치가 필요한데 집에 재료가 없었다. 그는 진심으로 고마워했지만 시어니는 그의 신경이 다른 데 가 있음을 알아챘다. 앞으로 며칠이고 계속 그럴 텐데 시어니는 그의 속내를 짐작할 수가 없었다.

다음 날에도 에머리는 여전히 다른 데 정신이 팔려 있었다. 시어니는 그를 내버려두고 《동양의 종이접기 예술》이라는 책을 읽고 종이 인형 작업을 하며 공부를 계속했다. 저녁이 되어서야 그는 머릿속 방황을 멈췄다. 시어니가 저녁 식사 때 쓸 샐러드 그릇을 찬장에서 꺼내고 있는데 그가 당분간 이 집을 떠나 있자고 말했다.

"떠나자고요?" 시어니는 놀라 그릇을 떨어뜨릴 뻔했다. "왜요?"

"당연하잖아?"

시어니는 명확히 납득이 되지 않았다. 에머리는 생각을 감춘 목소리였고 또다시 속을 알 수 없는 눈빛이었다.

"그래스가 여기 있어. 만약 자네가 놈의 표적이라면, 아무래도 그렇게 된 것 같은데, 놈이 여길 금방 떠날 리 없어. 나는 그놈을 수년째 추적해왔어, 시어니. 추적이 좁혀 들어오고 있는 걸 알면서도 그놈은 쉽게 도망칠 길을 모색하지 않았어. 언제나 일을 마무리 짓고 나서야 빠져나갔지."

말을 맺으며 그의 목소리가 축 처졌다.

시어니는 깍지 낀 두 손을 가슴께에 모으고 속삭였다.

"그 사람도 창고에 있었죠?"

시어니는 신체 마법사가 피와 장기를 꺼내 쓰려 모아둔 썩은 시체들을 떠올렸다. 그래스가 그 사람들을 그렇게 찢어놓았을까?

그곳에서 썩어가고 있던 시체들의 이미지를 감정 없이 떠올려보려 했지만 눈이 절로 감기면서 저만치 밀어내고 말았다. 시어니는 입맛이 떨어져 그릇을 찬장에 도로 넣어버렸다.

"그들 중 하나였지."

에머리의 목소리는 시어니가 들어본 중 가장 침통했다. 심장이 둘로 쪼개지는 듯했다. 하지만 그에게 한 걸음 다가서다가 멈춰 섰다. 이런 때일수록 견습생으로서 경계를 넘지 않는 편이 나을 것 같았다.

에머리가 시어니의 눈을 마주 보며 말했다.

"여길 떠나 있는 게 더 안전해. 아무리 결계를 쳐놔도 그들은 나를 쉽게 찾아낼 수 있어. 안타깝지만 마법사 위원회가 모든 마법사의 거주지 정보를 요구하고 있어서 아무리 은밀한 곳에 숨고 싶어도 불가능하거든. 난 마법사 위원회의 내부 정보 보안 상태를 믿지 않아. 일단 도시 중심부로 가자. 차라리 그곳이 몸을 숨기기에 나을 거야."

"도심을 싫어하시잖아요."

에머리는 한숨을 쉬었다.

"싫어하긴 하지. 전신으로 택시를 부를게. 짐을 싸도록 해, 가볍게. 얼마나 오래 집을 떠나 있게 될지 모르겠어. 계속 이동해야 할 수도 있어."

"저 때문에 이렇게 돼서 죄송해요."

"우리도 전화기 한 대 사야겠다."

에머리는 또다시 전등 스위치를 켜고 끄듯, 듣고 싶은 말만 들었다. 그는 총총히 거실을 나갔다.

위층으로 올라간 시어니는 침대 밑에서 여행 가방을 꺼냈다. 생각해보니 급하게 떠날 때 쓰기에는 너무 큰 가방이었다. 여행 가방 안에 넣어둔 천 가방을 꺼냈다. 예전에 에머리의 심장 속으로 들어갈 때 가지고 갔던 가방이었다. 문질러 빨고 수선하고 두 군데 천을 덧대야 하긴 했지만 지금껏 간직하고 있었다. 이 가방과 함께한 추억 때문에 감정적이 되어서 버릴 수가 없었다.

한 번 갈아입을 옷만 천 가방 맨 아래에 집어넣었다. 나중에 또 갈아입어야 할 때는 지금 입고 있는 옷을 빨아서 입으면 될 것이다. 화장품과 위생용품, 종이접기 관련 책을 챙겨 넣고 책 뒤표지 안쪽에는 여분의 종이를 끼워 넣었다. 지난번에 썼던 가방인 걸 알아보았는지 펜넬이 천 가방에 대고 코를 킁킁거렸다.

시어니는 펜넬을 들어 올리고 종이 개를 망가뜨리지 않을 정도로 품에 꼭 안았다.

"나랑 같이 가려면 지난번처럼 또 몸을 접어야 돼. 오래 안 걸릴 거야."

펜넬이 꼬리를 살랑거리며 씩씩거렸다.

"접어."

시어니의 명령에 펜넬은 마른 종이 혀로 시어니의 얼굴을 핥고는 머리를 숙이고 뒷다리를 앞으로 뻗었다. 시어니는 펜넬의 몸을 한쪽으로 치우친 오각형 모양으로 납작하게 접은 뒤 천 가방 안에 조심스럽게 집어넣었다. 펜넬이 가방 안에 자리를 잘 잡고 있는 것을 확인한 다음, 끈을 올려 어깨에 걸었다.

시어니는 마지막으로 방을 한 번 둘러보고 인상을 쓰며 계단을 내려갔다.

무슨 일이 일어났든 에머리가 곁에 있으니 괜찮았다.

저녁 8시 45분, 택시가 집 앞에 도착했다. 여름 해의 마지막 빛줄기가 서쪽 하늘에 뜬 구름을 비췄다. 에머리는 되는 대로 짐을 넣어 절반쯤 채운 세탁물 자루를 택시 뒷좌석 안쪽에 던져 넣었다. 택시 좌석에 덮개를 새로 씌웠는지 새 가죽 냄새가 풍겼다. 에머리는 시어니의 손을 잡아 택시에 먼저 태운 뒤 뒤따라 올라탔다.

"벌리로(路)로 갑시다." 에머리는 택시기사에게 행선지를 말하고 시어니에게 말했다. "그 지역 호텔에서 묵은 적이 있어. 괜찮은 곳이야."

시어니는 애써 미소를 지었다. 전조등을 켠 기사는 한 바퀴 빙 돌아 런던 중심부를 향해 느릿하게 한참을 달려갔다. 여름밤의 시원한 공기가 유리 없는 창문으로 밀고 들어와 에머리의 곱슬거리는 머리를 흔들었다. 다행히 길가에 그림자를 드리운 나무들이 지키고 있어서 시어니는 강을 보지 않아도 되었다.

"죄송해요, 에머리."

시어니는 미안해하며 가방에 두 손을 얹었다.

"자네 잘못이 아니야." 에머리는 왼팔을 들어 시어니의 어깨를 감쌌다. 시어니는 심장이 빠르게 뛰었지만 혹시 그가 팔을 치울까 봐 꼼짝하지 않았다. "잘못한 사람은 나지. 내가 아니었으면 자네는 이런 일에 엮이지도 않았을 텐데. 엄밀히 따지면 자네를 내 견습생으로 배정한 패트리스의 잘못이지. 그래, 패트리스를 탓하자."

시어니는 웃었다. 피곤이 몰려와 하품이 났지만 꾹 참으며 말했다.

"그렇게 배정해주셔서 전 좋은데요."

"자네는 내가 가르친 견습생 중에서 제일 재미있는 사람이야." 에머리는 묘하게 맞장구를 쳤다. "랭스턴은 제일 재미없는 견습생이었고."

"두 분이 나이 차이도 별로 안 날 것 같아요."

"맞아, 별로 안 나."

에머리는 무심히 시어니의 땋은 머리끝을 엄지로 만지작

거렸다. 시어니는 달아오른 얼굴을 숨길 수 있는 택시 안의 어둠이 고마웠다.

"내가 스물두 살 때 랭스턴을 견습생으로 받았어. 나도 견습생 생활을 마치고 정식 마법사가 된 지 겨우 2년차였지. 당시 종이 마법사의 수가 급격하게 줄고 있어서 프래프는 연차를 가리지 않고 배정을 했어. 내 밑으로 오지 않으면 바다 건너 미국 뉴올리언스에 사는 종이 마법사의 견습생으로 가야 될 상황이었지. 랭스턴은 좋아하는 여자 때문에 영국에 남고 싶어 했어."

시어니는 헛기침을 하면서 에머리 곁에 바짝 붙어 있는 것에 대해 신경 쓰지 않으려고 안간힘을 쓰며 물었다.

"랭스턴 씨는 그 여자 분과 결혼했어요?"

에머리는 웃으며 말했다.

"아니. 랭스턴이 견습생이 되고 2주쯤 후에 그 여자가 랭스턴에게 편지를 보내 냉정하게 거절했어. 그 뒤로 한 달 정도 랭스턴은 기가 팍 죽어 지내다가 차츰 괜찮아졌지. 대니얼이라는 견습생도 가르친 적이 있는데, 그 친구는 랭스턴과는 아주 딴판이었어. 대니얼 때문에 내가 지금 사는 그 집으로 이사를 해서 대문에 결계까지 치게 된 거야."

시어니는 앉은 자리에서 비로소 긴장을 풀었다. 에머리는 여전히 그녀의 어깨에 팔을 두른 채였다.

"대니얼은 사고뭉치였어요?"

"바람둥이였어. 지독한 바람둥이. 여자들이 그 녀석의 미심적은 매력에 빠져서 숱하게 꼬였지." 에머리는 생각에 잠긴 투로 말을 이었다. "거의 매주 다른 여자가 그 녀석 때문에 우리 집을 드나들었어. 그 속도라면 견습을 마치고 정식 마법사가 되기까지 6년은 걸리겠더군. 그러다가 다른 이유 때문에 내 밑에서 견습을 더 이어갈 수 없게 됐지. 어떻게 된 사정인지는 자네도 어쩌면 알고 있을 거야."

시어니는 또다시 하품을 삼키며 고개를 끄덕였다. 에머리의 심장 속을 지나는 동안 그의 두 번째 견습생에 대한 단편적인 정보를 얻은 적이 있었다. 시어니가 아는 바에 따르면 대니얼이라는 견습생은 리라와 문제가 생겨 다른 마법사 밑으로 가게 됐다.

에머리는 웃으며 말했다.

"어느 날 또 어떤 여자가 대니얼을 찾아 우리 집에 왔는데 중등학교를 갓 졸업한 나이 정도로밖에 안 보였어. 키는 랭스턴만큼 컸지만. 대니얼은 키가 작은 편이라 그 여자가 들이닥치자 기가 죽은 것 같았어. 나는 그 여자를 집으로 들였지. 버르장머리를 고쳐줘야 대니얼이 내 집 주소를 핼러윈 캔디처럼 여자들한테 뿌려대는 짓을 그만둘 것 같아서."

택시가 덜컥거린 바람에 시어니는 퍼뜩 잠에서 깼다. 깜빡 잠이 든 줄도 모르고 있었다. 에머리도 몰랐는지 여전히 옆에서 떠들고 있었다. 시어니는 에머리의 어깨에 기댄 머리를 떼고 바로 앉았다. 또다시 피부가 발그레하게 달아올랐다.

에머리는 고개를 저으며 말했다.

"그게 새우더라고. 도대체 누가 새우와 달달한 크림을 한 접시에 담아? 자네도 그런 요리는 못 들어봤을걸."

"그게……." 시어니는 잠을 쫓으려 눈을 몇 번 깜박이며 대답했다. "전에 데번셔에서 본 수프 같은데요, 아마……."

시어니는 택시의 앞유리 너머를 바라보며 눈을 가늘게 떴다. 택시의 헤드라이트 불빛 너머 도로 한복판에 무언가 서 있었다. 사람 같은데?

헤드라이트 불빛이 정면으로 그 사람을 비춘 순간, 시간이 멈춰버렸다.

그 남자가 팔을 치켜들었다. 택시 앞유리는 박살나지 않앉고 시어니는 총성을 듣지 못했다. 하지만 택시기사의 머리가 뒤로 확 젖혀지면서 운전석과 앞유리에 검붉은 피가 튀었다.

기사는 축 늘어지며 운전석에 쓰러졌다. 택시의 헤드라이트 불빛이 도로에서 멀어지며 주변의 식물과 땅, 그리고 – 공포스럽게도 – 시커멓게 휘몰아치는 강물을 비추었다. 에머리는 한 손으로 시어니의 어깨를 단단히 잡고 다른 손으로는 택시의 천장을 짚으며 버텼다.

택시가 검은 강물에 떨어진 순간부터 시간이 다시 흘렀다. 시어니는 몸이 앞으로 쏠린 채 운전석을 붙잡았다. 양 손목을 따라 통증이 치솟았다. 시커먼 어둠이 택시로 밀려들었다. 차가운 강물이 시어니의 발목까지 차올랐다.

눈처럼 싸늘한 냉기가 시어니의 가슴에서 팔다리로 퍼져나가며 온몸을 얼어붙게 했다. 아무 생각도 할 수 없었다. 심장도 멈췄다. 목구멍이 바짝 마르고 다리에 감각이 없었다.

"안 돼!"

시어니가 악을 썼지만 그 소리는 저 멀리 어딘가에서 아득히 들려오는 듯했다. 물이 택시 안으로 밀려들어 수천 마리의 차가운 거미 떼처럼 시어니의 종아리와 무릎, 허벅지로 기어올랐다.

유리창 없는 창문으로 물이 밀고 들어오자 에머리는 문을 몸으로 밀었다. 택시가 강바닥에 코를 박으며 기울어졌다.

물에 빠져 죽을 일만 남았다. 이대로 익사할 것이다. 시어니의 뺨을 타고 눈물이 흘렀다. 물이 다리를 지나 좌석으로, 블라우스까지 적시며 올라오는데 시어니는 몸이 움직여지지 않았다.

에머리가 빠르게 말했다.

"자네를 밖으로 끌어내야겠어."

"안 돼, 안 돼!" 눈을 휘둥그렇게 뜬 시어니는 손가락 관절이 하얗게 질리도록 앞의 운전석 덮개를 움켜잡으며 중얼거렸다. "안 돼, 안 돼, 안 돼……."

에머리는 시어니의 양팔을 붙잡고 운전석에서 떼어내 자신의 목에 감았다.

"숨 깊게 들이마셔! 나를 꼭 붙잡아. 물 밖으로 나갈 때까지 숨 쉬지 마!"

물이 시어니의 배와 가슴, 옷깃으로 차올랐다.

시어니는 몸에 경련이 일었다.

에머리는 욕을 내뱉고는 깊게 숨을 들이마신 후 입을 꾹
닫았다. 홍수처럼 밀려든 물이 그들의 턱과 이마, 정수리까
지 올라왔다.

시어니는 눈을 질끈 감고 에머리의 목에 손톱을 박으며
그의 옷깃을 잡고 매달렸다. 버둥거리던 시어니는 택시 창
문 윗부분이 등과 허벅지를 스치는 것을 느꼈다.

다음 순간, 어둠이 시어니를 집어삼켰다. 에머리의 목과
불붙은 듯 화끈거리는 폐를 제외하고 모든 것이 차가웠다.
옆에서 에머리가 발로 물살을 차는 것이 느껴졌다. 하지만
물은 끝이 없었다.

돌연 시어니는 어릴 적 이웃 헨더슨 씨네 집 양어지에 빠
졌던 일곱 살 때로 돌아갔다. 위로 올라가려고 발버둥 쳤지
만 진흙과 모래만 만져질 뿐이었다. 숨을 쉴 수가 없었다!

이윽고 물이 갈라지며 따뜻한 여름 공기가 피부에 닿았
다. 시어니는 물을 뱉고 뜨끈한 숨을 들이마셨다. 불이 목
구멍 안쪽을 태우는 듯했다. 시어니는 아직도 물속으로 가
라앉는 듯이 에머리를 붙잡고 매달렸다.

"쉬, 쉬이."

에머리는 시어니를 안심시키려 했다. 한 팔로는 그녀의

상체를 감싸 바짝 끌어안고 다른 팔로는 물살을 밀어내며 앞으로 나아갔다. 그가 잠시 움직임을 멈추자 두 사람은 다시 가라앉기 시작했다. 시어니가 비명을 지른 순간, 그녀의 허리를 잡고 있던 에머리의 손이 위로 올라와 입을 막았다.

에머리는 발로 물을 차며 시어니를 안고 다시 한번 물 위로 올라갔다. 이번에는 그의 손에 작은 플라스틱 상자가 들려 있었다. 그는 이로 그 상자를 열었다. 그 안에 마법을 걸어둔 종이가 들어 있었다.

에머리는 입으로 그 종이를 물고 플라스틱 상자를 버린 뒤 물살을 헤치던 손으로 종이를 쥐었다. 물이 다시 그들을 뒤덮으려는 순간, 에머리는 "은폐해라!"라고 속삭이며 종이를 허공에 던졌다. 시어니는 별빛 아래 펼쳐진 그 종이가 수면에서 몇 미터쯤 위에서 우산처럼 펼쳐지는 것을 보았다.

에머리가 계속 헤엄을 치며 조금씩 강가로 나아가는 동안 은폐 마법이 줄곧 그들을 뒤덮으며 따라왔다. 시어니는 아직 공포감이 남아 있었지만 차츰 정신을 차렸다. 택시. 강물. 어떻게 수면으로 올라왔을까? 에머리는?

시어니는 눈을 가늘게 뜨고 별빛이 내리비치는 도로를

바라보았다. 강둑 끝에 사람의 윤곽이 어슴푸레 보였다. 별빛 속에 남자가 서 있었다. *본 적이 있는 남자였다.*

시어니의 발이 질척한 땅에 닿았다. 에머리는 움직임을 멈추고 강둑에 서 있는 남자에게 시선을 붙박았다. 에머리도 그 남자를 알아본 눈치였다.

길 저 아래에서 불빛이 나타났다. 또 다른 택시였다. 그 택시의 헤드라이트가 강둑에 서 있는 남자를 잠시 비추었다. 마르고 키가 크며 곱슬머리에 어두운 피부를 가진 남자였다. 시어니는 그 남자가 누구인지 떠올려보았다. 하지만 미처 정체를 파악하기도 전에 남자는 연기를 피우며 사라졌다. 택시의 불빛이 서서히 다가왔다. 그 택시의 운전기사는 이쪽에 사고가 난 것 같으니 확인차 와본 듯했다.

강물이 밀려와 몸을 휘감자 에머리는 두 팔로 시어니를 감싼 후 그녀의 젖은 머리카락에 대고 나직하게 말했다.

"미안해. 정말 미안해. 이제 괜찮아. 무사해."

그러고는 그녀의 이마에 입을 맞췄다.

시어니는 완전히 정신을 차렸다. 계속 눈물이 났다. 차가운 강물에 비하면 눈물은 뜨거웠다. 오한이 나 이가 딱딱 맞부딪혔다.

시어니는 몸을 떨며 에머리의 젖은 옷에 얼굴을 묻었다. 저만치서 택시의 헤드라이트 불빛이 가까이 다가올 때까지 그렇게 있었다. 누군가 유리 마법이 깃든 램프를 강물 쪽으로 비췄다.

"저 사람들 우리를 찾고 있어." 에머리가 속삭였다. "드러내라!"

그들을 가려주고 있던 은폐 마법 장치가 도로 접히며 물에 떨어졌다. 에머리는 그 장치가 물살에 떠내려가게 내버려두었다. 그는 시어니를 비탈진 강가로 이끌었다. 시어니는 줄곧 그에게 매달렸다. 그가 사람들에게 팔을 흔들어 도움을 청할 때도 그를 붙잡은 손을 놓지 않았다. 사람들 중한 명이 자기 차로 돌아갔는데 밧줄이나 손전등을 가지러 간 듯했다.

"그래스가 아니었어요."

시어니가 조그맣게 말했다.

"그래, 아니었어."

에머리도 같은 생각이었다.

그도 그자를 아는 것 같았다.

그들을 공격한 자가 누구든, 에머리는 그를 알고 있었다.

6

　시어니는 런던 남부 경찰서 한쪽 구석의 의자에 앉아 흐물거리는 펜넬의 몸을 만지작거리고 있었다. 택시가 강으로 추락할 당시 펜넬은 시어니의 가방에 들어 있던 터라 물에 젖어 망가지고 말았다. 에머리는 펜넬을 고칠 수 있다고 시어니를 안심시켜주었다. 지금 에머리는 그 지역 형사, 그리고 형사과의 줄리엣 캔트렐 마법사와 함께 뒤쪽 사무실로 들어가 문을 잠그고 얘기를 나누는 중이었다. 시어니는 물에 젖은 펜넬의 몸뚱이를 무릎에 얹은 채 홀로 앉아 있었다.

캔트렐 마법사가 신경을 안정시키는 데 도움이 될 거라며 건넨 코냑을 약간 마셔서인지, 시어니는 자꾸 하품과 딸꾹질이 나왔지만 꾹 참았다. 벽에 붙은 체리나무 뻐꾸기시계가 밤 12시 30분을 알렸다.

시어니는 몸을 돌려 한 시간쯤 전에 에머리가 들어간 사무실을 바라보았다. 시어니가 알기로 에머리는 수년째 경찰의 법 집행 업무에 심도 있게 관여하고 있었다. 문 닫힌 사무실에서 오가는 논의를 듣고 싶었지만 에머리는 여기서 기다리라고 단호하게 선을 그었다. 시어니를 보호하기 위해서일까, 아니면 시어니를 믿지 못해서일까?

택시가 강둑 너머로 추락했을 때 시어니는 바구미가 들끓는 밀가루 자루처럼 아무짝에도 쓸모없는 존재였다. 혼자였으면 아마 익사해서 이름 모를 그 택시기사와 함께 수면에 둥둥 떴을 것이다.

택시기사. 충돌의 기억은 흐릿했지만 택시기사의 무시무시한 죽음은 머릿속에 뚜렷이 각인됐다. 도로에서 누군가 손을 들어 올린 순간 택시기사는 목숨이 끊어졌다. 신체 마법이 분명했다. 그게 아니면 설명이 불가능했다.

사무실 문이 열리자 시어니는 고개를 들었다. 하지만 문

밖으로 나온 사람은 제목이 적혀 있지 않은 두툼한 노란색 서류철을 손에 든 형사뿐이었다. 시어니는 그 서류철에 '접근 차단' 마법 자물쇠가 달려 있는 것을 한눈에 알아보았다. 특정한 명령을 받아야만 열리는 자물쇠인데 꼭 마법사가 명령을 내릴 필요는 없었다. 시어니는 바로 지난주에 에머리에게 그 마법에 대해 배웠다.

형사는 주변을 휙 둘러보더니 빈 책상에 서류철을 올려두고 수첩을 들고 사무실을 가로질러 시어니에게 다가왔다. 그는 의자를 끌어다가 시어니 맞은편에 놓고 앉았다. 시어니의 무릎과 불과 60센티미터 떨어진 상태였다. 그의 손에는 끄트머리에 작은 금속 마법 인장이 붙은 값비싼 펜이 들려 있었다. 잉크가 바닥날 때가 되면 인장에 불이 들어오는 펜이었다. 시어니는 태기스 프래프 재학 시절에 비슷한 펜을 사용해본 적이 있었다.

형사는 형사과 인장이 찍힌 수첩을 무릎에 얹었다.

엄밀히 따지면 마법사 위원회의 한 분과인 형사과는 국내외를 막론하고 영국의 모든 법 집행 기관과 긴밀한 협력 관계를 유지했다. 일부 마법사는 형사과와 무관한 사립 탐정 사무소와 협력하기도 했는데, 마법사 위원회와 엮이면 사안이 지나치게 정치적이 되어버리기 때문이었다. 시어니는 그런 마법사들을 나무랄 일은 아니라고 생각했다.

시어니는 앞에 와 앉은 형사를 한참 뚫어지게 바라보았다. 커피 얼룩이 묻은 셔츠, 어깨에 찬 권총집 안에 담긴 금속 마법 권총. 금속 마법사들은 법 집행 기관과 종종 함께 일을 했다. 시어니도 애초 계획대로 금속 마법사의 길을 갔더라면 지금과는 사뭇 다른 능력을 갖게 됐을 것이다.

형사는 인상을 쓰며 말을 걸었다.

"담요 갖다줄까요, 트월 양?"

허리띠가 물에 젖어 간질거리기 시작했지만 시어니는 고개를 저었다.

"괜찮아요. 고맙습니다."

"같은 얘기를 또 하게 해서 미안합니다." 형사는 먼저 사과부터 했다. "진술을 한 번 더 해주시겠습니까? 최대한 자세히 기억나는 대로 얘기해주면 됩니다."

시어니는 아랫입술을 깨물며 고개를 끄덕였다. 사고에 대해 최대한 상세히 진술했다. 떨리는 목소리를 진정시키려 애썼지만 택시기사의 죽음에 대한 부분에서는 그러기가 힘들었다. 이야기의 시작과 끝부분 외에는 진술할 말도 없었다. 택시가 강물에 떨어지는 순간 시어니의 머리는 작동을 멈췄으니까.

진술은 아무 쓸모도 없을 것이다.

형사는 몇 가지 질문을 더 한 다음, 고맙다고 인사하며 일어나 의자를 원래 있던 자리에 도로 가져다놓았다. 잠시 후 그는 캔트렐과 에머리가 얘기를 나누고 있는 사무실로 다시 들어갔다.

경찰서 정문이 열리고 에이비오스키와 진이 쭉 빠진 모습의 딜라일라, 고무 마법사 알프레드 휴즈가 안으로 들어왔다. 휴즈와는 석 달 전 에머리가 거의 죽을 뻔했을 때 만난 적이 있었다. 휴즈는 마법사 위원회의 일원으로 형사과 일에도 관여하고 있었다. 에머리의 심장 속 세 번째 방을 지나면서 시어니는 휴즈가 에머리를 신체 마법사 사냥에 끌어들였음을 알게 됐었다.

시어니는 의자에서 일어나 펜넬을 비롯한 다른 물에 젖은 소지품들을 의자에 내려놓았다. 에이비오스키가 먼저 다가와 시어니의 양팔을 잡으며 위아래로 살펴보았다.

"자네는 위험한 일에 자꾸 얽히는 재주가 있나 봐, 트윌양." 에이비오스키는 안도의 한숨을 내쉬며 나직하게 혀를 찼다. "무사하니 다행이네." 에이비오스키의 낯빛이 창백했다.

"세인 마법사는?"

"머리를 좀 부딪힌 것 말고는 무사하세요."

시어니는 경찰서에 도착하고 나서야 에머리가 머리를 다쳤다는 것을 알았다. 그것도 에머리의 머리에서부터 흘러내려 말라붙은 피를 보고서야 알아챘다.

시어니는 이번 사고에서 전혀 쓸모없는 존재였다.

"지금은 캔트렐 마법사님과 얘기 중이세요." 시어니는 저쪽의 닫힌 사무실 문을 가리켰다. 시어니는 금속 마법사인 캔트렐의 얼굴을 잠깐 봤을 뿐이었다. 캔트렐은 시어니보다는 에머리의 사고 진술에 더 큰 관심을 보였다.

딜라일라가 다가와 시어니를 꽉 끌어안았다. 이번에는 양 볼에 입을 맞추는 프랑스식 인사를 생략했다.

"아, 시어니! 어쩌면 좋아. 정말 끔찍한 일이야."

"난 괜찮아."

시어니는 자신 없는 목소리였다. 지치고 두렵고 걱정되는 한편, 안심이 되면서도 초조한 기분. '괜찮다'가 이런 기분에 어울리는 말일까?

"사건 진술은 했나?"

휴즈가 물었다. 시어니의 기억보다 목소리가 더 걸걸해진 것 같았는데 늦은 시간임을 감안하면 충분히 그럴 만했다.

시어니는 고개를 끄덕였다.

휴즈는 인상을 쓰면서 잘 손질된 허연 턱수염을 엄지와 검지로 쓰다듬었다.

"위험한 일에 얽히는 재주라는 말은 상당히 절제된 표현이지. 자네는 이번 주에만 세 번이나 사고에 휘말렸어."

"세 번이요?"

에이비오스키가 얇은 테 안경 너머로 눈을 동그랗게 뜨며 그의 말을 되풀이하며 물었다.

휴즈는 고개를 끄덕였다.

"어제 저녁 그래스 코발트가 다시 나타났다는 내용의 보고서를 받았습니다. 그자가 런던에 돌아온 모양이에요. 트월 양을 개인적으로 찾아간 듯하고요."

딜라일라가 시어니의 팔을 잡고 자신의 가슴에 붙이다시피 끌어당기며 몸서리를 쳤다.

에이비오스키의 얼굴에서 더욱 핏기가 가셨다.

"그자는 영국을 떠난 걸로 아는데요!"

"그렇게 생각을 했었죠. 그런데 이런 일을 벌이려고 돌아온 모양입니다."

시어니가 나섰다.

"아뇨, 리라 때문에 돌아온 거예요."

시어니는 딜라일라가 잡고 있지 않은 다른 쪽 손으로 젖은 블라우스를 매만졌다. 경찰서에 도착하자마자 받은 수건은 이미 물에 흥건히 젖어 의자 등받이에 걸쳐놓았다.

"그자는 제가 리라를 원래대로 돌려놓을 방법을 안다고 생각했어요."

하지만 시어니는 자신이 어떤 방법을 써서 리라를 무찔렀는지 잘 알지 못했다. 시어니와 리라는 동굴 밖에서 싸움을 했다. 시어니는 리라의 칼을 빼앗으려 드잡이를 하던 와중에 칼로 리라의 눈을 베었다. 하지만 그다음에 일어난 일은 기억이 산산조각이 나 아직도 온전하지 않았다. 시어니는 그저 젖은 종이에 '리라는 얼어붙었다'라고 썼을 뿐이었다. 글로 쓴 내용을 읽어 환영을 불러내듯이 마법을 걸었다. 리라의 얼어붙은 몸이 환영이 아니라는 것 빼고는 일반적인 이야기 환영 마법과 다를 게 없었다.

"자네의 대답이 그자의 마음에 안 들었던 모양이군."

휴즈는 흥미로워했다.

"아뇨." 그들 뒤에서 지친 바리톤 목소리가 들려왔다. 에머리였다. "이번에 우리를 공격한 자는 그래스가 아니었습니다."

모두 에머리를 돌아보았다. 에머리와 함께 사무실에서 나온 캔트렐은 근처 책상 앞에 앉아 서류에 서둘러 무어라 적고 있는 중이었다. 딜라일라는 시어니의 팔을 더욱 바짝 붙잡았다.

"시어니도 저와 같은 생각입니다."

에머리는 걱정스런 표정으로 그녀를 바라보았다. 상황이 악화된 것에 대해 에머리가 화를 내지 않는 걸 보고 시어니는 안도했다. 적어도 그는 시어니 탓이라고 생각하지는 않는 듯했다.

"확실하진 않습니다. 범인을 잘 볼 수 있는 위치도 아니었고 어두웠거든요. 하지만 사라즈 프렌디가 아직까지 그래스와 한패인 것 같다는 생각이 듭니다."

휴즈가 인상을 썼다.

"지난 3년 동안 사라즈에 대한 얘기는 별로 들은 게 없잖습니까?"

"들었을 수도 있어요. 단지 그자가 저지른 일인 줄 우리가 몰랐던 거죠."

휴즈는 피식하기는 했지만 반박하지는 않았다.

딜라일라가 물었다.

"사라즈가 누구예요?"

그러자 휴즈는 한숨을 쉬며 말했다.

"담당 견습생을 다른 방으로 데려가는 게 좋겠군요, 패트리스."

시어니가 반대했다.

"여기 있게 해주세요. 딜라일라도 알아야 된다고 생각해요. 딜라일라도 이미 사건의 일부가 됐어요."

딜라일라는 놀라 입을 딱 벌렸지만, 자신이 어떤 식으로 사건에 얽혔는지 따져 물을 때가 아님을 알고 있었다. 에이비오스키가 고개를 끄덕이자 휴즈는 어깨를 으쓱하며 딜라일라의 물음에 답했다.

"사라즈 프렌디는 인도 출신 신체 마법사야. 인도 혈통이라는 것 정도만 알려져 있어. 그자의 이력에 대한 자세한 정보가 없어서 출생 장소를 특정할 수는 없지만. 그래도 그자에 관한 범죄자 프로파일은 우리가 갖고 있어."

시어니는 팔에 소름이 돋았다.

에이비오스키가 물었다.

"어떤 내용이죠?"

"예측 불가능한 자라는 것이죠. 혼자 작업할 때도 있고, 예전에 그래스 코발트가 이끌었던 조직 같은 대규모 신체 마법사 집단과 협력을 하기도 합니다. 우리가 1901년에 함정 수사로 해체시켰던 것 같은 집단 말입니다. 우리가 사라즈에 관해 알고 있는 건, 그자는 과시욕이 강하고 양심이 결여된 인간이라는 사실입니다."

"과시욕에 일을 벌인다면, 공장을 폭발시키는 일도 하겠네요."

시어니가 말했다.

휴즈가 계속해서 설명했다.

"가능성은 있지만 그자와 제지 공장 사건을 연결시킬 만한 확실한 증거는 없어. 자네를 빼고는 제지 공장 사건과 다른 사건들의 공통점도 없는 상태야, 트윌 양."

시어니는 폭발 후 제지 공장 밖에 모여든 구경꾼 사이에서 본 외국인 남자가 떠올랐다. 그날 누군가 지켜보는 것 같은 묘한 기분에 소름이 돋기도 했었다. 시어니는 몸서리를 치며 작게 말했다.

"그 사람 맞는 것 같아요. 제가 제지 공장 밖에서 그 사람을 본 것 같거든요. 어두운 색 피부, 검은 눈, 마른 체격에 성긴 턱수염, 맞죠? 그 사람 거기 있었어요."

에머리는 이마에 주름이 잡힐 정도로 미간을 잔뜩 찌푸렸다. 번뜩이는 그의 눈을 보니 시어니는 햇볕에 바짝 달궈진 자갈 도로에서 올라오는 열기가 떠올랐다.

옷 안에 소름이 돋았다. 만약 사라즈가 시어니의 몸에 손을 댈 정도로 가까이 왔었다면? 그 도로에서 간단히 손한 번 움직여서 시어니의 피를 쭉 뽑아버릴 수도 있지 않았을까?

휴즈는 상당히 차분한 목소리로 말했다.

"흠, 그렇다면……."

시어니는 팔을 잡고 있는 딜라일라의 몸이 흔들릴 정도로 세차게 고개를 저었다.

"하지만 그래스와 사라즈가 함께 일하고 있을 리는 없어요. 그래스는 제가 자기한테 협력하길 바라거든요. 파울니스섬에서 일어난 일에 대해 저한테 직접 듣고 싶어 했어요.

저를 죽이면 원하는 답을 못 얻잖아요. 이번에 사고를 일으킨 자가 사라즈라면 그래스와 협력하고 있을 리 없어요. 그래스는 저를 살려두길 원하는데 사라즈는 그렇지 않다는 의도를 드러낸 거니까요."

"날카로운 지적이야."

에머리가 어두운 표정으로 말했다.

에이비오스키도 고개를 끄덕이며 동의했다.

"맞는 말이야. 마음이 불안해지기는 하지만."

휴즈는 다시 턱수염을 쓰다듬으며 말했다.

"두 놈 모두 시어니에게 집중하고 있는 것 같네요. 그래스의 지시를 받은 게 아니라면 사라즈가 왜 이런 사건을 일으켰는지 모르겠습니다. 그래스와 사라즈가 서로 등을 돌리진 않았을 거란 말이죠. 내 기억이 맞다면……." 휴즈는 에머리를 흘끗 돌아보며 말을 이었다. "사라즈는 리라를 무척 싫어했습니다. 사라즈가 리라를 위해서 움직였을 것 같지는 않아요."

에머리는 고개를 끄덕였다.

휴즈가 계속해서 말했다.

"하지만 그래스와 사라즈가 협력하고 있다고 해도 아마

각자 다른 계획을 갖고 있을 겁니다. 두 용의자 간에 의사소통에 문제가 생겼을 수도 있겠죠."

"온갖 추측이 다 나오는군요."

에머리는 이렇게 말하며 휴즈와 에이비오스키 사이로 들어와 시어니에게 팔을 뻗었다. 그가 시어니의 어깨에 한 손을 얹자 에이비오스키는 바로 인상을 썼다.

"오늘밤은 이 정도면 충분한 것 같습니다. 시어니와 저는 이번 문제가 해결될 때까지 도심 안에서 머물 곳을 찾아봐야겠습니다."

"내가 준비해뒀어요."

에이비오스키는 여전히 마땅찮아하며 입술을 찡그린 채말했다. 마치 그녀의 입술이 시어니의 어깨에 놓인 에머리의 손에 끈으로 연결된 듯했다.

"우리 집에서 그리 멀지 않은 곳에 있는 아파트를 당분간임대했어요. 인구도 많은 지역이에요. 그곳까지 두 사람을데려갈 운전기사가 문밖에서 기다리고 있어요."

"고맙습니다. 정말 고마워요."

에머리가 감사를 표했다.

휴즈는 캔트렐이 알아낸 사항에 관해 논의해야 한다며

경찰서에 남았고, 시어니와 에머리는 에이비오스키, 딜라 일라를 따라 거리로 나왔다. 키 큰 가로등 램프들이 마법 불로 거리를 밝히고 있었다. 램프마다 불이 꺼지지 않도록 유리 덮개가 덮여 있었다. 에이비오스키의 자동차에는 좌석이 여덟 개였고 창문은 전부 유리로 막혀 있었다. 에이비오스키는 밤의 어둠 속에서도 차 안 승객의 모습이 밖으로 노출되지 않도록 마법을 써서 뒤쪽 유리들을 검은색으로 물들였다.

빅벤이 새벽 한 시를 알릴 무렵, 자동차는 의회 광장에서 네 블록 떨어진 곳에 있는 12층 벽돌 건물 앞에 멈췄다. 시어니와 에머리의 임시 거처는 건물 꼭대기 층이었다. 내부는 길쭉한 거실과 넓은 침실, 좁은 주방, 화장대방, 욕실로 구성돼 있었다.

에머리는 곧장 거실 소파로 가 자리를 잡았다. 그의 걸음을 따라 나무 바닥에 발소리가 울려 퍼지다가, 그가 낡은 시골풍 깔개로 올라서자 소음이 흡수되면서 조용해졌다.

"시어니."

에이비오스키가 집 안으로 들어가려는 시어니를 불러 세웠다. 딜라일라는 차에 남아 있었고, 복도에는 시어니와 시어니의 예전 스승인 에이비오스키 둘 뿐이었다.

"자네 주변에서 사고가 계속 일어나고 있으니 아무래도 자네는 당분간 여길 떠나 있는 게 최선일 것 같아. 웨일스의 킹슬랜드에 아는 종이 마법사가 있는데 그 마법사한테 부탁하면 자네를 맡아줄 거야."

"아뇨!" 시어니는 너무 빨리 거절한 것 같아 조금 민망했다. "전 에머리, 아니, 세인 마법사님 곁에 있고 싶어요."

에이비오스키가 눈살을 찌푸렸다. 시어니는 에이비오스키 앞에서 그를 성이 아닌 이름으로 부른 게 후회됐다. 견습생은 스승인 마법사를 이름으로 불러서는 안 된다. 적절한 처신이 아니었다.

"제가 지금 와서 다른 마법사님 쪽으로 자리를 옮긴다면 저와 관련된 모든 분에게 더 큰 폐가 될 거예요. 제가 선택할 수 있다면 이곳에 남고 싶어요."

에이비오스키는 확실히 못마땅한 표정이었다. 에이비오스키가 짧게 고개를 끄덕이자 시어니는 조마조마했던 속이 약간 풀리는 기분이었다.

"몸 조심해, 트월 양." 에이비오스키는 복도를 나가며 말했다. "조만간 자네를 보러 들를게."

침대 옆의 큼직한 정사각형 창문으로 쏟아져 들어오는 햇살에 시어니는 잠을 깼다. 늦게야 잠자리에 들었지만 더 자고 싶지는 않았다. 온갖 복잡한 생각이 머릿속을 스쳤다. 왜 그래스가 아닌 또 다른 신체 마법사까지 그녀를 해치려는 걸까? 그래스는 어디 있고, 그의 다음 행보는 무엇일까? 이 새로운 거처는 앞으로 얼마나 더 안전할까?

에이비오스키는 그녀를 어떻게 생각할까? 에머리는?

시어니는 침대에서 몸을 일으켰다. 속옷과 속치마만 입은 채였다. 시어니는 절대 이런 차림으로 잠자리에 드는 법이 없었다. 특히나 옆방에 남자가 있을 때에는 더더욱 그랬다. 하지만 어젯밤 옷이 강물에 흠뻑 젖어서 젖은 속옷이라도 입고 자든지, 아니면 아예 다 벗고 자든지 둘 중 하나를 택해야 했다. 옷을 다 벗고 잤다가는 급하게 이 방을 비워 줘야 할 일이 생겼을 때 큰 창피를 당할 수 있어, 하는 수 없이 젖은 속옷을 입고 잠을 잤다.

얼굴이 빨갛게 달아오르고 가슴과 두 팔까지 분홍빛으로 물들었다. 시어니는 젖은 옷을 널어둔 벽장 쪽으로 서둘러 걸어갔다. 가방에 넣어두었던 또 다른 상하의는 그럭저럭 입을 만했다. 어제 입었던 옷들은 강둑의 진흙이 말라붙어 세탁을 해야만 한다.

서둘러 옷을 갈아입고 빗질을 했다. 화장은 하지 않았다. 오늘은 할 수가 없었다. 이런 상태에서 콜 펜슬과 립스틱이 도움이 될 것 같지 않았고, 화장품도 다 젖어서 말려야 했다.

침실 문을 열고 거실로 나왔다. 동쪽으로 난 창문으로 거실에 환한 햇살이 가득 들어왔다. 라벤더색 소파에는 아무도 없고 접어놓은 담요만 맨 오른쪽에 놓인 쿠션과 선을 맞춰 놓여 있었다. 에머리는 벽에 붙여놓은 호두나무 문양의 높은 책상 앞에 앉아 있었다. 문에는 남색 외투가 걸려 있었다. 그는 어제 입었던 소박한 흰색 버튼업 셔츠와 회색 바지 차림 그대로였다.

그는 지금 펜넬의 왼쪽 앞다리를 접고 있었다.

"에머리!"

시어니는 그에게 달려갔다. 그는 어디서 났는지 모르지만 깨끗한 흰 종이를 책상 위에 한 무더기 쌓아놓았다. 그 옆에는 이제 거의 완성된 펜넬이 있었다. 귀를 이루는 부분과 몸통 일부가 강물에 손상되면서 약간 주름이 잡혀 있기는 했다.

"언제 이걸 만들 시간이 있었어요?" 시어니는 그가 만든 작업물과 눈 밑의 다크서클을 흘끗 살폈다. "아예 안 잤나 보네요. 자는 척하더니 이걸 만들고 있었네요!"

에머리는 미소를 지었다.

"생각할 게 많아서. 별로 상관없어."

"말 참 안 들으세요."

시어니는 조그맣게 내뱉었다. 눈가에 약간 눈물이 맺혔다. 그녀는 책상 위에 모로 누운 펜넬의 새로 생긴 주둥이를 쓰다듬었다. 이제 조금만 더 작업하면 펜넬을 다시 움직이게 만들 수 있을 것이다.

시어니는 조금 더 목소리를 낮춰 덧붙였다.

"쉬셔야죠."

에머리는 의자 등받이에 기대어 두 팔을 쭉 폈다.

"잠깐 눈 좀 붙여야겠다. 지금 몇 시야?"

시어니는 인상을 썼다. 에머리는 정말 불면증인 걸까, 아니면 시어니를 위해 이 작업을 하느라 잠을 못 잔 걸까?

"7시 30분이요. 고마워요. 펜넬은 저한테 정말 큰 의미가 있어요."

그의 눈이 시어니를 바라보며 미소 지었다.

"아침 식사 준비할게요." 시어니는 이렇게 말하며 주방 쪽으로 발을 옮기다가 멈칫했다. "생각해보니까 이 집에 먹을 게 없네요."

에머리는 턱을 손으로 쓰다듬었다.

"그렇겠지. 우리가 도착하기 전에 패트리스가 이 집 찬장에 먹을 것을 채울 시간은 없었을 테니까. 급하게 준비한 숙소니까 아마 음식은 없을 거야."

그는 다시 종이접기 작업으로 시선을 돌렸다.

"이거 좀 하고 몇 분 있다가 같이 식료품을 사러 나가자."

시어니는 피곤에 절은 그의 눈을 바라보며 그의 얼굴로 손을 뻗으려다 그만두었다. 생각해보니 그러지 않는 게 좋을 듯했다. 에이비오스키가 못마땅하게 쳐다보던 시선이 다시 떠올랐다.

"우선 쉬셔야죠."

"아니야. 깨어 있고 싶어. 숨어 있어야 하긴 하지만 이 근처에 식료품을 배달해주는 가게가 어디 있는지 모르니까 나가봐야지. 아래층 로비에 전신기가 있는 걸 보긴 했는데, 식료품 가게 연락처도 아직 모르잖아."

시어니는 침실로 돌아가 필요한 생필품 목록을 작성했

다. 더러워진 옷을 세탁하는 데 필요한 비누도 구매해야 할 품목 중 하나였다. 비상시를 대비해 천 가방에 여분의 종이를 챙겨 넣고 침실을 나왔다. 에머리는 펜넬의 수리를 끝마쳤지만 아직 살리지 않고 책상 위에 놓아두었다. 그는 남색 외투를 입고 먼저 문을 나섰다. 일찍 일어난 사람들이 거리에 비질을 하고 있는 모습이 드문드문 보였다.

"이런 걸 사려면 의회 광장 서쪽 끄트머리로 가야 할 거야." 에머리는 시어니가 작성한 목록을 보며 말했다. "그쪽이 항상 사람들로 붐비니 우리한테 유리하겠지."

그는 한숨을 쉬며 시어니에게 목록을 돌려주었다.

"이곳은 독감처럼 성가셔."

"힘들고 피곤하다는 점에서요?"

에머리가 재미있어하며 눈을 빛냈다.

"맞아. 자네가 생각하는 방식이 마음에 들어, 시어니."

시어니는 그의 칭찬을 한껏 즐기며 시장에 도착했다. 숙소에서 시장까지는 10분 거리밖에 되지 않았다. 의회 광장 서쪽 끄트머리에 가판대를 길게 늘어놓고 물건을 팔고 있는 상인은 대부분 그 지역 농부들이었다. 좁은 길 두 개를 형성한 가판대 주변은 토마토의 무게를 달거나 흐릿한 햇빛을 향해 비즈 장신구를 비춰보는 손님들로 북적였다. 시장 구석진 곳에서는 비둘기 몇 마리가 모여 부스러기를 쪼아 먹고 있었다. 그들 뒤에서 빅벤이 정시를 알렸다.

시어니는 밝은 초록색 페인트칠을 한 낙농 제품 판매대에서 작은 치즈 덩어리를 살펴보며 말했다.

"이런저런 상황을 고려해볼 때 제 숙제는 연기를 해야겠어요."

"절대 안 돼."

시어니가 치즈를 천 가방에 집어넣자 에머리는 상인에게 돈을 지불했다.

"왜요?"

"마법사라면 늘 압박을 받으면서 작업을 해야 돼." 에머리는 담담하게 설명했다. "자네도 응당 그래야지. 또다시 자네가 목숨에 위협을 받는 일이 생기면 나도 숙제 제출일을 연기해주겠지만, 그 전까지는 평소와 똑같이 수업을 받고 과제를 하도록 해. 작업하던 종이 인형은 집에 두고 왔지? 다른 과제를 생각해볼게."

시어니는 인상을 찌푸리고는 가장자리에 보빈 레이스가 달린 청록색 천을 깔아놓은 널찍한 채소 가판대로 다가갔다. 그 가판대 앞을 떠나는 손님 사이로 비집고 들어가면서 그중 몇 명과 부딪히기도 했다. 가뜩이나 길이 좁은데 가판대까지 놓여 있으니 사람이 지나다닐 공간은 무척 좁았다. 시어니는 저도 모르게 속이 울렁거렸다. 마치 버터가 되지 못하고 따로 노는 크림이 뱃속에 가득 찬 느낌이었다. 시어니는 빨간 피망 하나를 집어 들고 보는 둥 마는 둥 했다.

에머리가 가까이 다가오자 시어니가 말했다.

"어젯밤 일은 정말 죄송했어요. 저 때문에 화나셨다고 해도 이해해요."

그는 고개를 돌려 시어니를 바라보았다. 그의 에메랄드빛 홍채에 진심으로 놀란 기색이 담겨 있었다.

"차 사고를 일으킨 건 자네가 아니야, 시어니."

그는 나지막하게 말했다.

시어니는 피망을 내려놓았다.

"알아요. 제가 일으킨 건 아니지만 그래도……."

시어니는 긴 한숨을 토하며 인파를 피해 가판대에서 뒤로 물러섰다.

"그날 저는 반쯤 오리다 만 종이 인형처럼 쓸모가 없었잖아요. 제가 그것보다는 나을 거라 기대하셨을 텐데."

에머리는 무슨 말인지 알겠다는 눈빛으로 고개를 끄덕였다. 시어니는 잠시 가만히 서 있다가 다음 가판대로 걸어갔다. 그곳에서 소량으로 묶어놓은 당근 한 묶음과 백리향을 집어 들었다. 그들은 인파로 붐비는 시장 안까지 말을 타고 들어온 뻔뻔한 두 남자 옆을 지나 길 한가운데로 나갔다.

"자네가 왜 그렇게 생각하는지 이해는 해, 시어니. 하지만 난 자네한테 화나지 않았어. 그건 확실히 알아둬."

시어니는 조용히 고개만 끄덕였다.

"사람은 누구나 두려워하는 부분이 있어." 에머리는 시끌벅적하게 수다를 떠는 여자들 옆을 지나며 시어니의 등에 한 손을 얹고 방향을 이끌었다. 그의 손길은 가볍지만 따뜻했고 다정했다. "내 말뜻 알 거야. 자네가 두려워하는 것에 대해 나도 이제 알게 됐으니 서로 공평하게 됐지."

그 말에 놀란 시어니는 그를 돌아보며 말했다.

"고…… 고마워요."

에머리는 피곤으로 무거워진 눈꺼풀을 손으로 비볐다.

"어디 목록 좀 보자. 루바브(붉은 줄기 부분을 베이킹이나 디저트 재료로 사용하는 식물로 신맛을 내고 향기가 있음-옮긴이)는 이쪽에 있어."

"루바브는 목록에 없는데……."

"오늘 저녁에 루바브 파이를 만들려면 밀가루가 있어야겠지."

그는 다양한 농산물을 늘어놓은 널찍한 가판대를 손으로 가리켰다. 시어니는 루바브 제철이 끝났다고 생각했는데 이 농부는 루바브를 소량 갖춰놓고 있었다.

시어니는 미소를 지었다.

"그럼 달걀이랑 버터도 필요하겠네요. 저는 가방을 하나밖에 안 가져왔지만 마법사님 외투 안에 공간이 있으니까 거기 담으면 되겠어요."

"회색 외투에 주머니가 더 많은데 아쉽네."

시어니는 루바브 몇 줄기를 골라 담았다. 임시 거처의 주방에 파이 틀이 있을지 의문이었다. 그 순간, 익숙하고 불안한 기분이 밀려들었다. 다트퍼드의 제지 공장에서 느꼈던, 피부가 따끔거릴 정도로 오싹한 기분.

시어니는 잠시 그 자리에서 몸이 굳었으나 에머리가 시어니의 등에 손을 얹으며 길 아래쪽으로 이끌었다. 그는 목소리를 낮춰 속삭였다.

"앞을 봐. 우리한테 미행이 붙은 것 같아. 빙 돌아가서 확인해보자."

시어니는 팔에 솜털이 바짝 섰지만 고개를 끄덕이며 정
신을 차리고 앞을 바라보았다. 맥박이 빨라지면서 목까지
치고 올라오는 듯했다. 두려움 때문인지 자신의 어깨를 꼭
잡은 에머리의 손 때문인지 분간이 안 됐다. 속으로 신음
을 흘렸다. 어쩌면 이렇게 깊이 마음을 빼앗길 수 있을까?

그들은 비즈와 가죽 제품을 늘어놓은 가판대 사이를 지
나 왼쪽으로 방향을 틀었다. 그리고 낙농 제품을 파는 상인
들 뒤로 돌아가 피망을 파는 상인 쪽으로 돌아왔다. 시어니
는 가장 가까이에 있는 피망을 집어 들며 최대한 자연스럽
게 보이려 애썼다. 에머리도 장단을 맞춰 상인에게 피망 값
을 지불하고 고맙다는 인사를 했다.

그들은 다시 다른 손님들 사이를 비집고 걸어가기 시작
했다. 에머리는 외투 안쪽에 손을 넣어 두루마리 종이를 꺼
내 새끼손가락에 바짝 감기 시작했다.

곧 그 종이는 망원경이 되었다.

시어니는 그의 소매를 흘끗 쳐다보았다.

"그 안에 대체 얼마나 많은 게 들어 있는 거예요?"

에머리는 조용히 미소를 지으며 시어니를 중고 서점 뒤

로 이끌었다. 그러고는 건물 모퉁이 너머를 흘끗 내다보면
서 종이 망원경을 길게 펴고 "확대해"라고 명령했다. 그는
몇 초간 거리를 살핀 다음, 망원경을 접어 다시 외투 안에
집어넣었다.

"꽤 대담한 놈이군."

"그래스예요?"

시어니가 물었다. 지난번 폭발 마법으로 그래스는 얼마
나 심한 화상을 입었을까.

"아니, 사라즈. 그놈이 맞는 것 같아. 두건을 썼고 혼자
있어."

"저도 볼게요."

에머리는 망설였다.

시어니가 손을 내밀자 에머리는 마지못해 망원경을 건
네주었다. 그 망원경에는 아직 확대 마법이 걸려 있었다.
망원경은 잠시 시간이 걸리기는 했지만 꽤 키가 큰 남자를
포착해냈다. 그래스보다는 작은 편이었다. 길 저 아래쪽에
서 있는 그 남자는 더운 날씨에 어울리지 않게 두꺼운 재
킷을 입었고 유행에 뒤떨어진 두건을 써서 얼굴을 가렸다.
두건 때문에 확신할 수 없었지만, 제지 공장 폭발 때와 택

시 사고 때 본 남자와 닮았다. 하지만 얼굴이 확실하게 보이지는 않았다.

시어니는 망원경을 아래로 내리고 서점 건물 모퉁이로 몸을 숨겼다. 피부에 소름이 더 확 돋았다. 신체 마법사의 시선에 대한 몸의 자연스러운 반응인 듯했다.

에머리는 망원경을 받아 들었다.

"자네는 이 건물을 빙 돌아서 은행으로 가. 무슨 일이 있어도 멈추지 마. 은행 뒷문으로 들어가도록 해. 알았지?"

소름이 마치 전기처럼 시어니의 옆구리를 타고 올라와 두개골 속으로 파고들었다. 시어니는 에머리의 팔뚝을 붙잡으며 속삭였다.

"안 돼요. 저자를 쫓아가지 말아요. 마법사님이 다치는 게 싫어요."

"내가 알아서 할게."

'그렇게 알아서 잘하시는 분이 왜 여태 저자를 못 잡았는데요?'

시어니는 이렇게 반박하고 싶었지만 소리 내어 말하지는 않기로 했다. 그때 문득 떠오르는 말이 있었다.

"같이 가요."

에머리는 인상을 썼다.

"절대 안 돼."

"저를 못 믿는 거예요?"

에머리의 이마에 가느다란 주름이 잡혔다. 그는 서점 너머를 흘끗 내다본 후 말했다.

"이건 믿고 못 믿고의 문제가 아니야."

'아니라고요?'

시어니는 이 논쟁에서 이길 수 없음을 직감하고 다른 방법을 택하기로 했다.

"그럼 전 혼자 남게 될 텐데요."

그때 임신부가 옆으로 지나갔다. 시어니는 입을 다물었다가 그 여자가 얘기를 듣지 못할 정도로 멀리 가고 나서 다시 입을 열었다.

"저자가 쫓고 있는 건 저잖아요?"

에머리는 입술을 꾹 다물었다. 그는 모퉁이 너머를 한 번 더 흘끗 내다보고는 고개를 끄덕였다.

"좋아. 집까지 멀리 돌아가자. 전신을 보낼 수 있는 곳을 찾아서 저자의 위치를 경찰에 알려야 해. 저자가 와서 내 마법을 몰래 들여다보는 게 싫거든."

시어니는 고개를 끄덕인 후 잡고 있던 에머리의 팔뚝을 힘겹게 놓았다. 생각보다 세게 붙잡고 있었는지 에머리는 시어니가 놓아준 팔뚝 부위를 손으로 문질렀다.

그들은 상당히 먼 거리를 돌아 임시 거처로 향했다. 한참을 돌아온 탓에 아파트 건물에 도착했을 때 시어니는 발과 엉덩이가 시큰거릴 지경이었다.

시어니는 마치 달걀 껍데기를 밟고 걷는 듯 위태로운 기분이었다.

7

그날 저녁 시어니는 저녁 식사를 위해 간단히 스튜를 끓였다. 제한된 재료지만 최대한 맛이 나도록 세심하게 요리를 하고 양념을 추가했다. 그전에 에이비오스키가 아파트에 들러 추가로 식료품을 약간 전해주었고, 에머리에게는 휴즈가 준 서류들을 건넸다. 그 후 에머리는 쭉 그걸 들여다보느라 여념이 없었다. 저녁도 책상 앞에 앉은 채로 먹었다.

시어니는 자기 몫의 스튜를 가지고 침실로 들어갔다. 시어니가 그릇에 담긴 스튜 냄새를 맡게 해주자 펜넬이 달라며 캥캥 짖었다. 펜넬은 종이 개라 스튜를 못 먹지만 에머리는 펜넬이 개다운 행동을 하게끔 만들어놓았다. 개털 알레르기가 있는 사람치고는 개의 습성을 참 잘 알았다.

시어니는 종이접기 교과서 13장을 읽으며 그 안에 적힌 단어들을 머릿속에 차곡차곡 쌓았다. 지식이 머리에 잘 스며들도록 하기 위해 중요한 단락과 에머리가 강조했던 부분을 되풀이해 읽었다. 공부를 하면서 머리에 꽂은 머리핀 ― 에머리가 만들어준 ― 을 손가락으로 무심결에 만지작거렸다. 조만간 에머리의 집으로 돌아갈 수 있기를 바랐다. 어수선하기는 해도 시어니는 어느새 그 집에 정을 붙인 터였다. 그날 아침 시장에 다녀온 후로 별다른 일은 일어나지 않았다. 이대로라면 조만간 집으로 돌아갈 수 있지 않을까. 물론 이 상황이 해결돼야만 가능할 테지만, 그래도 희망을 가져보았다.

시어니는 자신과 에머리의 옷을 세탁하고 부채 마법을 이용해 건조시켰다. 목욕을 한 뒤 잠자리에 들 준비를 했다. 침실 창문에 드리워진 커튼을 살짝 들추고 바깥을 살펴보고 나서 자리에 누웠다. 도시의 불빛이 희미하게 새어 들어왔다. 자동차의 헤드라이트 불빛이 간간이, 뜨거운 빵에 발라놓은 버터처럼 자갈 깔린 도로 위에 스밀 때를 제외하면 밤거리는 어둠에 묻혀 보이지 않았다.

한숨이 나왔다. 적들이 움직일 때를 기다리며 이렇게 갇혀 있자니 답답했다. 적어도 리라를 상대할 때는 직접 나서서 어떻게든 해결을 볼 수 있었다. 에머리의 심장 속에 갇혔을 때도 시어니는 줄기차게 전진하며 문제를 처리해나갔다. 이곳, 높이 솟은 건물들과 혼잡한 도시의 거리들은 시어니를 치즈라는 보상도 없이 미로 속에 갇힌 쥐처럼 옴짝달싹 못 하게 만들었다.

램프를 끄자 침실 문 밑으로 흘러 들어오는 희미한 불빛이 보였다. 시어니는 일어나 거실로 나갔다. 에머리가 소파 끄트머리에 앉아 또 다른 서류를 들여다보고 있었다.

가만히 서서 잠시 그를 바라보았다. 집중한 표정, 구부정한 어깨, 전등 불빛에 반짝이는 곱슬머리. 한때는 그를 아주 평범한 외모라고 생각한 적이 있었다. 멍청한 생각이었다.

조금 지나자 에머리가 시어니가 앞에 서 있음을 알아채고 고개를 들었다.

"휴식을 취하지 않고 계속 일만 하다간 곤죽이 되고 말 거예요."

시어니는 책상 위에 놓인 에머리의 저녁 식사 그릇을 흘

꿋 쳐다보며 경고했다. 거실을 가로질러 걸어가 그릇을 집
어 들었다. 별것 아니긴 하지만 먹은 그릇을 치우지 않고
이렇게 내버려두는 것은 그답지 않았다. 저 서류들이 엄청
몰입하게 만드는 내용을 담고 있는 모양이었다. 그 생각을
하니 시어니는 불안해졌다.

"금방 잘 거야."

"흐음."

시어니는 그 말을 믿을 수가 없었다. 정상적인 수면 시간
의 절반이라도 지키게끔 양귀비 씨와 캐모마일이라도 먹여
야 될 듯했다. 돌봐줄 견습생이 없으면 이 남자는 대체 어
떻게 될까?

"시어니."

주방으로 가려는데 에머리가 불렀다.

뒤를 돌아보았다. 에머리는 소파에 앉은 채로 왼손을 그
녀에게 내밀었다.

무슨 이유인지 모르겠지만 그릇을 도로 달라는 뜻인가
했다. 시어니가 그릇을 내밀자 그는 그릇 너머 그녀의 손목
을 잡고 가만히 잡아당겨 옆에 앉혔다.

마치 수백 마리의 개미가 피부 위를 기어가는 듯 떨리

고 간질간질했다. 시어니는 이유를 물으려고 입을 열었으나 에머리는 그녀의 어깨에 팔을 두르고 계속 서류를 읽었다. 서류에는 여백까지 작은 글씨가 빼곡하게 기록되어 있었다. 그 필체는 에머리의 필체처럼 세련되지는 않았다.

떨림이 가시자, 에머리가 가까이 있으면 언제나 그렇듯 시어니의 두 뺨과 가슴이 달아올랐다. 잠시 후에야 시어니는 편히 앉아 있을 수 있었다. 두 사람 사이를 가로막는 남색 외투 없이 그에게 기대어 앉아 있으니 시어니는 그의 온기를 온전히 느낄 수 있었다. 그는 마치 피부 속에 모닥불을 피워놓은 듯 놀랍도록 따뜻했다. 열병에 걸린 것처럼 뜨끈하지는 않았지만 편안했다.

시어니는 차를 타고 이동할 때처럼 에머리에게 머리를 기댔다. 그의 손가락이 시어니의 어깨를 가만히 감쌌다. 시어니는 맥박이 빠르게 뛰었다. 그의 어깨를 통해 심장 소리가 들려왔다. 안정적으로 뛰고 있었지만 평소보다 약간 빠른 듯했다. 시어니는 그의 심장 박동을 자기 것만큼이나 잘 알고 있었다.

그에게서 비누와 황설탕 향이 났다. 시어니는 그의 얼굴에 돋은 수염을 올려다보았다. 수염은 긴 구레나룻 가까이는 빽빽하게, 입술 가까이는 성글게 돋아나고 있었다. 그의 입술 모양과 그 부드러움을 잠시 감상해보았다. 그러다 얼굴이 지나치게 달아오르기 전에 시선을 떨어뜨렸다.

그 순간을, 그 완벽함을 만끽하는 동안 시어니의 맥박은 점차 안정되었고 상념에 잠긴 채 따뜻하고 완벽한 꿈속으로 빠져들었다.

다음 날 아침, 시어니는 헝클어진 땋은 머리를 잡아당기는 펜넬 덕분에 잠에서 깨어났다. 주변을 둘러보니 책상과 천장, 창문이 보였다. 잠시 얼떨떨하다가 그곳이 어디인지 깨달았다. 도심의 아파트 거실이었다. 시어니는 다리를 웅크리고 소파에 모로 누워 있었다. 오른쪽 발이 저려왔다. 몸에는 황갈색 담요가 덮여 있었다.

시어니가 벌떡 일어난 바람에 바닥으로 떨어진 펜넬은 항의하듯 컹컹거리다가 고개를 저으며 굽도리널 주변의 냄새를 맡기 시작했다.

주변에 에머리의 모습은 보이지 않았다. 그의 아름다운 글씨체를 담은 종잇조각만 책상 앞 의자 위에 시어니 쪽을 향해 놓여 있었다.

시어니는 눈을 깜박여 애써 잠기운을 털어내며 쪽지를 읽었다.

중요하게 논의할 일이 있어서 램버스에 있는 휴즈 마법사의 집(위컴가 47번지)에 가. 이 아파트에 결계를 쳐놨으니까 내가 돌아올 때까지 나가지 말고 안에 있으면 좋겠어. 혹시 나한테 연락할 일이 있을까 봐 모방 마법을 건 종이도 놓아두었어.

시어니는 쪽지를 내려놓고 책상 위를 보았다. '모방'이라고 적힌 종잇조각이 놓여 있었다.

두 시간 정도 있다가 돌아올 거야. 비상시를 대비해서 패트리스가 근처에 있겠다고 했어.

내가 외출한 동안 자네는 책상 맨 위 서랍에 있는 종이와 설명서를 꺼내서 수축 사슬을 만들어놓도록 해(이 사슬은 무생물에게만 적용해야 해). 내가 돌아올 때까지 사슬 고리 스물한 개를 만들어놔. 아무리 편치 않은 상황이라도 숙제를 거르는 핑계는 될 수 없어!

에머리는 맨 아래에 점 두 개와 곡선 하나로 웃는 얼굴 그림을 그리고 서명을 해놓았다.

시어니는 한숨을 쉬며 쪽지를 내려놓고 수축 사슬을 만들기 위해 서랍에서 설명서를 꺼냈다. 에머리는 완벽한 필체를 구사하고 눈 감고도 완벽하게 종이를 접을 줄 알았지만 그의 예술적 능력은 거기까지였다. 그가 단계별로 그려놓은 도해는 상당히 엉성해서 시어니는 사슬을 이런저런 모양으로 만들어보며 도해를 이해하려고 애를 썼다. 사슬 고리를 만들어 연결하는 방법은 알 것 같은데 설명을 제대로 이해했는지 판단이 서지 않아 사슬을 이리저리 만져보아야 했다.

시어니는 목탄 연필을 손에 쥐고 모방 마법지에 글씨를 썼다.

마법사님 물건에 대고 연습해보는 건 괜찮죠?

에머리가 답변했다.

내 옷은 사용하지 말아줘.

시어니는 연필을 내려놓고 주방으로 가 오트밀을 먹었다. 몇 개 안 되는 접시를 씻고 깨끗한 옷으로 갈아입었다. 침실을 정리하고 담요도 접어 소파 위에 놓았다. 그리고 종이로 정육면체를 접어 펜넬과 물어오기 놀이를 하며 놀아주다가, 마침내 자리에 앉아 다시 숙제를 시작했다.

네 번째 시도를 한 끝에야 수축 사슬의 첫 번째 고리를 제대로 접을 수 있었다. 두 번 이상 실수를 하는 법이 거의 없는 시어니는 크게 좌절하기도 했다. 가로 4인치, 세로 5.5인치 크기의 종이 두 장을 이용해 고리를 만들고 연결했다. 세 번째 고리를 접고 있는데, 옆방에서 톡톡 두드리는 소리가 들렸다.

시어니는 고개를 들었다.

"펜넬, 너니?"

하지만 펜넬은 소파 아래 앉아 제 앞발을 핥고 있는 중이었다.

시어니는 반쯤 접은 고리를 손에 들고 망설였다. 그때 또다시 손톱으로 창문을 두드리는 것 같은 똑똑 소리가 들려왔다.

시어니는 의자에서 일어나 귀를 기울였다. 그러나 그 소

153

리는 창문에서 들리는 소리가 아니었다. 주방으로 들어가자 그 소리가 세 번째로, 좀 더 크게 들렸다. 똑똑, 똑똑. 화장대방이었다.

방문을 열었다. 높은 창문에서 흘러드는 햇빛만이 방 안을 비추고 있었다. 창문에 얇은 푸른색 커튼이 드리워져 있어서 방 안의 빛이 푸르스름했다. 옷장, 화장대와 의자, 한쪽 구석에 놓인 고풍스런 전신 거울 외에 다른 가구는 없었다.

전신 거울 안, 그래스 코발트의 얼굴이 보였다.

시어니는 깜짝 놀라 뒤를 돌아보았다. 그래스 코발트가 뒤에 서 있는 줄 알았는데 아무도 없었다.

"내가 제대로 찾았군."

거울 속에서 그래스가 묘하게 살짝 메아리치는 목소리로 말했다.

시어니는 휘둥그레진 눈으로 거울을 돌아보았다. 놀란 심장이 벌떡벌떡 뛸 때마다 옆구리가 같이 떨렸다.

"당신!"

시어니는 방 안을 이리저리 둘러보았지만 그래스는 없었다. 그는 오직 거울 속에서만 보였다. 시어니는 눈을 가늘게 뜨며 용기를 내 한 걸음 다가갔다. 그래스가 거울의 매끄러운 표면 너머에서 씩 웃었다. 그의 왼쪽 뺨에 화상 자국이 남아 있었다. 지난번 시어니의 폭발 마법에 당한 상처일 것이다.

'침착하자.'

시어니는 스스로를 달래며 목소리를 냈다.

"어떻게 나를 찾아냈죠?"

그래스는 두 손을 펼치며 손가락을 흔들었다.

"마법으로. 방법을 알면 거울을 내 눈처럼 쓸 수가 있거든."

그는 화려하게 장식된 작은 화장 거울을 집어 들었다. 레스토랑에서 딜라일라가 시어니에게 준 거울이었다. 시어니는 핸드백에 그 거울을 넣어둔 채로 레스토랑에서 도망쳤다. 그래스는 저 거울을 이용해 시어니를 찾아낸 걸까?

시어니는 반응하지 않았다. 일단 떨리는 손을 감추기 위해 뒷짐을 지고 거울을 들여다보았다. 그래스 뒤로 보이는 배경에 주목했다. 페인트칠이 되어 있지 않은 낡은 장식장, 화창한 햇살이 비치는 창문에 드리워진 하얀 블라인드, 침대 모서리. 호텔이라면 그다지 좋은 호텔은 아니었다. 동쪽으로 창문이 난 곳. 그래스가 시어니에게 닿기 위해 사용한 저 거울에 마법을 걸어줄 수 있는 건 유리 마법사뿐이니, 시어니의 시야 밖에 유리 마법사가 있는 게 분명했다.

"거기가 어디죠?"

시어니의 물음에 그래스는 웃으면서 침대 쪽을 돌아보았다. 그 와중에 아무 표시가 없는 방문이 살짝 노출됐다. 그래스가 무어라 중얼거리자 그의 이미지가 잠시 흔들리며 확대되더니 그의 허벅지 중간까지 거울에 나타났다. 그는 손에 쥔 화장 거울을 닫고 침대로 던졌다.

방은 작은 편이었다. 다른 사람은 보이지 않았다. 유리 마법사가 어디에 숨어 있는지 몰라도 그래스로부터 지금 이 큰 거울을 통해 이곳으로 넘어가라고 명령을 받지는 않은 듯했다.

"우린 해야 할 얘기가 있잖아." 그래스는 입술을 말아 올리며 고양이 같은 미소를 지었다. "어떤 마법을 썼는지 나한테 설명해야지."

시어니는 목구멍까지 심장이 치받아 올라온 기분이었다. 팔이 싸늘해졌다. 설마 그래스가······! 하지만 어떻게? 마법사는 한 가지 물질하고만 결합할 수 있는데?

"그럼 당신이군요."

시어니가 나지막하게 말했다.

그래스가 한쪽 눈썹을 치떴다.

"뭐라고?"

"방법을 알면 거울을 내 눈처럼 쓸 수 있다면서요." 시어니는 배 속이 울렁거렸다. "당신은 유리 마법사군요. 신체마법사가 아니었어."

그래스는 큰 소리로 웃어댔다. 그 웃음소리가 조금만 더컸으면 거울이 박살났을 것이다.

"눈치가 빠르네. 그건 우리끼리 비밀로 하자고. 내가 오래전에 유리 마법사가 되는 실수를 저질렀어. 바로잡고 싶어. 사실, 니가 리라한테 사용한 마법에 대해 알려주면 나로서는 새로운 문이 열리는 셈이거든. 말장난 같겠지만."

"무슨 문이요?" 시어니는 날카롭게 물었다. "당신은 피와결합할 수 없어요. 내가 당신을 도울 일도 없을 거고요! 진짜 리라가 걱정돼서 그러는 건가요, 아니면 또 다른 마법을구사하고 싶어서 그러는 건가요?"

그래스는 시어니를 노려보며 거울 앞으로 다가왔다. 그의 입김이 거울을 부옇게 흐려놓았다.

"이 일이 끝나고 나면 제일 먼저 네 아가리를 찢어놓을 거야. 리라와 나는 계획이 있었어. 우린 너희와 너희의 독선적인 시스템을 피해 여길 떠나려고 했어. 그런데 우리가 떠나지 못하게 막은 건 너희잖아, 안 그래? 네가 리라에게 어떤 저주를 걸었는지 몰라도 반드시 깨부수겠어. 피의 마법을 내 손에 넣자마자 널 첫 번째 실험 쥐로 써줄 테니 그런 줄 알아."

'실험 쥐?'

시어니는 거울로부터 뒷걸음을 쳐 방의 중심에서 벗어났다.

"진심으로 하는 말이네요."

시어니는 나지막하게 속삭였다. 그래스가 한 위협은 굳이 입에 올리지 않았다. 그는 진심으로 유리와의 결합을 끊을 작정인 듯했다. 하지만 그런 일은 불가능했다. 한번 재료와 마법 결합을 하고 나면 무를 수 없었다. 결합을 할 때 바로 그런 내용으로 서약을 하게 되어 있었다.

"리라한테 뭘 어떻게 했는지 말하라고!" 그래스는 통통한 손가락으로 거울 가장자리를 부여잡고 소리쳤다. "어떤 괴상한 마법을 썼는지 당장 말해! 재료들을 잇는 마법 말이야!"

"언젠가 내가 리라를 자유로이 풀어줄 수는 있겠죠. 하지만 그 방법을 당신한테 말해주느니 차라리 내 가죽을 벗기게 내버려두겠어요!"

오른쪽에서 삐걱 소리가 들려 시어니는 화들짝 놀랐다. 옆을 돌아보니 복도에서 에머리의 윤곽이 보였다. 거울의 틀에서 벗어나 있는 지점이었다.

그래스는 아직 알아채지 못한 듯했다.

"그 맹세를 깨게 만들어주마."

'계속 말을 시켜야겠어.'

시어니가 이런 생각을 하며 다음 질문을 하려는데 거울이 일렁거리기 시작했다. 마치 거울의 유리가 물로 변하는 듯했다.

물! 사람은 물을 통해 저쪽에서 이쪽으로 건너올 수가 있다.

"시어니!"

에머리가 소리치며 문을 벌컥 열었다. 그는 긴 외투 안에서 접어놓은 종이를 꺼냈다. 하지만 시어니가 더 빨리 움직였다. 시어니는 화장대 앞의 의자를 들어 거울을 향해 던졌고, 거울은 산산조각이 났다. 비처럼 바닥에 떨어진 유리 조각들은 단단한 고체가 되어 더 이상 움직이지 않았다. 파편들은 이 방 천장과 시어니의 들썩이는 어깨를 비추고 있을 뿐이었다.

그래스는 사라졌다.

에머리는 마법 종이를 쥔 손을 아래로 떨어뜨리며 지시했다.

"가림 상자 가져와, 빨리."

시어니는 에머리 옆을 지나 거실로 달려갔다. 책상 서랍에서 종이 네 장을 꺼내 빠르게 접기 시작했다. 미묘하게 간질간질한 재료의 느낌을 인식할 겨를도 없었다. 시어니는 견습생 생활을 시작하고 두 달쯤 됐을 때 에머리에게 가림 상자 마법을 배웠다. 종이 벽 너머에 있는 모든 것, 빛을 포함한 모든 것을 차단하는 단순한 상자 마법이었다. 그걸 배울 당시 시어니는 참 쓸데없는 마법이라고 생각했는데, 지금 생각하니 그래스가 여전히 거울 파편을 마법으로 장악하고 있다면 그 마법을 무력화시키는 효과가 있을 터였다.

시어니는 상자 네 개를 접어 서둘러 화장대방으로 돌아갔다.

에머리는 긴장한 모습으로 서서 거울 파편을 바라보고 있었다. 시어니는 그의 옆에 웅크리고 앉아 거울 파편들을 가림 상자 네 개에 집어넣기 시작했다. 에머리도 앉아서 도와주었다. 파편 하나가 시어니의 엄지를 스치며 얇은 자상을 냈지만 시어니는 신경 쓰지 않았다. 파편을 전부 주워 담은 후에는 상자 뚜껑을 닫고 카펫 위에 놓아두었다.

그제야 시어니는 숨을 돌리며 말했다.

"7년이에요. 거울을 깨면 7년 동안 재수가 없대요."

에머리는 콧방귀를 뀌었다.

"행운의 여신이 이번에는 자네를 봐주기로 한 것 같네."

"얘기를 어디까지 들으셨어요?"

"충분히." 그는 작게 기침을 했다. "그래스 코발트가 유리 마법사라니. 아귀가 안 맞던 부분들이 제대로 들어맞아. 그동안 이상했거든. 휴즈 마법사에게도 알려줘야겠어."

에머리는 목소리가 쉬어 있었다.

"그래스가 우리를 찾아낼까요?"

시어니가 가림 상자를 바라보며 물었다. 정확하게 잘 접었는지 재차 확인하느라 손가락으로는 연신 상자 모서리를 매만졌다.

"아니." 그는 기침을 하며 말을 이었다. "우리 위치를 물리적으로 알아낼 수는 없을 거야. 거울 이동 마법에 대해 내가 아는 바로는 그래. 적어도 이번 경우에는 그러길 바라야지."

시어니는 에머리를 바라보다가 그의 눈이 벌겋게 충혈되고 턱 주변이 부어 있는 것을 알아챘다. 그는 코도 훌쩍거렸는데 부비강으로 공기를 제대로 잘 들이마시지 못하는 듯했다.

"맙소사, 에머리!" 시어니는 벌떡 일어섰다. "어떻게 된 거예요?"

에머리는 헛기침을 하다가 잔기침을 연달아 쏟아냈다. 기침이 그치자 그는 툴툴거렸다.

"몰랐는데 휴즈가 고양이를 엄청 좋아하나 봐. 그 집에 가니까 고양이들이 있더라고."

그는 또다시 기침을 하다가 입을 틀어막았다. 시어니는 그의 손등에 난 두드러기를 보았다.

시어니는 놀란 가슴을 손으로 쓸어내려 진정시켰다.

"에이비오스키 마법사님이 당신의 알레르기에 대해 말씀하셨던 게 농담이 아니었네요. 아, 에머리! 상태가 많이 안 좋아 보여요."

"신경 써줘서 고마워."

에머리는 쌕쌕거리는 소리를 내며 말했다.

시어니는 혀를 차면서 그의 소매를 잡고 거실로 데려갔다. 그를 소파에 억지로 주저앉히고 누워보라고 말했다. 밝은 곳에서 보니 상태가 더 좋지 않았다. 그의 목에 분홍색 두드러기가 돋았고, 눈의 흰자위에도 지그재그 모양으로 벌건 핏발이 퍼져 있었다.

"우린 이것보다 더 중요한 문제를 처리해야 돼, 시어니."

에머리는 기침을 하며 말했다.

시어니는 접어놓은 담요를 펼쳤다.

"나머지는 제가 할게요. 휴즈 마법사님에게 종이 새를 날려 보내거나 아래층에 있는 전신기로 소식을 전하면 돼요. 그래스는 어디 안 가요. 마법사님도 마찬가지고요. 제 남동생이 알팔파에 알레르기가 있는데, 남동생이 증상을 나타내면 우린 감기처럼 치료해주곤 했어요. 남동생의 증상이 이렇게 심하지는 않지만요."

에머리는 심한 기침으로 대답을 대신했다.

시어니는 인상을 쓰면서 그에게 담요를 건네준 뒤 외투

를 벗으라고 말했다. 그 외투는 고양이털로 뒤덮였을 게 분명했다. 시어니는 서둘러 주방으로 들어가 컵 두 개에 물을 가득 받아 왔다. 책상 의자를 소파 옆으로 끌어다놓고 그 위에 컵을 올려두었다.

"두 잔 다 마셔요. 알레르기 기운이 빠져나가는 데 도움이 될 거예요."

"내가 알아서 할 수 있는데……."

에머리는 곧 불쾌한 젖은 기침이 쏟아져 나와 말을 맺지 못했다. 결국 포기하고 시어니가 시킨 대로 첫 번째 컵의 물을 다섯 모금 만에 다 마셨다.

시어니는 다시 주방으로 돌아가 물을 끓이기 위해 난로에 불을 피웠다. 닭고기는 없지만 채소 수프라도 끓여서 먹일 작정이었다. 채소 수프는 누구에게도 해롭지 않을 것이다. 시어니는 에머리가 두 번째 컵을 비우고 있는 거실을 흘끗 돌아보았다. 그의 목이 더 많이 부어오른 것 같았다.

시어니는 몸 안의 피가 전부 발로 쑥 빠져나가는 기분이었다.

"구급차를 부를까요? 전에 알레르기 때문에 병원에 가야 했던 적 있어요?"

에머리는 고개를 저었다. 기침을 하고 코를 훌쩍이며 겨우 입을 열었다.

"어렸을 때만. 이러다 말 거야."

시어니는 아랫입술을 깨물며 주방 서랍을 전부 열어봤지만 대부분 비어 있었다. 얇은 행주 한 장을 꺼내 차가운 물에 적셨다. 거실로 돌아와서는 쿠션으로 에머리의 머리를 받치고 차가운 행주로 그의 턱 아래를 감쌌다. 그렇게라도 부기가 가라앉길 바랐다. 그러고는 책상 앞에 앉아 눈송이를 접고 잘랐다. 눈송이는 견습생이 된 첫 주에 배운 마법이었다.

"눈이 되어라."

명령을 내리자 종이는 눈송이가 되었다. 하지만 시어니는 눈송이들에게 어떤 식으로 떨어져 내릴지에 대한 명령은 하지 않았다. 젖은 행주 밑에 눈송이를 집어넣어 냉기를 유지하게 하고, 종이 붕대 두 개를 접기 시작했다. 두드러기를 가라앉히기 위해 시어니가 생각해낼 수 있는 유일한 방법이었다.

견습생 생활을 시작하고 두 번째 달에 시어니는 종이 붕대 만드는 방법을 배웠다. 아무도 없는 줄 알고 욕실에 들

165

어갔다가 세면대 앞에서 머리 손질을 하고 있는 에머리를 맞닥뜨린 후였다. 사람이 있는데 욕실에 들어갔다는 것, 무엇보다 상의를 탈의한 에머리를 보았다는 것 때문에 몹시 당황한 시어니는 죄송하다고 외치며 문틀에서 손가락을 떼지도 않고 문을 세차게 닫고 말았다. 그 바람에 오른손 중지가 거의 골절될 뻔했고 에머리는 빠른 회복을 위해 종이 붕대를 만들어 손가락에 감아주었다.

붕대 두 개를 완성한 시어니는 에머리의 양손에 붕대를 하나씩 감고 끄트머리를 잘 맞게 접어 넣었다.

시어니는 승강기를 기다리지 않고 서둘러 지그재그 모양의 계단을 내려갔다. 그러지 말라고 말리는 에머리의 목소리가 등 뒤에서 울렸지만 멈추지 않았다. 오렌지색과 황갈색 타일이 깔린 기다란 로비에 다다른 시어니는 점토 항아리와 긴 거울 옆을 지나 안내 데스크로 향했다. 전신기를 사용할 수 있냐고 묻고 허락을 받았다. 시어니는 안내원이 다른 곳을 보고 있는 걸 확인하고 에이비오스키에게 전신을 보냈다. 휴즈에게 연락할 다른 방법은 알지 못했다.

그래스가 거울을 통해 접촉해옴. 그래스는 유리 마법사임.

휴즈 마법사님에게 알려주세요. 저희에게도 연락주세요.

이 메시지를 보내면 상황에 대한 답을 얻기보다는 의문만 키울 테지만 어쩔 수 없었다. 이 전신을 받으면 에이비오스키는 해 지기 전에 아파트로 찾아올 것이다. 시어니는 에이비오스키를 직접 만나면 상황을 더 자세히 설명할 수 있을 것이다.

승강기를 타고 위층으로 올라간 시어니는 서둘러 수프를 끓일 준비를 했다. 수프를 완성하기까지 한 시간가량 걸렸고 에머리는 계속 기침을 하고 코를 훌쩍였다. 시어니가 김이 모락모락 나는 수프 그릇을 들고 소파 옆으로 다가갔을 때쯤 고양이로 인한 그의 알레르기는 다소 가라앉아 있었다.

시어니는 의자 위에 수프 그릇을 내려놓고 라벤더색 소파 가장자리에 걸터앉아 에머리의 이마에 손을 짚었다.

"열은 없네요. 흠, 없는 것 같아요. 어머니한테 배운 방법대로 열을 재지는 않을게요."

에머리는 재미있어하면서 핏발 선 눈을 빛내며 소리 내어 웃었다.

"그 집 고양이들을 쓰다듬지는 않았죠?"

에머리는 두 번 헛기침을 했다.

"당연히 아니지. 그 집에서 나서면서 한 마리를 흘끗 봤는데 그 순간 이제 죽었구나 싶었어. 처음엔 감기가 왔나 보다 했지."

"휴즈 마법사님은 몇 마리나 기르세요?"

"네 마리."

"두 마리 키우기도 버거울 텐데." 시어니는 한숨을 쉬며 수프 그릇을 가리켰다. "적당히 식으면 수프를 마셔요. 너무 오래 식히지는 말고요. 물 더 가져올게요."

시어니는 컵에 물을 더 채워 와서 수프 그릇 옆에 놓아 두었다.

에머리는 시어니가 소파 가장자리, 그의 엉덩이 근처에 다시 앉는 모습을 바라보았다. 잠시 후 그가 물었다.

"나를 위해서 이렇게까지 해주는 이유가 뭐야, 시어니?"

귀까지 빨갛게 물든 시어니는 옆으로 몸을 기울여 수프를 휘저었다.

"그런 건 묻지 마세요."

시어니는 조그맣게 자른 당근과 토마토 조각들이 수프

속에서 빙글빙글 돌아가는 모습을 바라보았다. 깊은 숨을 내리 들이마시며 홍조가 가라앉길 기다렸다. 마침내 얼굴에서 발그레한 기운이 가시자 말했다.

"아시잖아요."

"시어니……."

에머리는 목소리 끝이 잦아들었다. 이름을 부른 다음에 어떤 말을 하려고 했는지 모르겠지만 그는 끝내 생각을 털어놓지 않았다. 시어니는 에머리가 아닌 다른 대상으로 신경을 돌리려 애먼 수프만 계속 휘저었다.

일 분쯤 지나서야 에머리는 입을 열었다. 한숨으로 시작한 말이었다.

"*자네는 내 견습생이야. 내가…… 굳이 말 안 해도 알잖아.*"

"명문화된 규칙이 있는 것도 아니잖아요." 반박을 하면서 시어니는 저도 모르게 다시 뺨이 붉게 물들었다. "제가 확인해봤어요."

에머리는 턱 밑에 감아둔 젖은 행주를 문질렀다. 적절한 표현을 고르려 고심하는 듯했다.

"모든 규칙이 문서화되어 있는 건 아니야."

"원래 규칙을 잘 따르는 분도 아니잖아요."

저도 모르게 튀어나온 대담한 말에 시어니는 깜짝 놀랐다. 에머리의 반응을 살필 엄두도 낼 수 없었다. 시어니 주변의 공기가 마치 채소 수프처럼 빙글빙글 돌았다. 다만 공기는 식지 않고 점점 뜨거워지고 있었다.

'그래, 난 그의 견습생이야.'

그는 굳이 그 사실을 일깨워주었다! 어떻게 그를 위해 이런저런 일을 해주는 이유를 물을 수 있을까? 그의 심장 속네 번째 방에서 시어니는 이미 그에게 마음을 고백했다.

시어니는 눈을 감고 달아오른 두 뺨을 식히려 손등을 가져다 댔다.

'그래.' 시어니는 수프가 알아서 식도록 두었다. '내가 견습생으로만 있길 바란다면 그렇게 해줘야겠지.'

그 이상을 기대한 게 어리석었을 수도 있다.

시어니는 그에게 수프 그릇을 건넸다.

"수축 사슬에 쓸 고리는 일단 세 개만 만들어놨어요. 몸이 괜찮아지시면 한번 확인해주세요. 결함이 있는 사슬을 만드느라 시간 낭비하고 싶지 않아서요. 읽어야 할 자료도 있고요. 한 시간 뒤에 와서 상태를 확인할게요."

시어니는 일어나 치맛자락을 털고 *침착하게* 침실로 들어갔다. 문을 닫고 종이접기 교과서를 펼쳤다. 적어도 방 안에서는 그녀의 피부를 지독하게 물들인 홍조를 볼 사람이 없었다.

그 주에 세 번째로 시어니는 마음을 침착하게 가라앉히는 일을 성공적으로 해냈다. 교과서를 다 읽고 나자 눈물 두 방울이 책 위로 툭툭 떨어졌다.

8

시어니는 의회 건물의 아담한 로비에 놓인 붉은 벨벳 의
자에 앉았다. 3층 높이 천장에는 물방울 모양 크리스털로
일정한 패턴 없이 장식된 황금색 샹들리에가 달려 있었다.
오래전에 세상을 떠난 어느 정치인의 조각상이 로비 한구
석에 서서 시어니를 바라보았다. 그 조각상 양옆의 구릿빛
벽감은 큼직한 도자기 화병에 담긴 이국적인 양치식물로
장식되어 있었다. 윗부분이 반원으로 된 높은 창문들 - 안
쪽에는 조금 더 작은 반원들이 있는 - 을 통해 느지막한 아
침의 햇살이 흘러들었다. 하늘에 얇은 구름만 성기게 떠 있

는 덕분이었다. 창문 맞은편 벽의 3.7미터 높이에는 에드워드 7세인 듯한 어느 죽은 왕의 초상화가 걸려 있었고, 천장에는 황금 잎사귀 그림들이 십자형으로 길게 뻗어나가 있었다. 시어니는 평생 이렇게 멋진 대기실은 처음 보았지만 그래 봐야 대기실일 뿐이었다.

등 뒤의 높은 회의실 문이 쿵 닫혔다. 문 너머에서 진행 중인 형사과 회의에 시어니는 참석할 수 없음을 한 번 더 강조하는 소리 같았다. 에머리와 에이비오스키는 그 회의에 참석하고 있었다. 마치 추방당한 것 같은 기분이 들어 시어니는 얼굴을 찌푸렸다. 신체 마법사들을 직접 상대한 것도 시어니고 끔찍한 공격의 대상이 된 것도 시어니인데, 그녀는 마법사 위원회가 앞으로 어떻게 대응할지 결정하는 자리에 참석조차 할 수 없는 신세였다! 마법사 위원회의 이런 일처리 방식을 시어니는 이해할 수 없었고, 에머리가 편을 들고 나서지 않은 것도 용서가 안 됐다.

'나를 못 믿어서 그런 거야.'

속이 상한 시어니는 옆 테이블에 놓인 새로운 교과서들을 눈을 내리뜨고 쳐다보았다. 《펄프에서 종이까지: 종이 명장의 제조 과정》, 《고급 기하학》, 《추운 북극지방의 포유

동물들》. 전부 에머리가 읽으라고 지시한 책이었다. 종이에 생기 불어넣기의 상급 과정으로 넘어가기 위한 책들인 듯했다. 하지만 로비에서 기다리는 동안 시어니가 펼쳐 든 건 《철도 잡지》였다. '금속 마법을 적용한 양철판은 어떻게 이동을 더욱 원활하고 빠르게 만들었을까'라는 제목의 기사가 흥미를 끌었다. 이 기사를 쓴 사람들이 새로운 마법에 관한 정보를 기사에 흘려놓았을지 궁금했다.

시어니와 마찬가지로 회의에 못 들어간 딜라일라는 정치인 조각상 앞에 있다가 이쪽으로 걸어왔다. 조금 전까지 딜라일라는 그 조각상 앞에 놓인 안내판을 흥미롭게 읽고 있었다. 뒷짐을 지고 걸어오는 딜라일라의 노란 치맛자락이 종아리쯤에서 살랑거렸다. 오늘 딜라일라는 단발머리를 귀 뒤로 넘겨 핀을 꽂았고 립스틱을 발랐다. 언제나 화려한 딜라일라에 비해 수수한 차림을 한 시어니는 그래서 더 속이 상했다.

"기다리는 것도 나쁘지 않네."

딜라일라가 말했다.

닫힌 문 너머에서 누군가가―휴즈의 목소리인 듯했다―고함을 쳤는데, 무슨 말인지는 알아들을 수가 없었다.

"맞지?"

딜라일라는 이렇게 말하며 피식 웃었다.

시어니는 한숨을 쉬며 맞은편 의자를 손으로 가리켰다.

"아니, 내 생각은 달라. 바로 *어제* 그래스가 나한테 말을
걸었어, 딜라일라. 그럼 나도 회의에 참석해야 되는 거잖
아. 내가 어제 그래스와 한 얘기를 세인 마법사님이 복도에
서 듣지 못했으면 아마 나를 저 회의에 참석할 수 있게 해
줬을지도 몰라."

딜라일라의 갈색 눈이 휘둥그레졌다. 에이비오스키가 어
제 아파트 건물 12층에서 일어난 일에 대해 딜라일라에게
얘기해주지 않은 모양이었다.

에이비오스키는 어제 오후 휴즈와 함께 아파트에 도착
했다. 시어니는 그렇게 속상해하는 에이비오스키의 모습
은 처음 보았다. 에이비오스키는 그래스가 거울 통신으로
는 숙소의 정확한 위치를 알아낼 수 없을 거라고 확신했다.
시어니와 에머리가 런던 모처에 숨어 있다는 것 정도는 알
아낼 수 있겠지만. 그 말을 듣고 에머리는 계속 그 아파트
에 머물기로 결정했다.

휴즈는 한참의 설득 끝에야 그래스 코발트가 유리 마법

사로서 정체를 드러낸 것을 믿고 받아들였다. 고무 마법사인 휴즈는 견습생 따위가 그 사실을 먼저 알아낸 것에 꽤 충격을 받은 듯했다. 누군가 그래스의 비밀을 알아낸다면 그것은 형사과 수뇌부여야 한다고 생각한 모양이었다.

앞으로 몸을 기울인 시어니는 딜라일라에게 어제 있었던 일을 털어놓았다. 물론 아직까지 시어니의 마음을 어지럽히고 있는, 에머리와의 딱딱한 대화는 예외였다. 시어니는 거울을 똑똑 두드린 소리부터 시작해서 그래스가 한 말, 거울 표면이 일렁거린 일, 가림 상자까지 얘기했다.

"그래스가 내가 있는 곳은 진짜 못 알아내겠지?"

시어니의 물음에 딜라일라는 낯빛이 창백해진 채로 고개를 끄덕였다.

"거울 통신으로 사람을 찾아낼 수는 있지만 그의 지리적 위치까지 파악할 수는 없어. 그래스는 상대 거울의 표식만 알지 그 거울의 위치까지는 모르는 것 같아. 그래야 앞뒤가 맞아. 그리고 거울을 부쉈으니까 넌 안전할 거야."

"거울의 표식이라니?"

딜라일라는 고개를 끄덕이면서 팔에 돋은 소름을 손으로 문질렀다.

"표식은 사람에게 붙여진 이름과 마찬가지야. 거울마다 고유의 정체성이 있거든. 그 정체성을 바꾸면 이쪽 거울에서 저쪽 거울로 건너갈 수 있어. 내가 그걸 깨치기까지 석 달이나 걸려서 지금 이 자리에서 너한테 제대로 설명할 수 있을지 모르겠다. 어쨌든 찾고자 하는 사람 소유의 거울을 갖고 있거나 거울의 위치를 알아내면 상대를 더 쉽게 찾아낼 수가 있어. 그래스는 네가 런던 안에 있다는 것 정도는 알고 있었을 거야. 그리고 네 화장 거울도 갖고 있었으니까 널 찾아냈겠지. 아, 시어니! 너무 무섭다. 악몽이 현실이 된 것 같아! 이제 네가 부럽지가 않아, 전혀."

"더 심한 일도 있었어."

이 말은 사실이었다. 하지만 시어니는 그래스가 리라와는 완전히 다른 작자라는 걸 점점 깨닫고 있는 중이었다. 물론 신체 마법사 두 명을 상대하는 것보다 유리 마법사 한 명과 신체 마법사 한 명을 상대하는 게 덜 무섭긴 하지만, 너무 깊이 엮여버린 게 아닌가 싶었다.

"그래스는 유리 마법사야. 거울 너머 방에 그래스 말고는 아무도 없었어. 그런데 어둠의 마법을 쓰기 위해 본인이 꼭 어둠의 마법을 보유할 필요는 없잖아."

"어쨌든 그자가 건너오기 전에 네가 거울을 깼으니 된 거야."

"그건 어떻게 작용하는 거야?" 시어니는 의자에 앉은 채 앞으로 몸을 기울였다. "어떻게 사람이 이 거울에서 저 거울로 옮겨갈 수가 있어?"

딜라일라는 미간에 주름을 잡았다. 그러다가 큼직한 핸드백에 손을 넣어 작은 화장 거울과 손바닥만 한 직사각형 거울을 꺼냈다. 핸드백 안에서 유리구슬이 딸그락거리는 소리가 들렸다. 시어니는 이 유리 마법 견습생이 핸드백 안에 얼마나 많은 유리 장비를 가지고 다니는지 궁금해졌다. 종이 마법은 영락하긴 했지만 무게가 가벼워서 소지하고 다니기엔 수월한 편이었다.

딜라일라는 직사각형 거울을 시어니에게 건넸다.

"내가 이 화장 거울에 익숙하니까 이걸 쓰는 게 더 쉽겠어." 딜라일라는 화장 거울을 열고 명령했다. "3번 사각형 거울을 찾아."

"그게 표식이야?"

시어니는 직사각형 거울을 들여다보며 나지막이 물었다. 거울에 비친 시어니의 얼굴이 빙그르르 돌더니 이내 딜라일라의 얼굴을 비추었다. 시어니는 고개를 돌려 딜라일라의 거울 속에 담긴 자신의 얼굴을 들여다보았다. 두 거울은 그 거울을 든 당사자가 아닌 상대의 모습을 보여주고 있었다.

"편의를 위해서 내가 그렇게 이름을 붙였어. 안 그러면 더 복잡해지거든."

시어니는 완전히 이해되지는 않았지만 고개를 끄덕였다. 유리 마법은 종이 마법보다 훨씬 어려운 것 같았다.

문 닫힌 회의실 안에서 이번에는 낯선 이가 목청을 높였다. 시어니는 그쪽에 신경을 끄기로 했다.

"여기까진 됐고."

딜라일라의 입에서 나오는 목소리와 시어니가 손에 든 작은 거울에서 나오는 목소리가 겹쳐 들렸다.

"거울 이동은 더 까다로워."

딜라일라는 오른손 검지 끝으로 화장 거울 테두리를 시계 방향으로 문지르며 명령했다.

"통과해서 이동해."

거울 두 개가 어제 화장대방의 거울처럼 물결쳤다. 딜라일라는 화장 거울 속으로 검지를 밀어 넣었다. 그러자 시어니의 직사각형 거울 표면에서 손가락이 마치 잘린 사지처럼 튀어나왔다. 딜라일라가 손가락을 꿈지락거리자 시어니는 웃음을 터뜨렸다.

"불완전한 거울을 쓰면 작동하지 않아."

딜라일라는 검지를 도로 빼며 명령했다.

"멈춰."

그러자 거울들은 평소의 상태로 돌아갔다.

"불완전한 거울을 사용해 이동을 했다가는 그 안에 갇혀버릴 수가 있어. 긁히거나 금이 갔거나 기포가 들어간 거울은 바윗덩어리나 올가미처럼 통과를 방해하거든. 그래서 에이비오스키 마법사님은 내가 유리 마법사 전용 거울을 통해서만 이동하게 하셔. 다른 거울을 쓰면 안전하지 않다고 하셨어."

"엄격한 스승이시구나."

시어니는 직사각형 거울을 딜라일라에게 돌려주었다.

딜라일라는 두 거울을 핸드백에 집어넣었다.

"맞아. 그래도 난 좋아. 나는 좀 체계적인 생활을 할 필요가 있거든. 연말에 마법사 자격시험을 볼 생각이야. 지금부터 열심히 공부하면 합격하겠지."

"내 생각에도 그럴 것 같아."

딜라일라는 미소를 지어 보이고 나서 묘하게 말이 없어졌다. 덕분에 시어니는 닫힌 문 너머에서 나는 웅성거림 같은 소리를 들을 수 있었다. 저 안에서 마법사들은 시어니의 어떤 문제에 대해 논의하고 있는 걸까.

한참 후 딜라일라가 입을 열었다.

"저분들은 아마 그래스가 아니라 사라즈를 찾는 데 집중할 거야. 오늘 아침에 에이비오스키 마법사님이 거울로 통신하는 소릴 엿들었어. 휴즈 마법사님이나 그분의 동료 중한 명과 얘기를 나누시는 것 같았는데, 아마 캔트렐 마법사님이겠지."

시어니는 눈썹을 찡그렸다.

"하지만 우두머리는 그래스잖아! 그래스가 주도하고 있을 텐데……."

"너무 끔찍한 얘기야, 시어니."

딜라일라는 속삭이듯 말하면서 회의실 문을 흘끗 쳐다보더니 시어니 쪽으로 몸을 기울였다.

"네가 택시에서 사고를 당한 이후에 내가 도서관에서 사라즈에 대한 자료를 좀 찾아봤어. 에이비오스키 마법사님이 더 이상 얘기를 안 해주셔서 직접 조사를 좀 했지. 뉴스 기사들뿐이었지만."

딜라일라는 몸서리를 치며 말을 이었다.

"속속들이는 아니지만 충분한 정보가 있었어. 일가족 살해며, 피로 그려진 괴상한 룬 문자며……."

딜라일라는 얼굴이 창백해졌다.

"사라즈는 아기들까지 죽였어, 시어니. 고아원을 공격해서 스물세 명이나 되는 고아들을 죽였는데……." 딜라일라는 침을 꼴깍 삼키며 말을 이었다. "그중 다섯 명의 장기만 가져갔어. 나머지 아이들은 그냥 재미로 죽인 거야. 그자는 미친 짐승 같아. 상당 부분이 그래스의 책임이긴 하지. 그래스가 우두머리니까. 하지만 그래스는 신체 마법사가 아니라며. 그래서 우리 마법사님들은 사라즈를 잡으려는 것 같아. 에이비오스키 마법사님이 오늘 아침에 거울로 통신한 분은 제지 공장을 폭발시키고 네가 탄 택시를 공격한 자가 사라즈일 거라고 보고 있어. 사라즈는 그냥 내버려두기에는 대중에게 너무나 큰 위협인 거지. 그분은 그래스에 대해서는 '억제 가능한 인물'이라고 말했어."

시어니의 귓속에서 세차게 뛰는 맥박이 울렸다. 한동안

아무 소리도 들리지 않았다. 너무 많은 이들이 죽었고 지독하게 끔찍한 일이 벌어졌다. 무고하게 희생당한 택시기사가 떠올랐다. 한밤중에 그 사라즈 프렌디라고 하는 신체 마법사는 너무도 쉽게 택시기사의 목숨을 빼앗았다. 어쩌면 신체 마법으로 사고를 일으키기 위해 모든 택시기사를 따라다니며 그들의 몸에 손을 댔을지도 모를 일이었다.

등받이에 기대는데 몸이 오싹해졌다. 사라즈는 시어니와 에머리가 집에서 나올 때를 확인하기 위해 얼마나 오랫동안 그 집을 지켜봤을까? 시어니가 리라와 엮인 일로 인해 앞으로 얼마나 더 많은 사람이 다치거나 죽게 될까?

제지 공장 폭발로 인한 사망자 명단이 머릿속에 떠올랐다. 시어니는 그 명단에 적힌 이름을 전부 기억했다. 시어니가 리라와 엮이지 않았다면, 리라의 몸을 얼어붙게 만들지 않았다면 그래스와 사라즈는 런던으로, 다트퍼드로 오지 않았을 것이다. 그랬으면 그 명단에 있던 사람들도 죽지 않았겠지. 시어니가 직접 폭탄을 터뜨리거나 택시기사를 죽인 건 아니었지만 끔찍한 죽음을 당한 이들에 대한 죄책감이 어깨를 무겁게 짓눌렀다. 두 살인자가 영국에서 그런 짓을 저지르게 만든 원인이 바로 자신이었다.

시어니는 회의실 문으로 시선을 돌렸다. 에머리도 택시 사고로 인해 죽을 수 있었다. 제지 공장에 같이 들어갔다면 폭발 때 다쳤을지 모른다. 은신 중인 숙소에서 거울을 통해 건너온 그래스와 맞닥뜨렸다면 크게 다쳤을 것이다. 시어니와 에머리 둘 다 아직까지 숨이 붙어 있는 건 기적이었다.

모든 게 시어니의 잘못이었다. 시어니는 그 사실이 끔찍했다.

두 견습생은 한참 말없이 앉아 있었다. 딜라일라는 멍하니 창밖을 내다보았고, 시어니는 의자의 벨벳 팔걸이를 손가락으로 톡톡 두드렸다. 시어니는 그래스와 나눈 대화, 리라와 있었던 일을 곱씹어보았다. 리라가 에머리의 집 식당에서 시어니의 등을 부러뜨리려 했던 때부터 시어니가 피에 젖은 종이에 직접 글씨를 적고 "리라는 얼어붙었다"라고 읽으며 마법을 걸었을 때까지.

지금 리라는 저 앞에서 시어니를 쳐다보며 서 있는 정치인의 조각상과 다름없었다. 시어니가 그렇게 만들어놓았다. 우연이긴 했지만 시어니가 한 일이었다. 에머리가 곤경에 처했기 때문에. 에머리는 그렇게 죽어서는 안 되는 사람이니까. 처음 만난 순간부터 시어니의 마음 일부는 에머리를 사랑했는지도 모른다. 그래서 시어니는 리라를 그렇게 만들어놓았다. 혼자 힘으로.

두 팔을 타고 오싹 소름이 끼쳤다.

"내가 책임지고 이 사태를 해결해야 해."

시어니가 속삭이자 딜라일라가 창문에서 시선을 떼고 돌아보았다.

"뭐라고?"

"내 탓이야. 내 책임이야."

시어니는 팔걸이에 기대고 있던 팔을 내리고 두 손을 무릎에 얹었다.

"나는 리라와 싸워 이겼어. 사라즈와 그래스를 상대해야 하는 건 바로 나야."

시어니는 신체 마법사와 싸워 이겼다. 한 번 해냈으니 또다시 해낼 수 있지 않을까?

눈이 휘둥그레진 딜라일라는 딸꾹질 비슷한 괴상한 소리를 내며 한 손으로 입을 틀어막았다가 손을 무릎으로 내렸다.

"안 돼, 시어니. 설마 진심은 아니지?"

"농담으로 한 얘기 아니야."

시어니는 떨리는 손가락을 모아 주먹을 쥐고 깊게 숨을 들이마셨다.

"사라즈에 대해서는 잘 모르지만, 나는 그래스와 연락을 할 수 있어. 그러니까 우선 그래스를 유인해내야겠어. 그래스는 유리 마법사에 불과해. 그래서 말인데 네 도움이 필요해, 딜라일라. 그래스가 나한테 연락할 때 사용한 거울을 찾을 수 있겠어?"

딜라일라의 얼굴에 핏기가 가셨다.

"나…… 나는 어디서부터 시작해야 되는지도 몰라! 난 견습생일 뿐이야."

"내가 머무는 숙소의 화장대방에 있는 거울부터 시작하면 될 것 같아." 시어니는 목소리를 낮췄다. "깨진 거울 파편들이 아직 거기 있어. 그 파편으로 그래스의 위치를 찾아줄래?"

딜라일라는 입을 벌리고 무어라 말하려다가 닫아버렸다. 그러고는 형사과의 논의가 진행 중인 회의실 쪽을 힐끔 쳐다보며 개구리처럼 쉰 목소리로 대답했다.

"할 수는 있겠지만 그러려면 우리가 네 숙소까지 가야 될 텐데……"

"거울을 통해 이동하면 되지."

시어니의 가슴속에서 용기가 솟았다. 이대로 넋 놓고 앉아 무슨 일이 일어나기만을 기다리고 있을 수는 없었다. 가서 싸워야 했다. 자신 때문에 더 많은 목숨이 희생되기 전에 그래스를 막아야 했다.

"의회에 흠 있는 거울이 설치됐을 리 없어. 여자 화장실에 거울이 있더라. 그 거울을 이용해서 내가 머무는 아파트 숙소 로비로 이동하자."

"하지만 에이비오스키 마법사님이 아시면……."

"해보고 뜻대로 안 되면 새로운 계획을 짜면 돼." 시어니는 앞으로 몸을 기울이면서 딜라일라의 두 손을 꼭 잡았다. "넌 옆으로 빠져 있어. 그래스가 넌 못 보고 나만 볼 수 있게 해. 난 그자와 얘기만 나눌 거야. 그래스는 리라 문제로 나와 협상을 하고 싶어 하잖아. 기억하지? 내가 협상할 준비가 된 것처럼 믿게 만들 거야. 깨진 거울 파편을 통해 연락이 닿더라도 그래스는 그 파편을 통해서는 건너올 수 없을 거야. 내 말뜻 이해 안 돼, 딜라일라? 누가 또 다치기 전에 내가 이 사태를 해결해야 해. 난 할 수 있어. 이게 가능한 일인 걸 난 알아. 그러려면 아직 시간이 있는 동안 우리 둘이 여길 떠나야 돼."

"그래스한테 뭐라고 말할 건데?"

"그자가 나한테 무슨 말을 하는지에 달렸지. 난 그자의 계획을 알고 싶어. 그가 약점을 노출할 때까지 적당히 둘러댈 거야. 그러면서 그자의 계획을 막아낼 방법을 찾아보려고."

딜라일라는 입술을 깨물며 고민하다가 고개를 끄덕였다.

"넌 꼭 진짜 마법사처럼 말하는구나. 좋아, 서두르자."

시어니는 의자에서 벌떡 일어나 딜라일라의 팔짱을 끼고 여자 화장실 쪽으로 향했다.

'나는 이 싸움을 해내야만 해.'

시어니는 로비에서 서둘러 발걸음을 옮겼다.

'내가 속죄할 기회이기도 해. 이 사태를 완전히 끝내야 겠어.'

9

문을 열고 들어가자 방 두 개로 구성된 여자 화장실은 로비만큼이나 우아한 분위기였다. 첫 번째 방은 초콜릿색 커튼이 달린 반투명한 유리창으로 은은한 햇빛이 들어오는 작은 휴게 공간이었다. 하얀 크리스털로 된 작은 샹들리에에 켜진 전등이 천장에서 빛과 함께 윙윙 소리를 냈다. 벽지에는 노란구륜앵초가 그려져 있었고, 천장과 바닥에는 폭이 좁은 초콜릿색 테두리가 둘러져 있었다. 구석 자리에는 장미나무 벤치와 작고 동그란 거울이 딸린 유리 화장대가, 서쪽 벽에는 좁은 서랍장과 양옆으로 놓인 쿠션 의자 두 개가 있었다. 서랍장 위쪽에는 금테를 두른 커다란 직사각형 거울이 걸려 있었다. 이국적인 양치식물들이 그곳의 다른 구석 자리를 장식했다. 휴게 공간과 연결된 두 번째 방에는 현대적인 화장실 몇 칸이 설치돼 있었다.

시어니는 커다란 거울로 다가가 혹시 표면에 흠이 있는지 확인해보았다. 딜라일라는 로비에 있을 때보다 더욱 심란해진 표정으로 손톱을 물어뜯었다.

시어니는 딜라일라를 돌아보며 물었다.

"이 거울로 되겠지?"

딜라일라는 거울로 다가가 빠르게 살펴보았다.

"글쎄, 될 것 같긴 하지만……."

딜라일라는 말을 끝맺지 못하고 손을 뻗어 거울 표면을 손톱으로 두드렸다. 처음에는 거울 중앙을 두드리다가 가장자리로 손을 옮겼다.

"제발 부탁할게, 딜라일라. 내 숙소 건물 로비에 있는 거울을 찾을 수 있겠어?"

딜라일라는 고개를 끄덕였다.

"나도 진짜 마법사처럼 행동해볼게." 딜라일라는 거울에 두 손을 붙이고 눈을 감으며 명령했다. "찾아."

딜라일라의 손 밑에서 거울이 부옇게 흐려졌다. 이런저런 이미지가 거울 표면을 스치고 지나갔다. 시어니는 아마 이 도시의 다른 거울들이 비추고 있는 상일 거라고 짐작했다. 하얀 걸레, 잡동사니로 어수선한 다락, 분홍색 페인트 칠이 된 방에 앉아 티파티 놀이를 하는 어린 두 소녀, 어떤 남자의 깜짝 놀란 얼굴, 드레스의 뒤쪽 지퍼를 올리려고 안간힘을 쓰는 여자, 그리고 시어니의 숙소 건물 로비 계단이 보였다.

"저기야! 찾았어!"

시어니가 소리치자 딜라일라는 거울에서 두 손을 떼고 한 발 뒤로 물러섰다. 시어니는 호두나무에 광택제를 바른 계단, 전화기와 전신기가 놓인 낮은 테이블, 건물 주인의 집으로 연결되는 복도에 걸린 그림 끄트머리를 알아보았다. 벽에 걸린 거울은 안내 데스크 근처에 있는 것이었다. 거울 속으로 머리를 집어넣고 왼쪽을 돌아보면 건물 앞부분도 보일 듯했다.

"저 사람들이 우릴 볼 수 있어?"

시어니가 물었다.

"저 거울 앞을 지나가는 사람이면 보겠지." 딜라일라는 깊은 한숨을 내쉬었다. "자, 가자. 붙잡히기 전에 서둘러야 돼."

딜라일라는 쿠션 의자 하나를 끌고 오더니 그 위에 올라서서 오른손 검지 끝으로 거울의 금테두리를 시계 방향에서 시계 반대 방향으로, 그리고 다시 시계 방향으로 문질렀다.

"통과해서 이동해."

거울 속 로비의 이미지가 떨리며 흐릿해지고 화장실 거울 표면의 유리가 잔물결처럼 일렁거렸다.

"건너편 거울의 크기도 충분히 커야 될 텐데."

딜라일라가 걱정하자 시어니가 장담했다.

"커."

딜라일라는 시어니의 손을 잡고 한 번 더 숨을 들이마신 뒤 멈췄다. 그리고 서랍장으로 올라서며 시어니를 의자로 끌어 올렸다. 두 사람은 서로 손을 꼭 잡고 천천히 은빛 거울을 통과했다.

시어니는 친구의 손을 더욱 꼭 잡았다. 거울을 통과하는 동안 손과 팔, 어깨에 닿는 유리의 차가운 감촉에 저절로 입이 벌어졌다. 시어니는 눈을 감고 나머지 몸을 스르르 통과시켰다. 축축하지만 물기가 몸에 들러붙는 느낌은 아니었다. 주변의 빛이 짙은 오렌지색으로 바뀌었다. 시어니가 로비 거울의 틀 너머로 내려가다가 발을 헛디디자 딜라일라가 잡아주었다.

비로소 눈을 뜬 시어니는 경이로움에 입이 벌어졌다. 정말로 숙소 건물 로비에 서 있었던 것이다.

고개를 돌려 거울을 바라보았다. 거울 표면은 아주 잠깐 일렁거리다가 다시 평소대로 돌아가 의회 건물 화장실이 아닌 시어니와 딜라일라의 모습을 비추었다.

시어니는 소리치며 딜라일라를 두 팔로 얼싸안았다.

"대단하다!" 시어니는 다시 뒤로 물러서며 감탄을 쏟아냈다. "네가 이런 마법을 쓸 수 있다니 믿어지지 않아! 유리 마법사가 된다는 건 정말 굉장한 일이구나, 딜라일라!"

딜라일라는 미소를 지었다.

"엄밀히 말하면 난 아직 정식 유리 마법사가 아니야."

시어니는 딜라일라의 손을 잡고 계단 옆을 지나 승강기 쪽으로 향했다. 한 남자가 눈이 휘둥그레진 채 쳐다봤지만 두 사람은 못 본 척했다. 아마 그 남자는 두 사람이 마치 문을 통과하듯 거울에서 나오는 모습을 보았을 것이다. 시어니는 승강기 문을 당겨 닫았다. 승강기가 천천히 12층으로 올라가는 동안 거울 이동을 하며 느낀 흥분은 점차 가라앉고 불안감이 밀려들었다.

그래스.

열쇠를 찾아 임시 숙소의 문을 여는데 손가락이 살짝 떨렸다. 그날 아침 이후로 달라진 건 없었다. 소파에 앉은 펜넬이 고개를 들고 기대에 찬 눈으로 그들을 올려다보았다. 소파에서 자고 있다가 깬 모양이었다.

"이 일은 비밀이야, 펜넬."

시어니는 속삭이는 것보다 약간 더 크게 말했다. 딜라일라를 끌어당겨 집 안으로 들인 뒤 문을 닫고 화장대방으로 안내했다.

시어니가 박살난 거울을 가림 상자 네 개에 나눠 담은 후로 그 방은 누구의 손도 타지 않았다. 시어니는 문을 열어둔 채로 첫 번째 가림 상자 옆에 무릎을 굽히고는 신중하게 상자의 뚜껑을 열었다.

"파편이 이 정도 크기면 사람이 건너올 수 없겠지?"

시어니의 물음에 딜라일라는 고개를 끄덕였다.

"응. 건너오진 못할 거야. 적어도 이 깨진 거울로는 못 건

너와."

시어니도 고개를 끄덕였다. 그러고는 가림 상자에서 파편 하나를 조심스럽게 꺼냈다. 가장자리가 날카롭고 구석에 이가 빠진, 길쭉한 삼각형 모양의 파편이었다. 시어니의 손바닥보다는 컸다. 시어니는 가림 상자를 닫고 거울 파편을 딜라일라에게 주었다.

딜라일라는 거울을 뒤집어 바닥에 내려놓았다.

"이제부터 마법을 걸게, 시어니. 하지만 그래스가 날 못 보면 좋겠어."

"이미 한 번 봤어, 그 식당에서."

딜라일라가 몸을 떨었다.

"그래, 또다시 나를 보지는 않았으면 좋겠어."

시어니는 고개를 끄덕였다. 딜라일라는 파편의 유리 면을 손가락으로 문지르다가 자신의 얼굴이 반사되지 않도록 얼른 뒤로 물러났다. 시어니는 거울에 얼굴을 들이밀며 자신의 모습을 바라보았다. 창문을 통해 흘러드는 빛 때문에 얼굴이 푸르스름하고 그림자가 져 있었다.

"과거를 비춰라."

딜라일라가 명령을 내렸다. 거울에서 시어니의 모습이

사라지고 화장대방 내부가 떠올랐다.

시어니는 혀로 입술을 축였다.

"거울이 이 방에서 일어났던 일을 보여주는 거야?"

딜라일라는 고개를 끄덕이며 속삭였다.

"형사들이 수사할 때 유용해. 에이비오스키 마법사님은 태이스 프래프로 자리를 옮기시기 전에는 경찰에서 일하셨어."

"정말?"

딜라일라는 고개를 끄덕이고는 다시 작업에 정신을 집중했다.

"작은 시어니를 찾아."

딜라일라는 이렇게 명령을 내리고 시어니에게 속삭였다.

"작은 시어니는 네 화장 거울의 표식이야. 너랑 원거리에서도 얘기를 나누려고 내가 그렇게 이름을 붙여놨어."

시어니는 미소를 지었다.

"귀여운 이름이야."

딜라일라는 다소 자신 없는 목소리로 거울 파편에 명령을 내렸다.

"되돌려라."

거울 속 이미지가 또다시 바뀌었다. 침대의 다리 부분과 옷장이 보였다. 전에 그래스가 있던 바로 그 방이었다. 그래스는 시어니의 화장 거울을 저 침대 매트리스 한가운데에 던졌었다. 보이지 않는 곳에서 목소리들이 들렸다. 시어니는 더 자세히 들으려고 거울 쪽으로 몸을 기울였다.

"그러지 마."

딜라일라가 소리 죽여 말렸다.

거울 속에서 그래스의 날카로운 목소리가 들렸다. 시어니는 듣자마자 바로 그자의 목소리임을 알았다.

"…… 언제까지 내 뒤에 숨어 있을 수는 없어!"

그 말에 대답하는 남자 목소리는 처음 듣는 것이었다. 초콜릿처럼 매끄러운 그 목소리의 주인공은 모음 대부분을 잘라먹고 자음의 절반을 삼켜버리는 묘한 억양을 갖고 있었다. 그 남자는 그래스보다 나직하고, 더 노련하게 들리는 목소리로 물었다.

"우리가 영국에 있은 지 얼마나 됐지?"

시어니는 거울에 귀를 바짝 붙였다. 거울 건너편 소리를 듣는 데 방해가 될 정도로 심장이 요란하게 뛰었다.

"우린 석 달 전에 배를 타고 지브롤터로 출발했어야 했어. 그게 당신 계획이었잖아."

"내가 들개한테 얘기를 해도 너한테 하는 것보다는 같은 말을 덜 반복하겠다, 사라즈."

시어니는 몸이 굳어져 딜라일라를 흘긋 돌아보았다. 딜라일라의 휘둥그레진 눈은 갈색 눈동자보다 흰자가 더 많이 보였다.

멍하니 듣고 있던 시어니는 사라즈의 대답 중 앞의 몇 마디를 놓쳤다.

"…… 이제 흥미 없어. 재미있는 게임이 될 거라더니 여긴 확 끓어오르는 게 없어. 새를 그만 없애고 떠납시다. 듣기로는 아프리카인의 피를 강한 최음제로 쓸 수 있다던데."

시어니는 신체 마법사 사라즈가 말끝에 웃고 있음을 느낄 수 있었다. 사지가 덜덜 떨렸다.

"그 여자를 죽이면 안 돼!"

그래스가 고함을 쳤다. 시어니는 놀라서 뒤로 몸을 젖혔고 딜라일라는 거울을 손에서 놓칠 뻔했다.

"아직은 안 돼. 우리는……."

"다른 고기를 찾으시라고." 사라즈는 한층 음산한 말투로 말을 잘랐다. "당신은 당신 고기로, 나는 내 고기로."

"쉿!"

그래스의 신호에 사라즈는 입을 닫았다. 잠시 후 거울 속 풍경이 바뀌면서 옷장 앞면과 방문 경첩이 보였다. 그래스가 거울을 세운 것이다.

시어니는 방금 거울로 접촉한 것처럼 보이려고 일부러 거울에 대고 소리쳤다.

"그래스! 거기 있죠? 나도 당신이랑 같은 마법을 썼어요. 얘기 좀 해요!"

다행히 그래스는 낄낄 웃었다. 시어니의 팔다리에 소름이 끼쳤다. 거울 속 이미지가 한층 더 어두워지면서 그래스의 얼굴이 보였다. 화상 자국은 완전히 사라졌다. 사라즈가 낫게 해줬을까?

딜라일라는 몸을 움츠리기는 했지만 거울을 잡은 손을 놓치지 않았다. 그래스는 사라즈의 흔적을 비롯해 방의 나머지 부분이 거울에 비치지 않게 했다.

"작은 새가 돌아왔군." 그래스는 시어니 너머를 살피려는 듯 눈알을 왼쪽, 오른쪽으로 굴렸다. "어떤 유리 마법사가 거울 마법을 쓰게 도와줬을까? 누군지 용감하네."

"당신이 상관할 바 아니에요."

시어니는 목소리가 떨리지 않도록 목청을 높였는데, 지나치게 큰 목소리를 낸 것도 같았다.

"나는 협상할 준비가 됐어요."

그래스는 또 웃었다. 시어니는 떨지 않으려 입술을 오므리면서 표정을 침착하게 유지했다. 시어니는 살인자와 협상을 한다는 게 쓸데없는 짓임을 알고 있었다. 그런 협상이 가치 있다고 여길 만큼 멍청이도 아니었다. 하지만 세상 물정 모르는 척하는 게 유리했다. 순진무구함은 시어니가 쓸 수 있는 가장 강력한 카드였다. 그녀는 카드 게임에서 속임수를 사용할 줄 알았다.

"순순히 협력할 거라고는 기대 안 했는데."

그래스는 목소리를 더욱 낮췄다.

"당신이 사라즈 프렌디를 이 일에서 배제시켜야 협력이 가능해요. 이건 당신과 나 사이의 일이잖아요."

그래스는 인상을 썼다. 그의 이마에 핏줄이 툭 불거지며 고동쳤다. 그의 등 뒤로 문 닫히는 소리가 들린 것도 같았다. 사라즈가 방을 떠난 걸까?

"그놈이 진짜 멍청한 놈이긴 하지."

그래스는 날카로운 송곳니가 드러날 정도로 활짝 웃었

지만 이마의 핏줄은 여전히 고동치고 있었다. 그의 귀까지 벌게졌다.

"그놈은 내가 알아서 정리할게. 걱정 마. 난 네가 죽는 걸 원치 않아, 아직까지는. 내가 필요로 하는 정보를 갖고 있는 한 죽일 생각은 없어."

딜라일라가 훌쩍이자 시어니는 진정하라고 손짓을 했다.

"좋아요. 우리가 합의에 이른 것 같아 기쁘네요."

그래스의 이마에 들썩이던 핏줄이 가라앉았다.

"듣고 있으니까 얘기해 봐."

"그렇게 쉽진 않아요. 사라즈가 우리를 건드리지 않을 거라는 보장을 받고 싶어요. 그자가 멀리 가 있을수록 좋아요."

'지브롤터든 아프리카든 상관없어. 멀리 보내기만 해.'

"우리? 너와 세인?"

"여기 살고 있는 모든 사람 말이에요. 틀을 넓혀서 생각하세요, 그래스."

그는 킥킥 웃었다.

"내가 사라즈를 멀리 보내면 넌 네 작은 비밀을 말해주 겠다 이거로군."

"당신도 여길 떠나요. 당신이 원하는 걸 내줄게요. 당신 이랑 리라가 영원히 여길 떠나면 좋겠어요."

'내가 이 일을 제대로만 해낸다면 당신은 감방으로 꺼지 게 될 거야.'

그래스는 잠시 망설이다가 대답했다.

"좋아."

시어니는 놀란 속내를 감추려 애썼다. 그래스가 거짓말 을 하는 것 같지는 않았다. 시어니가 리라를 원래 상태로 되 돌려주면 그래스와 사라즈는 정말 영국을 떠날까? 아니, 시 어니는 리라를 되살려줄 필요가 없었다. 애초에 어떻게 얼 어붙은 상태로 만들었는지 그 방법만 말해주면 되는 것이 다. 그 정도 정보는 넘겨줘도 악용될 소지는 없을 듯했다. 적어도 유리 마법사에게는 그럴 것이다.

'무슨 생각을 하는 거야? 그 정보를 내주면 안 돼. 저자가 약점을 노출할 때까지 시간을 끌면서 그 정보를 달라고 애 원하게 만들어야지!'

적어도 사라즈는 여길 떠나고 싶어 하는 듯했다. 아직 불 안한 구석이 없진 않지만 그 점은 안심이었다. 사라즈는 여 길 떠나 또 누굴 해칠 생각일까?

시어니는 마치 빵 반죽을 주무르듯 머릿속으로 협상 조건을 이리저리 굴리며 고민했다. 과연 그래스의 경계심을 허물고 덫에 걸려들게 만들 수 있을까?

"생각이 바뀌었나? 취소하기엔 늦었어. 그대로 하지 않으면 사라즈를 시켜 널 심하게 다치게 만들어줄 거야, 알아들어? 마을에 네 가족이 살고 있지? 부모님도 있고 귀여운 여동생도 있지, 아마?"

시어니의 심장이 두방망이질했다. 가슴속이 서늘해졌다. 시어니는 침을 삼키고 심호흡을 하며 곤두선 신경과 공포심을 감추려 안간힘을 썼다.

"리, 리라는 어디 있어요?"

"내가 리라가 있는 곳으로 데리고 가줄게." 그래스는 거울에서 뒤로 약간 물러나며 말했다. "네 위치를 말해."

"그곳에서 만나기로 하죠."

시어니는 에머리의 일정을 떠올렸다. 그는 내일 오후 1시에 의회 건물에서 또 회의를 할 예정이었다. 그 회의에도 시어니는 참석할 수 없으니 그 시간쯤으로 하면 될 것이다.

"내일 점심 식사 후에요. 빈속으로 일하고 싶지 않아서요. 1시 반에 만나요."

딜라일라의 눈이 휘둥그레졌다. 딜라일라는 거울에서 손을 떼지는 않았지만 표정으로 시어니를 말렸다. 하지만 시어니는 듣지 않았다.

그래스는 킬킬 웃었다.

"런던 외곽 남쪽 지역에 버려진 헛간이 하나 있어. 행맨스 로드를 따라 가다가 갈림길에서 서쪽 흙길로 오면 돼. 길을 벗어나 언덕 아래에 있어. 혼자 와. 누군가와 같이 오는 게 보이면 네가 레스토랑에서 만난 그 금발머리 여자애를 찾아내서 재미있게 놀아줄 거야. 알았어?"

딜라일라는 낯빛이 창백해지기는 했지만 고맙게도 마법을 끊지는 않았다.

시어니는 목청을 가다듬고 대답했다.

"유리 마법사의 유리처럼 명확하게 이해했어요. 당신도 명심하길 바랄게요."

그래스는 또다시 웃음을 터뜨렸다.

"종이 마법사가 날 어떻게 해칠 수 있을까, 응?"

"내가 단순한 종이 마법사 이상이라는 거 알잖아요?"

시어니는 거짓말을 하며 딜라일라에게 날카롭게 손짓을 했다. 딜라일라는 조그맣게 명령을 내렸다.

"멈춰."

그러자 그래스의 이미지가 사라지고 거울은 평범하게 시어니의 얼굴을 비췄다.

시어니는 딜라일라에게서 거울 파편을 받아 가림 상자에 집어넣었다. 마치 높은 계단을 단번에 달려 올라온 것처럼 숨이 가빴다.

딜라일라는 속눈썹에 눈물이 그렁그렁한 채로 소리쳤다.

"절대 안 돼! 그자와 만나지 마! 마법사님들한테 말해야 돼!"

"그놈이 널 건드리게 두라고? 내 가족도 건드리겠다잖아. 그자가 사라즈를 시켜 그렇게 하겠다고 한 말이 농담인 것 같아? 아까도 말했잖아, 딜라일라. 이건 이제 내 싸움이야."

시어니는 떨리는 두 손을 부여잡고 울렁거리는 속을 애써 무시했다.

"난 싸움에 대비해야 돼."

딜라일라는 고개를 끄덕였다.

"그래, 준비를 해야지. 우…… 우린 할 수 있어."

시어니는 두 손으로 바닥을 짚고 뒤로 기대어 앉아 한참 생각을 해보았다.

"우리가 그자보다 한 수 앞서 나가야 돼. 일이 잘못될 경우를 대비한 계획도 짜자. 그자들을 제거할 수 있다면 반드시 하고 말 거야. 해내야만 해."

"덫을 놓을 수 있겠어? 종이……를 사용해서?"

그 말에 시어니는 기운을 차렸다.

"나를 거기로 데려다줄래, 딜라일라? 세인 마법사님의 집으로."

딜라일라의 이마에 근심 어린 주름이 잡혔다.

"거기서 뭘 하려고?"

"종이 글라이더와 종이 인형이 필요해."

10

그다음 한 시간 동안 시어니와 딜라일라는 거울을 통해 몇 번 이동을 한 끝에 다시 의회 건물 로비로 돌아왔다. 복도를 지키고 선 붉은 제복 차림의 경비원들이 여자 화장실에서 나오는 두 사람을 미심쩍은 표정으로 쳐다보았다. 닫힌 회의실 문을 보며 시어니는 크게 안도했다. 회의실 안에서 휴즈가 여전히 큰 목소리로 무어라 외치고 있었다. 시어니는 머리가 핑 돌아 붉은 벨벳 의자에 털썩 앉았다.

딜라일라는 회의실 쪽을 살피면서 게처럼 옆으로 걸어 얼른 맞은편 의자에 가 앉았다. 회의실 문은 열리지 않았고 딜라일라는 안심하며 의자에 몸을 기댔다.

시어니는 몸을 앞으로 기울여 딜라일라의 손목을 잡고 말했다.

"비밀을 지켜주겠다고 약속해."

"하지만……."

"절대 발설하면 안 돼!"

시어니는 회의실 문을 흘끗 돌아보며 날카롭게 말했다. 의자를 뒤로 미는 소리가 들린 것도 같았다. 괜한 상상일까? 상관없었다. 저 안에 있는 사람들은 시어니와 딜라일라가 뭘 하고 왔는지 알 수 없을 것이다.

시어니는 심호흡을 했다. 완벽하게 침착한 모습을 보이지 않으면 에머리는 이상한 낌새를 눈치챌지도 모른다. 들키지 않으려면 회의에 참석 못한 것에 대해 여전히 불만스러운 척해야 한다.

시어니는 다시 딜라일라를 바라보며 말했다.

"약속해줘."

딜라일라는 풀 죽은 표정으로 중얼거렸다.

"약속할게. 아, 시어니. 태기스 프래프에서 너에 대해 좀더 잘 알았으면, 난 졸업 시험에 통과하지 못했을 거야!"

딜라일라는 딸꾹질을 했다. "심장이 쪼그라드는 것 같아."

그때 회의실 오른쪽 문이 열리고 시어니가 플라스틱 마법사라고만 알고 있는 한 남자가 밖으로 나왔다. 그 남자는 밖으로 나오면서도 시선은 여전히 회의실 안에 꽂혀 있었다. 타원형 테이블 주변의 의자들은 비어 있었고 마법사와 제복 입은 경찰관이 두세 명씩 모여 서서 나지막하게 얘기를 나누고 있었다.

시어니는 딜라일라 쪽으로 다시 몸을 살짝 기울이며 속삭였다.

"내일 약속 잊어버리지 마."

딜라일라는 손바닥으로 팔에 돋은 소름을 문질렀다.

"하지만 어디서 그 일을 하려고?"

"저 화장실에서." 시어니는 이 말을 하며 회의실을 흘끗 쳐다보았다. 안에 있던 사람들이 드디어 회의를 마치고 문 쪽으로 이동하기 시작했다. "여자 화장실 문은 안에서 잠글 수 있게 돼 있어."

마법사들이 로비로 나오고 있었다. 시어니는 뒤로 물러나 앉아 살짝 헝클어진 땋은 머리를 매만졌다. 오전 내내 무료하게 의자에 앉아 있던 사람의 머리가 헝클어져 있으면 수상하게 보일 것이다.

에머리가 눈치챘을까? 시어니는 에머리가 자신에게 얼마만큼 신경을 쓰고 있는지 궁금하기도 했다. 임시 숙소의 거실에서 나눈 대화가 여전히 시어니의 머릿속을 어수선하게 맴돌았다.

시어니는 회의실 문 쪽을 계속 쳐다보았다. 휴즈가 로비로 나오면서 시어니가 잘 모르는 남자와 얘기를 나누었다. 택시가 강으로 추락한 사건 때 에머리를 심문했던 금속 마법사 캔트렐이 뒤따라 나왔다.

에이비오스키와 에머리가 회의실 밖으로 나오자 딜라일라는 마치 핸드백 도둑질이라도 하는 것처럼 자기 핸드백을 와락 움켜잡고 용수철처럼 벌떡 일어섰다. 시어니는 유별난 반응을 보이지 않으려 애썼다. 딜라일라가 괜한 몸짓으로 비밀을 누설하지 않기를 기도할 뿐이었다.

"기다리게 해서 미안해." 에이비오스키는 어깨 너머로 휴즈를 힐끔 돌아보며 말했다. "누가 장광설을 늘어놓는 바람에."

시어니는 하품을 하는 척 손으로 입을 가렸다.

"진짜 오래 걸리긴 했어요. 이 책들은 지루했고요. 저 없이 어떤 결정을 하셨는지 말 안 해주실 거죠?"

에머리는 눈빛으로 못마땅한 기색을 내비쳤다. 하지만 그가 무어라 응수하기 전에 에이비오스키가 말했다.

"그래, 트윌 양. 자네는 아는 게 적을수록 안전해. 문제가 해결되고 나면 자세히 설명해줄게."

에머리는 시어니의 책 더미를 집어 옆구리에 끼고 다른 쪽 손은 그녀의 어깨에 얹었다.

"이만 돌아가자. 숙제 검토를 해야지."

에이비오스키는 헛기침을 했다. 시어니는 안경 너머 에이비오스키의 시선이 에머리의 손에 가 있음을 알아챘다. 에이비오스키는 에머리의 얼굴로 곧장 눈길을 돌리며 말했다.

"괜찮다면 트윌 양과 잠시 단둘이 얘기 좀 할게요, 세인 마법사. 잠깐이면 됩니다."

시어니는 가슴이 살짝 철렁했다. 에이비오스키가 무슨 얘기를 하려는지 알 것 같아서 에머리의 눈을 마주 보지 않으려 애썼다.

딜라일라는 걱정스런 표정이었다.

"그러세요." 에머리는 시어니의 어깨에서 손을 떼고 말했다. "난 밖에서 기다릴게."

에머리가 그 자리를 떠나자 에이비오스키가 지시했다.

"딜라일라, 자네는 여기서 기다리고 있어. 트월 양은 날 따라와."

시어니는 심장이 약간 더 내려앉은 상태로 두 걸음쯤 뒤에서 에이비오스키를 따라갔다. 공교롭게도 에이비오스키는 방금 전 딜라일라가 거울 마법을 펼쳤던 여자 화장실로 들어갔다.

시어니는 거울 쪽을 쳐다보지 않으려 애썼다. 에이비오스키는 시어니와 딜라일라가 서랍장으로 올라가기 위해 밟고 섰던 의자를 손으로 가리켰다. 시어니는 말없이 그리로 가 앉았다.

에이비오스키는 뒷짐을 지고 서성이며 입을 열었다.

"자네를 종이 마법 쪽에 배정하고, 세인 마법사 밑에서 견습을 하도록 결정한 후에 나는 견습생의 올바른 처신에 대해, 자네에게 기대되는 바에 대해 설명을 해줬어."

시어니는 인상을 쓰지 않으려 조심하면서 고개를 끄덕였다.

"그때 내가 깜빡하고 말하지 않은 게 몇 가지 있었던 것 같아."

에이비오스키는 동그란 안경을 코 위쪽으로 밀어 올리며
잠시 뜸을 들였다.

"스승인 마법사를 이름으로 부르면 안 된다는 것을 포함
해서 말이야."

시어니는 얼굴을 붉혔다.

"아, 일부러 그런 건 아니고 그저……."

"나는 원래 스승과 견습생의 성별이 다른 경우를 별로 좋
아하지 않아. 그래서 정말 불가피한 경우가 아니면 같은 성
별로 배치하고 있어. 자네의 경우는 바로 그 불가피한 경우
에 해당됐지. 영국 안에 있는 종이 마법사 열두 명 중에 열
한 명이 남자이고, 유일한 여성 종이 마법사는 이미 견습생
을 두고 있었으니까."

시어니는 달아오른 뺨을 식혀보려고 한 손을 뺨에 가져
다 댔지만 소용없었다. 에머리에 관해 온갖 상상을 한 시어
니였지만 이런 창피를 당할 줄은 몰랐다.

"자네와 세인 마법사가 지나치게 친해진 것 같아."

에이비오스키는 시어니를 쳐다보다가 화장실의 양치식
물로 시선을 옮겼다.

"전적으로 자네 탓이라는 생각은 안 해, 트월 양. 난 자네를 혼내려고 부른 게 아니야. 경고하고 보호하려는 거지."

시어니는 의자에 앉은 채 몸을 앞으로 기울였다.

"저를 보호하신다고요? 세인 마법사님이 정확히 무슨 짓을 할 거라고 의심하시는 건데요?"

시어니는 얼굴에 핏기가 가셨다.

"맙소사, 이 일에 대해 세인 마법사님과 얘기하셨어요?"

"아니, 안 했어. 자네와 먼저 얘기하는 게 맞다 싶어서."

시어니는 길게 안도의 한숨을 토했다. 적어도 그런 창피는 면하게 되어 에이비오스키에게 말없이 감사를 표했다.

의자에 앉은 시어니는 힘없이 바닥을 응시했다.

'나를 위해서 이렇게까지 해주는 이유가 뭐야, 시어니?'

'아시잖아요.'

시어니는 힘겹게 숨을 삼켰다. 지나치게 커서 이해할 수 없는 캔버스의 그림을 대하는 기분이었다.

"자네를 다른 마법사 밑으로 보내는 게 자네를 위해서나 세인 마법사를 위해 최선일 것 같아."

시어니의 심장이 발목까지 툭 떨어졌다.

"자리를 알아봤어. 여성 종이 마법사인 하워드 마법사 밑에 견습생이 있는데 여름 막바지는 되어야 승급이 될 것 같아. 그래도 하워드 마법사는 종이 마법사의 수를 늘리는 데 동참하는 차원에서 견습생을 한 명 더 받아주기로 했어. 하워드는 무척 다정한 사람이고…….”

“옮기고 싶지 않아요.” 시어니는 뚜렷하게 인상을 쓰며 말을 잘랐다. “전에도 말씀드렸지만 저는 세인 마법사님에게 계속 배우고 싶어요.”

에이비오스키가 눈살을 찌푸렸다.

“아까도 말했듯이, 두 사람 사이가 지나치게 가까워. 자네가 보지 못하는 부분이 내 눈에는 보여.”

“뭐가 보이는데요?”

시어니는 벌떡 일어섰다.

“견습생을 관리하는 담당자로서 말할게. 준비가 되면 자네를 곧장 하워드 마법사 밑으로 보낼 거야.”

“제가 세인 마법사님과 친한 게 당연하죠!”

시어니는 목소리를 높이며 다시 에이비오스키의 말허리를 잘랐다.

“저는 그분과 한집에 살고 있어요. 그분에게 마법을 배우고 있고요. 그분의 심장 속을 걸어 통과하기도 했어요. 에이비오스키 마법사님, *아시잖아요!*"

에이비오스키의 표정이 굳어졌다.

"그래, 그랬지. 자네가 심장 안에서 겪은 일에 대해 심하다 싶을 정도로 애매하게 설명해서 나는 더 걱정이 됐어."

시어니는 고개를 저었다. 맥박이 미친 듯이 뛰다 못해 피가 끓는 기분이었다. 온몸이 달아올랐다.

"그건 중요하지 않아요. 중요한 건……."

"뭐가 중요하고 중요하지 않고는 내가 결정해, 트윌 양!"

"아뇨!" 시어니는 에이비오스키가 뒤로 한 걸음 물러설 정도로 목청을 높였다. "그 안에서 어땠는지 마법사님은 이해 못하세요. 무슨 일이 있었는지도 이해 못하실 거고요! 저는 그 일을 겪으면서 그분의 심장을 제 심장보다 더 속속들이 알게 됐어요. 이제 이해가 되세요?"

에이비오스키는 대답하지 못했다.

"평생 그분을 알아온 기분이에요." 시어니는 목소리를 약간 낮췄다. "그분이 늘 제 인생의 일부였던 것처럼 느껴진다고요. 그리고 종이 마법에 대해 말하자면……, 세인 마법사님이 가르쳐줬기 때문에, 단순함에 깃든 아름다움을 보여주셨기 때문에, 저는 종이 마법을 사랑하게 됐어요. 제 안에 깃든 아름다움을 발견한 거라고요."

"트윌 양⋯⋯."

"저는 그분을 사랑해요."

에이비오스키의 두 눈이 휘둥그레졌다.

"항상 그분을 사랑했던 것 같은 기분이에요. 제가 직접 접어서 그분 가슴 안에 넣었던 엉성한 종이 심장이 마치 제 심장이었던 것처럼 느껴져요⋯⋯."

시어니는 지나치게 많은 얘기를 했음을 깨달았다. 에이비오스키는 아연실색해 아무 말도 하지 못했다.

시어니는 허리를 펴며 애써 침착하게 말을 이었다.

"저는 견습생 규칙을 위반하지 않았어요. 규칙이라면 저도 잘 알아요. 필요하다면 그 규칙을 전부 암송해드릴 수도 있어요. 제가 규칙을 위반하기 전까지는 어떤 조치도 취할 필요 없으세요. 특히 이런 극단적인 조치는 더더욱요. 서로 동의할 수 있는 부분이 있다고 보는데요."

에이비오스키는 입술을 오므렸다.

시어니는 최대한 정중하게 부탁했다.

"당분간은 세인 마법사님 밑에서 계속 공부를 하고 싶습니다."

문 쪽으로 걸어간 시어니는 문을 열기 전에 한마디 더 덧붙였다.

"이 얘기를 들으시면 생각이 달라지실 거예요. 세인 마법사님은 저처럼 말하지 않으실 거예요. 저 혼자만의 짝사랑이거든요."

시어니는 곧장 복도로 나갔다. 화장실 안보다 복도의 공기가 확연히 차가웠다. 시어니는 달아오른 피부를 식히기 위해 두 손을 뺨과 목에 가져다 댔다. 블라우스 앞쪽을 잡고 펄럭이며 몸의 열기를 식혔다. 타일이 깔린 복도를 걸어가는데 신발 소리가 요란하게 또각거렸다.

울지 않으려고 빠르게 눈을 깜박였다. 에이비오스키 마법사는 어쩌자고 이런 일에까지 참견을 하고 나섰을까!

시어니는 깊이 숨을 들이마셨다가 가만히 멈추고 마음을 가라앉히며 걸었다.

에머리가 팔을 둘렀을 때의 감촉이 고스란히 어깨에 남아 있었다. 시어니가 시커먼 강물에 빠져 오들오들 떨고 있었을 때 이마에 와 닿던 에머리의 따뜻한 입술도 기억에 생생했다. 에머리는 생각을 감추려 속을 알 수 없는 표정을 짓곤 했다. 그는 상념에 잠겨 툭하면 밤늦게까지 잠을 못

이뤘다. 신중한 표정과 불가해한 눈빛 뒤에 그는 어떤 비밀을 감추고 있을까?

혼자만의 짝사랑. 정말 그런 걸까?

시어니는 그 생각을 머리에서 몰아내고 목 안에 걸린 작은 덩어리를 삼켰다. 지금은 감정에 신경을 쓸 때가 아니었다.

뒤를 흘긋 돌아보았으나 에이비오스키의 모습은 보이지 않았다. 딜라일라와 눈이 마주쳤는데, 근심스런 얼굴인 걸 보니 시어니의 표정이 꽤 참담한 모양이었다. 시어니는 애써 힘을 내 고개를 끄덕여 인사하고는, 두 손으로 얼굴에 부채질을 하며 돌아섰다. 그래스만 멀리 보내버리면 그들은 안전할 것이다. 시어니는 잠시 혼자 마음을 가라앉혔다.

의회 건물 동쪽 문밖으로 나가자 에머리가 택시 옆에서 기다리고 있었다. 그는 차 밖에 나와 있던 운전기사와 얘기를 나누고 있었는데 시어니를 보더니 눈을 가늘게 떴다.

기사가 운전석 쪽으로 서둘러 달려갔다. 앞으로 다가온 에머리는 중간쯤에서 시어니를 마주하고 물었다.

"무슨 일이야?"

시어니는 고개를 저으며 그의 옆을 지나 택시로 향했다.

"아무것도 아니에요. 에이비오스키 마법사님과 속 얘기를 좀 했어요."

에머리의 초록색 눈동자에는 여전히 우려가 담겨 있었다. 한층 더 걱정하는 눈빛인 것도 같았다. 하지만 그는 대답을 재촉하지 않고 시어니 옆으로 와서 택시 문을 열어 주고 안에 태웠다.

숙소까지 한참을 가는 동안 그들은 말이 없었다.

11

시어니는 종이접기 교과서 표지를 재단대 삼아 완전히 접기를 한 종이를 올려놓았다. 신중하게 가장자리를 나란히 맞추고 엄지손톱으로 주름을 잡았다. 새로 만든 삼각형을 들어 그 속을 벌린 뒤 사각형으로 접어놓은 또 다른 종이 안으로 밀어 넣었다. 네 번째로 접은 두루미였다. 경험상 종이 새는 아무리 많이 갖고 있어도 다 쓰일 데가 있었다.

침실 문을 두드리는 소리에 시어니는 비밀이 들통나지 않도록 얼른 침대 밑을 살핀 뒤 대답했다.

"들어오세요."

에머리는 문을 열고 두 걸음 만에 그녀의 방으로 들어왔다. 그가 처음 이 방의 문턱을 넘은 것은 한 달 전이었다. 그는 시어니가 접고 있는 두루미와 그 옆에 놓인 다른 새들, 수축 사슬을 만들기 위한 고리들, 별 모양으로 접은 종이들, 박쥐들, 잔물결 장치를 차례로 보았다. 마법 장치들이 방바닥 여기저기에 흩어져 있었다. 시어니는 굳이 숨겨놓지 않았다. 차라리 보이는 데 놓아두는 게 의심을 덜 사리라는 계산이었다.

"바쁘네." 에머리는 뒤통수를 긁적였다. "나 때문에 쉬는 시간이 너무 적어진 건 아닌지 모르겠어."

시어니는 종이를 뒤집어 또 다른 사각형을 접었다.

"2년 안에 마법사 자격시험을 보려고요. 시험에 통과하려면 연습을 해야죠."

에머리는 이를 드러내지 않고 살짝 미소를 지었다. 과거에 대한 향수 같기도 하고 그와 비슷한 다른 무엇 같기도 한 감정이 그의 눈에 언뜻 스쳤다. 아니면 우울한 감정일까?

"벌써 떠날 준비를 하는 거야?"

시어니는 종이를 접다 말고 멈칫했다.

"그런 건 아니고요……"

"알아."

에머리의 얼굴에서 이내 묘한 표정이 사라졌다. 방금 전까지 눈에 드리웠던 그림자를 반짝이는 빛이 밀어냈다.

시어니는 그런 그를 보며 마음이 좋지 않았다.

에머리는 방 안을 다시 둘러보았다. 어쩌면 체계 없이 정신 사납게 작업을 하는 것으로 보여 속으로 못마땅해하는 건지도 몰랐다.

"자네가 마법사가 된 후에도 계속 연락하고 지내고 싶어. 자네가 정식 마법사가 되기까지 2년 넘게 걸릴 것 같지는 않지만."

시어니는 접고 있던 새를 쳐다보며 속으로 물었다.

'진심인가요, 아니면 예의상 하는 말인가요?'

뒤로 물러나 거실로 나간 에머리는 조용히 시어니의 방문을 닫았다. 시어니는 닭 두 마리를 더 접은 뒤 침대 밑에 숨겨둔 가위와 종이 인형을 꺼냈다. 그 종이 인형은 에머리의 집에서 몰래 가지고 온 것이었다. 시어니는 내일 그래스를 대면하기 전에 만반의 준비를 갖춰야 했다.

이제 거의 끝나가고 있었다. 두 군데만 더 자르면 인형은 종이 틀에서 벗어나게 된다. 제대로만 자르면 마법이 작동

할 것이다. 제대로 되지 않으면 윤곽 그리기부터 다시 시작해야 하는데, 내일 오후 1시 반에 그래스를 만나기로 해서 그럴 시간이 없었다.

시어니는 아랫입술을 잘근잘근 씹으며 인형의 오른쪽 엉덩이 선을 조심스럽게 잘랐다. 마침내 인형은 가장자리의 종이를 털어내고 완전해졌다.

시어니는 인형의 어깨를 잡고 일어나 옷장 쪽으로 가져갔다. 이 침실에는 자물쇠가 없어서 방문을 잠가놓을 수 없으니 인형을 문밖에서 바로 보이지 않는 자리로 치워야 했다. 최대한 인형을 똑바로 폈지만 이차원인 인형의 머리가 자꾸 아래로 늘어졌다.

"일어서."

명령을 내리자 다행히 종이 인형이 얇은 판지처럼 빳빳하게 힘을 받으면서 제힘으로 일어섰다. 시어니는 인형의 어깨를 손에서 놓았다.

이제 시험해볼 차례였다. 에머리가 시범을 보여줬던 마법을 흉내 내며 시어니는 인형에게서 두 걸음 물러나 같은 자세로 서서 주문을 외웠다.

"모방해."

인형의 몸에 흐릿한 색깔이 깃들기 시작했다. 이야기 환영의 마법과 비슷했다. 머리는 희미한 오렌지색으로, 셔츠는 회색으로, 치마는 남색으로 물들었다. 색이 점점 탁하고 진해지면서, 납작한 형태이긴 하지만 진짜 시어니와 거의 똑같은 형상이 만들어졌다. 인형은 시어니가 "모방해"라고 명령을 내릴 때 지었던 것과 똑같은, 기대에 찬 표정을 하고 있었다. 인형의 뒷모습도 시어니의 뒷모습을 빼닮았다. 정면에서 보면 영락없는 진짜 사람의 모습이었다. 다른 각도에서 보면 납작한 종이 인형이지만.

뒤로 물러나 침대에 걸터앉은 시어니는 자신이 만든 작품을 찬찬히 바라보았다. 말을 할 수도 없고 주변과의 상호작용도 제한적이지만, 종이치고는 꽤 잘 만들어진 환영이었다. 물론 관절도 없고 뇌도 없었다. 유리 마법사라면 덜 우중충하고 더 진짜 같은 환영을 만들 수 있을 것이다. 플라스틱 마법사도 그렇고. 플라스틱 마법사들은 플라스틱을 써서 언제나 대단히 복잡한 장치를 만들어내곤 하니까.

인형을 바라보면서 들떴던 마음이 차츰 가라앉았다.

리라 생각이 났다.

에머리의 심장에 잠시 머무는 동안 시어니는 그의 심장

속에 있는 수십 개의 모퉁이와 골목을 전부 들어가보지는 못했다. 이를테면 에머리가 리라와 결혼하기 전에 만났던 여자들에 대해서도 알지 못했다. 종이 인형을 바라보면서 시어니는 본인과 리라의 신체 조건이 크게 다름을 인지할 수밖에 없었다.

기억력이 좋은 시어니는 리라가 입고 있던 옷의 바느질 한 땀 한 땀까지 정확하게 기억했다. 에머리의 심장을 훔쳤던 검은 옷의 신체 마법사 리라에 대한 생각을 애써 떨쳐내자, 에머리가 사랑에 빠졌던 젊은 리라의 이미지가 눈앞에 떠올랐다. 꽃이 흐드러지게 핀 황혼의 언덕에 있던 모습, 그리고 고풍스런 분위기의 결혼식에서 본 신부의 모습이었다. 환영 속에서 시어니는 잠시 리라 대신 그 결혼식장에 서 있었다.

인정하고 싶지 않지만 리라는 지금까지 시어니가 본 가장 아름다운 여인 중 하나였고, 지금도 거울 속에 비치는 자신보다 훨씬 아름다웠다. 지금은 시어니의 윤곽을 본떠 만든 종이 인형과 곧장 비교가 되었다. 리라는 검은 곱슬머리에 길고 검은 속눈썹, 검은 눈동자를 가진 반면에, 시어니는 특이한 오렌지색에 어색하게 구불구불한 머리카락, 금색 눈썹과 속눈썹, 옅은 색깔의 눈동자를 가졌다. 리라가 화려한 공연장 바깥에 붙어 있는 사진 속의 매력적인 미녀 같은 몸매라면, 시어니는 날카로운 각과 직선으로 이루어진 훨씬 마른 몸매였다. 게다가 시어니는 키도 작아서 정수리가 에머리의 목젖까지밖에 오지 않았다. 반면에 리라는 굽이 있는 신발을 신으면 에머리와 눈을 마주 볼 수 있는 키였다.

시어니는 리라가 신체 마법사가 되기 전에 어떤 모습이었는지는 잘 알지 못했다. 간호 조무사였고 성격이 훨씬 명랑했다는 것 정도만 알고 있었다. 어쨌든 시어니와 에머리의 전처는 무척 다른 유형이었다.

그러니 시어니의 입장에서는 에머리 같은 남자가 자신처럼 평범한 여자를 사랑할 수 있으리라는 생각을 도무지할 수 없었다.

시어니는 침대에 드러누워 베이지색 천장을 올려다보았다. 에머리가 신체 마법으로 인한 수면 상태에서 깨어난 날, 시어니는 동서남북을 접어 미래를 내다봤다. 동서남북이보여준 환영은 시어니가 에머리의 심장 속에서 본 어떤 환영보다도 기분 좋은 내용이었다. 하지만 미래는 언제라도바뀔 수 있었다. 마을 축제 때 사람들의 점을 봐주는 심령

술사도 그 정도는 다 알았다. 시어니가 지금 다시 동서남북을 들여다봐도 에머리의 미래에 여전히 자신이 포함돼 있을까? 하지만 그가 자신과 계속 연락을 할 만큼은 다정한 성격임을 알기에 더는 확인하지 않기로 했다.

리라에 대한 생각을 떨쳐낸 시어니는 희망의 불씨에 기름을 붓는 소소한 순간들을 머릿속에 떠올렸다. 에머리가 시어니에게 애정을 가지고 있음을 보여주는 순간들이었다.

에이비오스키가 시어니를 다른 마법사의 견습생으로 보낼 생각까지 했다면 시어니와 에머리 사이의 감정을 알아챈 게 아니었을까? 그렇다면 시어니만의 망상은 아닌 것이 된다.

'자네는 내 견습생이야. 내가…… 굳이 말 안 해도 알잖아.'

시어니는 기가 죽었다. 어쩌면 에이비오스키가 알아챈 것이 시어니만의 짝사랑일 수도 있다. 그래서 에머리에게, 아니 세인 마법사에게 먼저 말하지 않고 시어니에게 경고한 것일지도 모른다.

눈을 감고 제 머릿속을 배회하던 시어니는 에머리의 심장 속 여정을 끝낸 뒤 6주 후에 일어났던 일을 떠올렸다. 별

나게 더운 어느 수요일 오후였다. 시어니는 그날 처음으로 '내 바람대로 이루어질 수도 있겠어. 내가 그와 사랑에 빠질 만한 사람일 수도 있잖아'라는 생각을 했었다.

그날 시어니는 에머리의 집 뒤쪽의 좁은 뒷마당에서 자그마한 채소밭을 일구기 시작했다. 그곳의 흙은 종이 식물로 뒤덮여 있지 않았다. 시어니는 지저분한 장갑을 끼고 짙은 색깔의 표토로 뒤덮인 조그마한 땅에 웅크리고 앉아 씨앗을 심었다. 시어니의 고리버들 모자챙을 통과한 햇살이 치마에 무늬를 그려놓았다. 마지막 씨앗인 무씨를 심고 일어나 허리를 젖히자 뻐근한 등뼈에서 우두둑 소리가 났다.

언제 왔는지 옆에서 에머리가 말했다.

"축하해, 시어니. 정원의 흙을 많이도 사용했군."

"한 달쯤 지나면 저한테 고맙다고 하실 거예요." 시어니는 장갑을 벗으며 받아쳤다. "내년이면 채소밭을 더 넓히자고 부탁하실 거고요."

에머리는 미소를 지으며 팔을 뻗어 시어니의 뺨에 묻은 흙을 엄지로 털어주었다. 시어니는 조만간 발밑에서 자라올라올 토마토보다 더 얼굴이 붉어져 어쩔 줄을 몰랐다.

하지만 에머리는 곧장 손을 치우지 않았다. 그대로 손을

멈추고 아름다운 에메랄드빛 눈동자로 시어니를 뚫어져라
바라보았다.

"왜, 왜요?"

시어니가 말을 더듬었다.

그는 웃으며 손을 내렸다.

"아무것도 아니야. 그저 내가 자네 이름을 무척이나 좋아
하는구나 하는 생각이 들어서."

눈을 뜬 시어니는 다시 현실로 돌아왔다. 허리를 세우고
앉아 종이 인형의 공허한 눈을 마주 보았다.

"멈춰."

시어니의 명령에 종이 인형은 색깔을 잃고 바닥으로 쓰
러졌다.

매트리스에서 내려와 바닥에 무릎을 굽히고 침대 밑으로
손을 뻗었다. 에머리의 집에서 물건을 많이 가져올 수는 없
었다. 많이 가져왔다가 에머리의 눈에 띄면 자초지종을 설
명해야 하기 때문이었다. 다만 종이를 꼬아 만든 꽃줄기만
은 두고 올 수 없었다. 손가락으로 꽃줄기를 감아쥐고 에머
리가 생일에 만들어준 붉은 장미를 꺼냈다. 붉은 종이로 된
꽃잎은 여전히 완벽하게 빳빳한 상태를 유지하고 있었다.

시어니는 살아 있는 것 같은 꽃봉오리를 쓰다듬었다. 손에 쥔 장미를 이리저리 돌리며 상념에 잠겼다.

'2년쯤은 기다릴 수 있어. 필요하다면 2년이 아니라 그 이상도 기다릴 거야. 그렇게 해서라도 그가 나를 사랑하게 된다면 평생 기다려도 좋아.'

하지만 2년만 해도 영원처럼 길게 느껴졌다. 그사이에 에머리가 다른 누군가를 마음에 두게 된다면? 시어니는 에머리가 빨리 집으로 돌아가 다시 은둔자로 살면서 새로운 누군가를 만나지 않기를 바랐다.

한숨을 쉬며 장미를 다시 침대 밑에 숨겼다. 언제까지 이렇게 상사병에 걸린 여학생처럼 우울한 시간을 보내야 하는 걸까?

시어니는 종이 인형을 옆으로 치운 뒤 종이접기를 다시 시작했다. 반쯤 접은 종이 새를 옆으로 치우고 폭발 마법 장치를 여러 개 접어나갔다. 에머리에 대한 생각에 빠져 시간을 낭비할 수는 없었다. 에머리 생각은 나중에 해도 될 것이다. 그래야만 한다.

지금은 준비를 해야 할 때이다. 그래스를 통제할 수 있어야 에머리는 물론이고 자신도 지킬 수 있다.

시어니는 늦은 시간까지 마법 장치들을 만들어 천 가방에 챙겨 넣었다. 예전에 파울니스섬에서 리라와 대적했을 때 가져갔던 그 가방이었다.

잠자리에 들기 전, 테이섬 격발 장치 권총에 장전을 하고 마법 장치들을 담아둔 가방에 같이 집어넣었다. 마법만으로는 싸움에서 이길 수 없을 때도 있으니까.

12

다음 날, 시어니는 에머리와 함께 의회 건물에 도착했다. 회의실 밖에서 딜라일라와 함께 기다리고 있으라는 지시에도 어제만큼 표정이 떨떠름해지지는 않았다.

"이번에는 그렇게 오래 걸리지 않을 거야."

형사과 일을 하는 다른 이들이 회의실의 쌍여닫이문으로 속속 들어가는 동안 에머리가 시어니에게 속삭였다. 그의 입김이 목에 닿자 시어니는 몸이 떨렸지만 티를 내지 않으려 애썼다.

"제발 그랬으면 좋겠어."

그가 한숨을 쉬며 회의실 쪽으로 돌아서는데, 회의실 문 밖에 서 있던 에이비오스키가 인상을 찌푸렸다. 하지만 이번에는 그 찌푸린 얼굴이 에머리 쪽으로 향하자 시어니는 의아했다.

회의실 문이 닫히고 시어니와 딜라일라는 의자에 얌전히 앉아 기다렸다.

최대한 오래 - 5분 정도 - 버틴 끝에 시어니는 딜라일라를 돌아보며 말했다.

"가자, 어서!"

재빨리 로비를 벗어난 그들은 피곤해 보이는 경비원들 앞을 지나 여자 화장실로 들어갔다. 시어니는 화장실의 각 칸의 문을 일일이 열어 아무도 없는 것을 확인한 다음, 문에 걸쇠를 걸어 잠갔다.

"가져왔지?"

작은 두 손에 손수건을 쥐고 초조하게 비틀고 있던 딜라일라가 고개를 끄덕이며 서둘러 서랍장 쪽으로 걸어갔다. 그리고 서랍장에서 뒷면이 얇은 플라스틱으로 된 중간 크기의 테 없는 타원형 거울을 꺼냈다. 천장의 샹들리에 불빛을 받아 거울이 환하게 빛났다. 갈라진 부분이나 변색된 부분 하나 없는, 유리 마법사가 직접 만든 거울이었다. 폭이 시어니의 어깨와 엉덩이보다 겨우 몇 인치 큰 크기라 아주 간신히 통과할 수 있을 듯했다.

시어니는 그 거울을 소중하게 품에 안았다. 딜라일라가 경고했다.

"이걸 깨뜨리면 내가 널 꺼내줄 수가 없어. 에이비오스키 마법사님이 잠자리에 드시고 나서 어제 밤늦게 이 거울을 여기 가져다놨어. 경비원한테 붙잡힐까 봐 얼마나 조마조 마했는지 몰라. 거울을 돌려봐."

시어니는 거울을 딜라일라 쪽으로 돌렸다. 딜라일라는 손가락으로 거울을 쓰다듬어 화장실 거울과 동기화했다. 시어니는 에머리의 집에서 종이 글라이더를 타고 약속 장 소로 갔다가 지금 이 타원형 거울을 통과해 의회 건물로 돌 아올 계획이었다. 일이 잘못될 경우 신속하게 탈출해야 했 다. 계획대로 된다면 시어니는 그래스를 옴짝달싹 못 하게 붙잡아놓은 뒤 종이 새 여러 마리를 날려 지역 경찰서에 신 고할 작정이었다.

딜라일라는 화장실 거울에 다시 마법을 걸어 에머리의 집 욕실 이미지를 띄웠다. 그리고 시어니의 두 뺨에 입을 맞추며 나지막하게 말했다.

"얼른 갔다 와. 조심하고. 한 시간 안에 안 돌아오면 난 너랑 한 약속을 깨고 마법사님들에게 알릴 거야."

"두 시간 줘. 혹시 모르니까."

"그럼 한 시간 반으로 해." 딜라일라는 심호흡을 하며 말했다. "어서 가, 멍청아. 죽지 마!"

타원형 거울을 옆구리에 꼭 끼고 서랍장으로 올라간 시어니는 에머리의 집 욕실로 발을 들여놓았다. 에머리의 집 욕실 거울의 높이가 낮아서 약간 끼는 느낌이었다. 도자기 세면대를 밟고 그 아래 타일 바닥으로 훌쩍 뛰어내렸다. 필요한 물건들은 이미 준비해서 가방에 넣어두었으므로 곧장 욕실을 나가 복도를 지나서 계단을 밟고 3층으로 올라갔다. 3층에는 종이 글라이더와 거대한 종이 새, 그리고 아직 미완성이라 시어니도 슬쩍 보기만 한 괴상한 기구 등 에머리의 '덩치 큰' 마법 장치들이 보관돼 있었다. 그 넓은 공간에 가구라고는 스툴 하나뿐이고 벽에는 아무것도 붙어 있지 않았다. 먼지가 많아서 언제 한번 비질을 해줘야 될 듯했다.

시어니는 허리에 방패 사슬을 감은 뒤 글라이더 위에 올라섰다. 끈을 당기자 천장의 문이 열렸다. 지붕 위에 앉아 있던 까마귀가 성질을 내며 짖어대는 소리가 들렸다. 이윽고 글라이더에 탑승한 시어니는 손잡이를 잡고 주문을 외웠다.

"숨 쉬어."

종이 글라이더가 야생마처럼 덜컥거렸다. 시어니는 손잡이를 꼭 붙잡고 뒤로 젖혀지려는 몸을 가눴다. 글라이더의 앞부분이 먼저 지붕 밖으로 솟구치는 바람에 아래로 굴러떨어질 뻔했다. 글라이더가 상공에서 수평을 유지하며 남쪽으로 날기 시작한 후에야 시어니는 천장을 활짝 열어놓고 지붕문을 닫지 않았음을 떠올렸다. 돌아가서 문을 닫을까 하다가 그만두었다. 볼일을 보고 돌아오기 전까지 비가 오지 않기만을 바랄 뿐이었다.

시어니는 택시와는 비교할 수 없이 빠른 속도로 런던을 벗어나기 위해 날아갔다. 도로도 강도 거칠 것이 없었다. 시어니는 최대한 강에서 멀리 떨어진 채로 날았다. 지상을 내려다보니 크리스마스 때 가게에서 파는 정교한 장난감 기차 세트를 보는 듯했다. 그보다 언덕의 개수는 더 적고 길 색깔이 덜 선명하기는 했지만. 목격자가 적을수록 좋겠다는 생각에 곧장 목적지로 날아가기보다는 도시를 빙 돌아가고자 서쪽으로 방향을 잡았다. 바람이 머리카락을 휘날리고 땋은 머리가 채찍처럼 얼굴을 후려쳤다. 조금이라도 더 빨리 날아가려고 글라이더에 몸을 바짝 붙였다. 딜라일라가 기다려주기로 한 시간까지는 여유가 있을 듯했지만, 혹시 그녀가 약속했던 시간을 다 기다리지 못할까 봐 불안했다. 회색빛이 드리워진 템스강을 가로지를 때는 겁이 나서 숨도 안 쉬어졌지만 그 강을 아예 피해서 갈 수는 없었다.

시어니는 런던을 벗어나 행맨스 로드를 찾기 시작했다. 혈관 안으로 아드레날린이 쏟아져 들어오는 기분이었다. 스스로 했던 결의가 새삼 현실로 다가왔고 귓가를 스치는 바람 소리보다 심장 박동 소리가 더 크게 들렸다. 글라이더 손잡이를 잡은 손에서 땀이 배어났다. 그녀는 손가락 관절이 하얗게 되도록 손잡이를 더욱 꽉 붙잡았다.

속도를 낮추면서 글라이더의 방향을 지상 쪽으로 향했다. 황폐한 경작지의 길쭉한 땅에 군데군데 초록색으로 물든 야트막한 언덕이 솟아 있었다. 시어니는 언덕의 능선을 따라 서쪽으로 방향을 돌렸다. 언덕에 드리워진 그림자 속에 적갈색 헛간이 보였다. 동물 여러 마리를 수용할 수 있을 만한 크기였다. 봉인지 색깔의 지붕 서쪽 면은 비바람에 상해 구멍이 숭숭 뚫렸고, 허연 줄이 죽죽 그어진 앞문 한 짝은 뒤틀려서 경첩에 겨우 붙어 있었다. 오른쪽으로 약간 떨어진 곳에는 무너진 외양간이 있었다.

글라이더의 고도를 약간 높여 헛간과 언덕 주변을 한 바퀴 돌면서 특이한 게 있는지 살펴보았다. 그래스가 파놓은 함정 같은 게 있지 않을까 했는데 별다른 건 보이지 않았다.

"천천히 착지해."

시어니는 글라이더에게 명령하면서 헛간 동쪽으로 이끌었다. 글라이더는 세 바퀴 반 정도 맴을 돌다가 길게 자란 풀잎 위로 배를 대며 미끄러졌다.

시어니는 얼얼해진 손을 펴고 글라이더에서 내려와 조심스럽게 헛간 주변을 돌아보았다. 그래스의 모습은 보이지 않았다. 아직까지는.

가방에 손을 넣어 종이 인형을 꺼내 펼친 뒤 명령했다.

"일어서."

종이 인형이 빳빳하게 일어섰다. 시어니는 인형과 윤곽을 맞추고 마법을 걸었다.

"모방해."

인형은 시어니의 지금 모습과 색깔을 맞추었다. 바람에 헝클어진 머리까지 고스란히 모방했다. 시어니는 굳이 머리카락을 가지런하게 가다듬지 않았다.

딜라일라의 타원형 거울을 가슴에 안고 종이 인형을 한쪽 팔 아래에 끼운 뒤 황무지 지역이 허용하는 최대한 가벼운 걸음으로 헛간을 향해 신중하게 나아갔다. 문 앞에 다가가서는 비딱한 문 안쪽을 슬쩍 들여다보았다.

지붕에 뚫린 구멍을 통해 햇빛 몇 줄기가 안으로 비쳐들고 있었다. 그곳은 마구간이었다. 판자를 세워 만든 마구간의 칸들이 양옆의 벽을 따라 한 줄씩 있었다. 말은 한 마리도 없었고, 한때 장비를 걸어두었을 고리와 못만 벽에 박혀 있었다. 흙바닥에는 오래된 건초가 조금 흩어져 있고 서까래에는 새똥 자국이 보였다. 하지만 시어니의 시선을 가장 사로잡은 것은 즐비하게 놓인 거울들이었다.

수십 개의 거울이 마구간의 널찍한 공간을 차지하고 있었다. 딜라일라의 화장 거울처럼 작은 것부터 시어니가 바살낸 화장대방의 거울처럼 큰 것에 이르기까지 크기도 다양했다. 그 거울들은 벽에 기대어 있거나 바닥에 놓인 채였고 왼쪽과 오른쪽에 다양한 각도로 세워져 있었다. 그래스는 시어니와의 만남을 위해 이 거울들을 여기 설치해둔 걸까? 아니면 여기 줄곧 숨어 있었던 걸까?

시어니는 종이 인형에게 주문을 속삭인 뒤 문밖에 세워두고 타원형 거울을 마구간 벽에 기대어놓은 다음 안쪽으로 걸어 들어갔다. 타원형 거울이 다른 거울들 사이에서 튀지 않고 잘 섞여 들어간 걸 보니 마음이 약간 놓였다. 몸에 감은 방패 사슬의 고리를 점검하면서 가방 안에 손을 넣어 다른 마법 장치들을 만져보았다. 그리고 권총의 총신에 손가락을 얹으며 소리쳤다.

"그래스! 어디 있는 거야!"

"난 약속 시간에 절대 늦지 않아, 아가씨."

꿀처럼 번드르르한 목소리가 들려왔다. 휙 돌아보니 어느 거울 안에 그의 모습이 보였다. 하지만 진짜 그래스는 맞은편 모퉁이, 벽에 걸린 낡아빠진 안장 근처에 서 있었다. 그는 가짜 코를 붙이지 않았고 요즘 유행하는 옷을 입지도 않았다. 소매가 짧아 거의 없다시피 한 검은색 셔츠를 입었고 몸통에는 검은색 보석 띠를 둘렀다. 아니, 그 가죽 띠에 붙어 있는 것은 보석이 아니라 작은 거울들이었다. 그리고 몸에 잘 맞는 검은색 바지에 검은 장화를 신었다.

팔짱을 끼고 있는 그의 팔뚝이 시어니가 기억하는 것보다 더 굵어 보였다. 랭스턴의 팔뚝도 저것보다 굵을 것 같지는 않았다. 팔짱을 끼어서 괜히 더 굵어 보이는 것이길 바랐다.

그래스는 신체 마법사가 아니었지만 시어니는 그와 몸이 닿고 싶지는 않았다. 몸에 두른 방패 사슬은 시어니를 마법의 해악으로부터 보호해줄 수는 있지만 저 남자의 손에 붙잡히는 일까지 막아주지는 못할 것이다.

시어니는 목소리에 두려움이 드러나지 않기를 바라며 헛기침을 했다.

"리라는 어디 있죠?"

목구멍 밖으로 단어들이 떨리면서 흘러나오자 시어니는 움찔했다.

그래스가 앞으로 성큼 다가오자 시어니는 용감한 척하기로 한 결심이 무색하게 뒤로 몇 걸음 물러서고 말았다. 유리 마법사는 미소를 지을 뿐, 시어니의 겁먹은 행동에 대해서는 언급하지 않았다.

그래스는 마구간 칸막이 옆에 서서 뒤쪽에 있는 큼직한

거울 중 하나를 가리켰다.

"직접 봐."

시어니는 그래스를 곁눈질로 살피며 옆걸음으로 나아가 그 거울을 들여다보았다. 거울 속에는 시어니가 아니라 리라의 모습이 비쳤다. 리라는 시어니가 기억하는 모습 그대로였다.

팔다리와 검은 옷에 허옇게 서리가 붙은 채 웅크리고 있는 흑발의 여자. 비명을 지르다 굳어버린 일그러진 얼굴. 뺨과 팔뚝으로 흘러내리는 피를 멈추게 하려고 피투성이인 한쪽 손을 왼쪽 눈에 갖다 댄 모습이었다. 시어니는 자신을 지키기 위해 리라의 칼로 그녀의 왼쪽 눈을 베어 피를 흘리게 만들었다. 얼어붙은 리라의 피부와 옷에는 반짝이는 얼음 조각들이 붙어 있었다.

시어니의 기억과 다른 것은 리라가 있는 장소였다. 리라는 바닷물의 염분으로 얼룩진 바위가 아니라, 쥐똥이 점점이 흩어져 있는 시커먼 널빤지 바닥에 웅크리고 있었다. 거울 속의 빛이 충분치 않아 그 공간의 나머지 부분은 잘 보이지 않았다.

시어니는 심장이 빠르게 뛰는 것을 느끼며 그래스를 돌

아보았다.

"여기에 없네요? 나더러 어떻게 도우라는 거죠?"

"바보 같은 소리 하지 마." 그래스는 중지로 두툼한 목을 벅벅 긁었다. "리라는 거울 너머에 있어. 내가 한마디만 하면 우린 거울을 통과해서 저곳으로 가는 거야. 문처럼 통과해서. 그리고 네가 몇 마디만 하면 리라는 다시 온전하게 살아나겠지. 왼쪽 눈만 다친 채로."

그는 고양잇과 동물이 아니라 갯과 동물처럼 마지막 말을 으르렁대듯 내뱉었다.

시어니는 리라를 다시 돌아보았다. 시어니가 과연 마음만 먹으면 저 마법을 깰 수 있을까? 바닷가에서 외운 시어니의 주문은 완벽했다. 그래스에게는 별로 특별할 것 없는 마법이라고 말했지만 그 말은 사실이 아닐 가능성이 높았다. 피를 사용하는 종이 마법은 어디에도 없는데 시어니는 피를 사용해 리라를 저렇게 얼어붙게 만들었다. 논리적으로 봤을 때도 에머리의 말을 들어봤을 때도 그 마법 한 번으로 시어니가 신체 마법사가 된 것은 아니었다. 하지만 그 마법이 어떤 의미인지 궁금하기는 했다. 시어니는 마법사에게 지정된 마법 재료를 바꿀 수 있는 유용한 지식을 자신도 모르게 깨우친 것일까?

"레스토랑에서는 내가 전부 솔직하게 말하지 않았어요."
시어니는 신중하게 입을 열었다. 정보가 힘이므로 한 번에
너무 많은 정보를 내주면 안 된다.

"그때 우연히 그 마법을 쓴 것이긴 한데, 마법을 혼합했
을 가능성도 약간은 있어요."

그래스가 씩 웃었다.

"그건 알고 있어."

그래스는 한 걸음 더 다가왔고 시어니는 그와 간격을 벌
리며 뒤로 물러났다. 놀랍게도 그는 더 다가오지 않고 멈춰
섰다. 시어니가 그의 정보를 원하는 만큼 그도 시어니가 아
는 정보를 간절히 얻고 싶을 것이다. 그러니 그걸 망칠 수
도 있는 짓을 하지는 않을 것이다.

"어서 말해."

"그 마법을 쓴 장본인이 나라서 내가 아니면 풀 수 없어
요."

거짓말이었다. 물론 사실일 수도 있었다. 시어니는 에머
리가 활성화해놓은 마법 주문을 멈추게 할 수 있다. 그러
니 이 자리에 다른 종이 마법사가 있다면 시어니가 리라에

게 쓴 마법을 다룰 수도 있을 것이다. 하지만 그래스는 종이 마법사가 아니었다.

"내가 쓴 마법이 리라의 몸에 깃들어 있어요."

시어니는 목소리가 떨리지 않도록 애썼다.

"사라즈에게 마법을 깨라고 부탁 안 해봤어요? 신체 마법사들은 몸을 조종할 수 있잖아요. 그건 당신이 갖지 못한 힘이기도 하고요."

휴즈는 사라즈는 리라를 무척 싫어했다고 말했다. 어쩌면 사라즈는 리라를 구하기 위한 시도조차 안 했을 수도 있었다.

그래스는 이를 갈며 대답했다.

"그래, 우리는 몸을 굳게 만드는 주술을 쓸 수 있어. 하지만 그 반대로 해봐도 리라를 원상태로 돌리지 못했어. 이건 다른 종류의 마법이야."

시어니는 그의 말에서 잘못된 부분을 짚었다.

"우리가 아니라, 사라즈겠죠."

그래스의 표정이 어두워졌다.

"그래, 사라즈. 지금은 그렇지. 하지만 나는 신체 마법에 대해 내 손바닥 들여다보듯 잘 알아, 시어니 트윌. 네가 그

246

마법을 깨지 않으면 언젠가는 내가 하고 말 거다. 피에 관해서라면 누구보다 잘 알고 있으니까. 내가 유리 마법사라는 사실을 어디다 누설하지는 않았겠지?"

그는 이 말을 하며 한 걸음 또 다가왔다.

시어니는 그 자리에 버티고 서서 가방에 넣은 손에 힘을 주었다.

"난 바보가 아니에요. 비밀 정도는 지킬 줄 알아요."

거짓말이었다. 현재 형사과에 소속된 모든 이들은 그래스가 신체 마법사가 아니라 유리 마법사라는 사실을 알고 있었다.

그래스는 시어니와의 사이에 일곱 걸음 정도를 남겨두고 멈춰 섰다. 그는 두 손을 들어 올렸다.

"중요한 건 바로 마법 재료지." 그는 자신의 손바닥을 들여다보며 중얼거렸다. "수년 동안 연구를 한 끝에 알아냈어. 마법사가 구사하는 마법의 핵심은 결국 재료라는 것을. 마법사와 재료를 결합시키는 빌어먹을 맹세는 너무도 쉽게 이루어지지만, 한번 맹세를 하면 변경할 수가 없어."

그래스는 머뭇거리다가 인상을 썼다. 시어니가 시간을 끌고 있다는 걸 알아챈 듯했다.

"어떻게 했는지나 말해! 리라를 고쳐놔!"

시어니는 서까래와 텅 빈 벽에 부딪쳐 왕왕 울리는 그의 커다란 목소리에 흠칫 놀랐다. 메아리치는 목소리에 거울들이 달달 떨었다. 시어니는 힘겹게 침을 삼키며 리라가 있는 거울 쪽으로 한 걸음 다가갔다.

거울 속 리라를 들여다보았다. 리라는 손과 머리카락에 얼굴 대부분이 가려진 채, 끝없는 고통 속에 웅크리고 있었다. 가시 돋친 미녀. 에머리는 한때 저 여자를 사랑했다. 3년 동안 리라와 결혼 생활을 했다. 리라가 밖에서 딴짓을 할 때도, 그래스의 손에 이끌려 어둠의 길로 들어섰을 때도, 에머리는 사랑을 놓지 않았다. 마지막 순간, 모든 희망이 사라지고 나서야 에머리는 리라와의 관계를 끊어냈다. 에머리의 심장 속에서 직접 목격한 만큼 시어니는 그 사실을 잘 알고 있었다.

에머리는 리라가 원래 간호 조무사였다고 했다. 사람들을 돕는 일을 하는. 어쩌면 에머리가 리라에게 매력을 느낀 이유가 미모 말고도 바로 그런 점 때문이었을 수도 있었다. 리라는 아픈 사람을 치료하는 일을 했었으니까.

시어니는 파울니스섬의 바위 동굴을 머릿속에 떠올렸다.

마법의 피 웅덩이에 담겨 뛰고 있던 에머리의 심장. 시어니는 권총으로 리라의 가슴을 쏘았다. 하지만 신체 마법사 리라는 어둠의 마법을 사용해 총알을 빼내고 제 몸을 치료했다. 그래스가 주시하는 가운데, 짧은 순간이지만 시어니는 그런 생각을 했다. 어쩌면 그 치료 효과 때문에 리라가 신체 마법에 끌렸을지도 모른다고. 그래스가 리라에게 현대 의학과는 비교도 안 되는 월등한 방법으로 사람들을 치료하는 비결을 알려주겠다고 했을까? 처음에 리라는 한 번의 손길, 한 번의 마법으로 사람을 치료하는 자가 되려고 했던 건 아니었을까?

시어니는 거울을 들여다보았다. 한때 리라는 좋은 *사람*이었다. 에머리의 사랑을 얻었으니 분명 좋은 사람이었을 것이다. 하지만 신체 마법은 그녀를 어둠으로 물들였고 영혼을 앗아갔다.

'예전에 우리가 버크셔에 살 때 그래스는 이웃에 사는 사람이었어…….'

에머리는 이렇게 말했었다.

그래스. 시어니는 그를 향해 돌아섰다. 그래스는 리라의 심장 속에 악을 심고 정원사가 땅에서 식물을 키우듯 악을 키워냈다. 아니, 시어니는 리라를 풀어주지 않을 것이다. 에머리는 리라에게 수차례 기회를 줬지만 리라는 개선의 여지가 없음을 이미 드러냈다.

시어니는 그래스도 풀어주지 않을 작정이었다. 그자가 도시로 돌아가 더 많은 사람들에게 해를 가하고 순진한 이들을 사악한 마법으로 끌어들이게 둘 수는 없었다. 게다가 그래스는 본인이 직접 신체 마법사가 되려 하고 있었다. 막아야 했다.

시어니는 가방 안쪽으로 손을 뻗어 종이 마법 장치 사이에서 테이섬 격발 장치 권총을 거머쥐고 끄집어냈다.

그리고 그래스를 겨누었다.

13

그래스는 권총을 보며 인상을 찌푸렸다.

"이게 그쪽 계획이야, 아가씨?"

"당신은 신체 마법사가 아니에요."

시어니는 손으로 권총이 흔들리지 않게 붙잡아야 했지만 목소리만은 차분하게 말했다. 리라와 대적할 때 이후로 그 총을 사용한 적이 없었고, 곧 부서질 듯한 마구간 안이라서 집중하기도 어려웠다.

"총을 맞으면 리라처럼 스스로를 치료할 수도 없겠죠."

"확실해?"

시어니는 그의 심장을 정조준했다.

그래스는 뒤로 물러섰다. 시어니는 권총의 공이치기를 당겼다.

그래스가 킬킬 웃었다.

"사람 죽여본 적 있어, 아가씨?"

"물론이죠."

시어니는 여전히 리라가 보이는 거울 쪽을 흘끗 보았다.

'죽인 게 아니라 마법으로 얼어붙게 만든 것뿐이지만. 그래도 내가 지금 저자를 쏘면 죽이는 게 되겠지. 나도 저자와 똑같이 살인자가 되는 거야.'

아니, 이건 경우가 달랐다. 그래스를 죽이지 않으면 시어니 자신의 목숨이 위태로웠다. 저자의 가슴에 총알을 박아넣는 것이 저자가 시어니를 위해 계획해둔 그 어떤 일보다 자비로울 것이다.

하지만 시어니는 총구를 아래로 내려 그의 하반신 쪽을 겨누었다. 그를 무력하게만 만들어놓고 나머지는 형사과에 맡기는 편이 나을 듯했다.

생각과 다르게 손에 쥔 권총이 덜덜 떨렸다.

그래스는 더 이상 재미있어하는 표정이 아니었다.

"약속대로 너의 금발 친구가 있는 곳을 찾아가주마. 이름이 딜라일라 베르제, 맞지?"

시어니는 문 옆에 놓아둔 타원형 거울 쪽을 돌아보지 않으려고 안간힘을 썼다.

그래스는 등 뒤로 손을 뻗어 허리띠에 끼워둔 단검 두 개를 꺼내 들었다. 칼날이 두툼한 반투명 유리로 되어 있어 마치 얼음을 조각해 만든 것 같았다. 그는 그중 하나를 자신의 입술에 가져다 대고 입을 맞췄다.

"그 여자의 발가락부터 잘라낼 거야."

그는 장화를 신은 발로 미끄러지듯 흙바닥을 비비며 살짝 앞으로 다가왔다.

"그리고 손가락과 귀를 잘라야지. 이를 하나씩 뽑고 혀도 뽑을 거다. 더 이상 비명도 못 지르면 그때……."

"그만해! 그딴 얘기 듣고 싶지 않아! 내가 당신을 막을 거야! 딜라일라는 무사할 거야!"

"아, 그렇게 된다고 치자. 다른 사람들은 어쩔래? 넌 사라즈에 대해 잘 모르지? 그놈은 이유도 없이 그저 재미로 살인을 하는 미친개 같은 놈이야. 사라즈가 네 친구를 죽이고 패트리스 에이비오스키와 에머리 세인도 죽일 거다. 너를 밖으로 끌어내기 위해 다트퍼드의 제지 공장을 폭발시킨 것도 바로 그놈이거든. 그 정도로 멈출 놈이 아니야. 그놈에겐 모든 게 게임이지. 그놈의 살인 목록에 누가 적혀 있는지 난 알고 있어. 어니스트 존 트윌, 론다 몽고메리 트윌."

시어니는 목표물을 제대로 조준할 수 없을 만큼 몸 전체의 근육이 바짝 긴장하고 말았다. 방금 그래스가 입에 올린 건 부모님 이름이었다.

그래스는 계속해서 입을 놀렸다.

"지나 앤, 마셜 어니스트, 마고 페넬로프. 맞지?"

시어니의 입이 사막처럼 마르고 눈물이 차올라 눈이 따끔거렸다. 총을 잡고 있는 두 손에 땀이 찼다.

'우리 가족의 이름을 알고 있어. 어떻게 알지?'

"모르겠어, 아가씨?" 그래스는 또 한 걸음 슬그머니 내디뎠다. "내가 사라즈를 잡아두고 있는 거야. 나한테 무슨 일이 생기면 그놈은 세상으로 풀려나는 거라고."

다음 순간 그래스가 어찌나 빠르게 움직였는지 흐릿하게만 보일 정도였다. 복숭아색과 검은색, 그리고 빛이 시어니 앞을 휙 스치고 지나갔다. 그의 단검이 순식간에 공기를 갈랐다. 시어니의 권총은 땀에 젖은 손에서 떨어져 뒤로 여덟

걸음쯤 떨어진 바닥에 나뒹굴었다. 그래스의 단검 중 하나
가 그 옆에 떨어졌다.

심장이 바닥까지 내려앉은 시어니는 곧장 타원형 거울
을 향해 뛰었다.

"아, 그렇게는 안 되지."

그래스가 으르렁대며 기관차처럼 묵직하게 땅이 울릴 정
도로 쿵쿵대며 쫓아왔다. 장화 신은 발로 바닥을 강하게 내
리찍는 소리가 들렸다. 시어니는 비명을 지르며 마법 장치
를 한 움큼 꺼내 확인도 않고 뒤로 던졌다.

"숨 쉬어!"

시어니의 명령에 종이 새 세 마리가 살아났다. 폭발 마법
장치 하나가 땅바닥에 떨어졌지만 불발이었다. 새들은 그
래스를 향해 날아갔다. 그는 걸음을 멈추지도 않고 종이 새
들을 아무렇지 않게 쳐냈다.

"딜라일라!"

시어니는 거울을 향해 달려가며 소리쳤다. 거울 표면이
일렁이는 순간, 그래스의 커다란 손이 시어니의 팔목을 잡
아 뒤로 홱 당겼다.

짧은 순간 시어니는 거의 몸이 붕 떴고 마구간이 빙글 도

는 느낌이었다. 시어니는 바닥에 나동그라졌고 주변에 먼지가 구름처럼 일면서 눈을 찌르고 혀를 뒤덮었다. 시어니는 기침을 하며 간신히 몸을 일으켰다. 오른쪽 어깨에 통증이 느껴졌다.

그래스는 타원형 거울을 붙잡았다.

"귀엽네. 부서져라."

그래스의 가벼운 손길만으로 타원형 거울은 수백 개의 조각으로 박살나 얼어붙은 비처럼 떨어져 내렸다. 수많은 파편이 바닥에 떨어져 울리는 가운데, 시어니는 딜라일라가 자신의 이름을 외쳐 부르는 소리를 들었다.

시어니는 숨을 헐떡이며 휘둥그레진 눈으로 부서진 탈출장비를 바라보았다. 하지만 아직 종이 글라이더가 남아 있었다. 글라이더가 있는 곳까지 갈 수만 있으면……

그래스가 오른손으로 단검을 쥐고 앞으로 팔을 뻗었다.

시어니는 가방에서 마름모 모양 종이를 꺼내 던졌다.

"터져라!"

마름모는 두 사람 사이의 허공에 뜬 채 크게 흔들렸다. 시어니가 마구간 뒤로 달려가자마자 마름모가 폭발해 희고 노란 불꽃을 뿜어냈다. 재의 일부가 시어니의 주변을 휘감

앉으나 방패 사슬이 그 기운을 물리쳤다.

그래스의 모습은 보이지 않았다. 마구간 문까지는 아무 것도 없었다.

시어니가 그리로 달려가는데 오른쪽에 있는 길쭉한 거울 의 표면이 잔물결처럼 일렁거렸다. 그리고 그래스가 그 거 울에서 튀어나왔다. 그의 굵은 두 팔이 거대한 게의 집게발 처럼 시어니 쪽으로 다가왔다. 시어니는 피하려다 넘어질 뻔했지만 이내 그의 정강이를 세차게 걷어찼다. 시어니는 뒤에서 욕을 뱉는 그래스를 남겨두고 흙바닥을 힘껏 차며 마구간 문을 향해 죽어라 달렸다.

문에 거의 다 왔는데 이번에는 둥그런 거울이 일렁이더 니 그래스가 그 거울 밖으로 달려 나왔다. 그가 시어니의 귀에 들리지 않는 주문을 외운 순간, 마구간 안에 있는 모 든 거울이 물결쳤다. 그리고 모든 거울에서 그래스와 똑같 이 생긴 형상이 튀어나왔다. 수십 명의 그래스 코발트가 시 어니를 에워쌌다. 그중 몇 명은 몸집이 크고 위협적이었지 만, 몇 명은 벽에 나란히 기대어 놓은 작은 거울 높이 정도 로 불과 몇 센티미터밖에 되지 않았다.

시어니는 이마에서 흘러내리는 땀 때문에 눈을 깜박이며

뒤로 물러섰다. 그래스의 복제본들은 마치 이야기 환영처럼 어딘지 모르게 가벼운 느낌이었다. 저들 중 누가 진짜 그래스일까? 저 환영들이 그녀에게 상처를 입힐 수 있을까?

"뛰지 마, 아가씨."

그래스들이 마치 가락 없는 합창을 하듯 동시에 말했다.

시어니에게는 폭발 마법 장치가 하나 남아 있었다. 문에서 가장 가까이 있는 그래스에게 던지는 게 최선일 듯했다.

"터져라!"

시어니는 주문을 외치며 쇠 테두리 거울 쪽으로 마법 장치를 던졌다. 첫 번째 그래스가 뛰어 들어갔던 바로 그 거울이었다. 폭발 마법의 불꽃이 마법에 걸린 거울들 속에 빛을 뿌리며 그래스의 복제본들을 불태웠다.

시어니는 왔던 길로 다시 달리며 명령했다.

"움직여!"

마구간 동쪽에 놓인 또 다른 거울에서 진짜 그래스가 튀어나오자 시어니는 얼른 몸을 숨겼다. 그래스는 시어니에게 단검을 던졌다.

하지만 단검은 종이 인형을 쭉 찢어놓았을 뿐이었다.

단검을 모두 써버린 그래스는 창백해진 낯빛으로 시어니

의 종이 인형을 쳐다보았다. 코부터 옷깃까지 쭉 찢어진 종이 인형은 색깔을 잃고 팔랑팔랑 바닥으로 떨어졌다. 시어니는 일찌감치 이동 마법을 걸어둔 그 종이 인형을 방금 전에 마구간 안으로 불러들인 것이다.

진짜 시어니는 재빨리 일어나 문을 향해 달렸다. 양옆의 두 거울을 흘끗 살피며 가방에 손을 집어넣었다.

그래스가 왼쪽 거울에서 튀어나왔다. 시어니가 가방에서 잔물결 마법 장치를 꺼내는데 그래스가 황소처럼 달려왔다.

시어니는 해파리처럼 생긴 잔물결 마법 장치를 늘어뜨리며 주문을 외웠다.

"물결쳐라!"

주변의 공기가 마치 이동 직전의 거울 표면처럼 일렁거렸다. 달려오던 그래스가 휘청했지만 그 정도로는 충분치 않았다. 그는 오른쪽 주먹을 뒤로 했다가 앞으로 쭉 뻗었다.

시어니의 두개골에 천둥이 친 것 같은 충격이 전해지고 곧 눈앞에 굵은 번개가 번쩍였다. 시어니가 바닥에 쓰러지자 그 충격이 꼬리뼈까지 전해졌다.

왼쪽 뺨과 눈 밑이 불이 붙은 듯 화끈거렸다. 서까래가 이리저리 돌아서 방향을 가늠할 수 없었다.

시어니가 몸에 감고 있던 방패 사슬을 굵은 손가락이 잡아 뜯었다. 그래스는 한 손으로 시어니의 목을 움켜잡고 다른 쪽 손으로는 블라우스 앞쪽을 쥐고는 위로 들어올렸다. 그리고 문 옆의 벽을 향해 집어던졌다. 시어니의 등에 판자 파편이 부딪혔고 어깨로 먼지가 떨어졌다.

그래스는 다시 시어니를 자신의 정수리보다 약간 높이 들어 올렸다. 그가 목을 조르자 시어니는 숨이 막혀 컥컥거렸다. 그는 잠시 숨을 고른 뒤 말했다.

"신체 마법사가 어떤 식으로 결합을 하는지 알아, 시어니?"

시어니는 대답을 할 수 없었다. 그래스의 손가락이 그녀의 목 안쪽 기관으로 쑤시고 들어왔기 때문이다. 시어니는 얼굴이 벌게지고 뺨이 따끔거렸으며 머리가 욱신거렸다.

"내가 지금은 그 결합을 못하지만 어떤 식으로 하는지는 보여줄 수 있어."

그래스는 더 세게 목을 조였고 시어니는 발버둥을 쳤다.

그 순간, 마구간에서 요란한 총성이 울렸다. 시어니는 바닥으로 떨어졌다.

시어니는 웅크린 채 숨을 헐떡였다. 폐 안에 뜨거운 공기가 채워졌다. 그래스는 신음 소리를 내며 커다란 손으로 옆구리를 잡고 뒷걸음질 쳤다. 그의 옆구리에서 피가 흐르고 있었다. 스친 상처였지만 피가 계속 흘러내렸다.

빈 마구간의 한옆에 서 있는 딜라일라를 보고 시어니는 놀라 입을 벌렸다. 딜라일라가 어느새 시어니의 총을 손에 쥐고 있었다.

"뛰어!"

딜라일라가 소리쳤다.

시어니가 다시 보니 딜라일라의 한쪽 발은 일렁이는 거울 안에 있었다. 딜라일라가 마침 늦지 않게 이 마구간으로 온 것이다.

시어니는 비척대며 일어나 그래스의 다친 옆구리를 온 힘을 다해 팔꿈치로 쳤다. 그래스가 비틀거리며 물러서자 시어니는 딜라일라 쪽으로 달려갔다.

딜라일라는 한 손만 거울 표면에 남겨둔 채 먼저 거울 안으로 들어갔다.

"이동해!"

그래스가 시어니의 뒤에서 명령하자 마구간의 모든 거울

이 동시에 물결치기 시작했다. 곧 그래스는 딜라일라 바로 옆의 거울에서 튀어나왔다. 옆구리를 움켜잡고 얼굴이 벌게진 채 가쁜 숨을 몰아쉬는 모습이었다.

그는 시어니를 붙잡으려 달려왔다.

이대로는 도저히 딜라일라가 있는 거울로 들어갈 수 없을 듯했다.

"도망쳐, 딜라일라!"

시어니는 소리를 지르며 친구와 그래스를 피해 옆으로 뛰었다.

그래스가 미친 듯이 쫓아왔다.

시어니는 바닥에 발꿈치를 박으며 빠르게 방향을 틀었다. 발목에서 툭 소리가 나면서 통증이 느껴졌다.

그 순간 시어니는 또 다른 거울로 뛰어들었다.

14

·······★ 🔍 ★·······

시어니는 거울을 통해 마구간 안쪽 어딘가로 다시 나가게 될 줄 알았다. 마구간 문까지 달려 나갈 수 있는 지점일 거라 생각했다. 하지만 거울의 테두리 밖으로 넘어간 순간, 그녀는 나무 냄새와 썩은 내가 진동하는 어둠 속으로 휘청하며 발을 디뎠다.

그곳은 마구간이 아니었다. 하지만 그건 그다지 중요하지 않았다.

힘겹게 일어선 시어니는 일렁이는 거울의 테두리를 붙잡고 온 힘을 다해 밀쳐 박살냈다. 일렁임은 멈췄지만 시

어니는 커다란 거울 파편을 신발 뒤꿈치로 밟아 마저 부숴
놓았다.

그 순간 통증이 느껴져 오른쪽 다리에 힘을 싣고 비틀대
며 뒷걸음질 쳤다. 왼쪽 발목이 지독하게 아팠다. 광대뼈의
통증과 맞먹을 정도였다.

시어니의 거친 숨소리가 어둡고 공허한 공간에 10월의
바람처럼 울려 퍼졌다. 자꾸 기침이 나서 아픈 목에 손을
가져다 댔다. 세 번째 기침과 함께 구역질이 났지만 가쁜
숨을 몰아쉬다 보니 위장의 내용물이 도로 내려갔다. 거울
을 바라보며 두 차례 숨을 삼켰다. 수중에는 가림 상자를
만들 종이도 없었다. 권총도 없고 아무것도 없었다. 텅 빈
가방뿐이었다.

"아, 딜라일라!"

시어니는 쉰 목소리로 내뱉었다.

친구는 제때 몸을 잘 피했을 것이다.

다시 한번 숨을 삼키고 눈을 들어 주변의 그림자를 살펴
보았다. 땀이 나서인지 퀴퀴한 공기가 시원하게 느껴졌다.
눈이 어둠에 적응되자 얇은 나무판자로 된 낡은 회갈색 벽
과 편편한 지붕, 널빤지 바닥에 흩어진 쥐똥이 보였다. 창

고인 듯했다. 빈 창고.

주변을 둘러보니 아주 비어 있지는 않았다.

두 손으로 얼굴을 부여잡고 얼어붙은 리라가 그곳에 있었다. 리라를 본 순간 시어니는 미친 듯이 심장이 뛰면서 상처 난 목구멍 안쪽까지 심장이 치고 올라올 것만 같았다. 시어니가 파울니스섬 해변에서 굳게 만든 상태 그대로 여전히 고통에 찬 표정이었다. 창고 안쪽 그림자 속에 웅크리고 있는 리라의 모습은 마치 유령처럼 비현실적이었다. 시어니는 몸이 떨렸다.

리라한테서 멀찌감치 떨어진 시어니는 왼쪽 다리를 절름거리며 옆으로 빙 돌아서 문 쪽으로 다가갔다. 시어니의 무게에 눌려 바닥의 마룻장이 삐걱거리자 벽 안인지 발밑에서인지 몰라도 발톱 달린 자그마한 발들이 후다닥 뛰는 소리가 들렸다. 쥐 떼인 듯했다.

문을 밀어보았다. 잠겨 있는 것 같았는데 자세히 보니 바깥에서 잠겨 있지는 않았다. 누군가 – 아마 그래스가 – 안에서 자물쇠 두 개로 잠가놓았다. 그 자물쇠들을 열려면 열쇠가 있어야 했다. 시어니의 어깨가 축 처졌다.

시어니는 거울 파편 쪽으로 비틀거리며 되돌아갔다. 문

가까이의 널빤지 벽 사이로 흘러드는 빛 외에 다른 빛은 없어서 이쪽에서는 거울 파편이 잘 보이지 않았다.

그래스. 그는 시어니가 어디로 갔는지 알 것이다. 그는 시어니가 리라를 가만둘 리 없다고 생각할 테니 어떻게든 방법을 찾아 이리로 올 것이다. 시어니를 찾아서 죽이기 위해.

"아, 신이여! 저를 도와주세요."

시어니는 두 손을 가슴에 모으고 속삭였다. 몸이 자꾸 떨렸다.

자물쇠를 잡고 당겨보았다. 자물쇠를 고정시킨 나사에 손톱 끝을 넣어보기도 했지만 꿈쩍도 하지 않았다.

종이가 있으면 좋을 텐데! 폭발 마법 장치를 만들어 이 낡은 널빤지 벽을 부수면 밖으로 나갈 수 있을 것이다.

시어니는 아랫입술을 자근자근 씹었다. 시간이 갈수록 피부에 한기가 들었다. 온몸에 힘을 실어 문을 밀어보았다. 몸을 부딪칠 때마다 널빤지가 삐걱거렸다. 비교적 큰 틈새로 손가락을 넣어 널빤지를 잡고 몇 번 밀었다 당겼다 해봤지만 그 정도로는 부술 수가 없었다.

"생각을 해. 생각을 해야 돼."

나지막하게 자신을 다독였다. 종이는 없었다. 그럼 무엇이 있을까?

리라를 돌아본 시어니는 절뚝거리며 가까이 걸어갔다.

리라의 피부는 얼음처럼 차가웠다. 그 여자를 건드리는 것만으로도 다시 살아나게 만들까 봐 겁이 났다. 복수심에 찬 리라와 창고 안에 함께 갇히게 되는 건 생각만 해도 몸서리가 쳐졌다. 하지만 다른 방법이 없었다. 시어니는 쓸 만한 걸 찾기 위해 리라의 허리띠와 바지, 셔츠 안을 뒤져보았다. 도장이 찍히지 않은, 독일어로 된 기차표 한 장, 그리고 벨트 고리에 걸려 있는 기다란 못처럼 생긴 막대기를 찾아냈다.

리라의 오른쪽 장화 안쪽에 길이가 8센티미터 정도 되는 잭나이프가 있었다. 꺼내서 펼쳐보려 했지만 땀에 젖은 시어니의 손에서 자꾸만 미끄러졌다. 손바닥을 치마에 문질러 닦은 뒤 잭나이프를 펴고 칼날을 자물쇠에 넣은 다음 쑤셔보았다. 그래도 자물쇠는 꿈쩍하지 않았다.

시어니는 잭나이프를 캐미솔(가는 어깨 끈이 달린 여성용 속옷 상의 – 옮긴이) 안에 집어넣고, 남은 유리 파편에 손가락을 베이지 않도록 조심하면서 거울 테두리를 손으로 잡았다. 왼쪽 발목에 체중을 싣자 통증 때문에 몸이 움찔했다. 거울 테두리를 옆으로 약간 기울인 다음 오른쪽 발로 두 번 밟아서 기다란 끝부분을 부러뜨렸다. 그것을 앞뒤로 비틀어 페인트가 칠해진 길쭉한 나무 막대로 만들었다. 그 막대를 벽의 널빤지 사이 틈새에 힘껏 쑤셔 넣은 후 지렛대처럼 온 체중을 실어 앞뒤로 움직여보았다.

마침내 삐걱거리던 널빤지 아래쪽이 쪼개졌다.

희망이 솟구치는 기분이었다. 거울 테두리로 만든 막대를 바닥에 내려놓은 시어니는 쪼개진 널빤지를 붙잡고 파편이 손바닥에 박히든 말든 신경 쓰지 않고 바깥으로 밀어냈다. 널빤지는 또다시 윗부분이 부러졌다. 왼발에 체중을 싣고 서서 나머지 널빤지를 걷어차자, 널빤지는 바깥으로 구부릴 수 있게 되었다.

틈이 좁아서 어깨와 엉덩이 피부가 긁혔지만 시어니는 창고 밖으로 간신히 나갈 수 있었다. 바로 옆에 똑같이 생긴 창고 한 채가 더 있었다. 창고 두 채가 서 있는 그곳은 비포장 길 옆의 흙 깔린 공터였다. 머리 위에 회색 하늘이 펼쳐져 있었다. 멀리서 소금과 생선 냄새가 났다. 해안가인 모양이었다.

비틀거리며 걸어간 시어니는 폭이 90센티미터쯤 되는 비포장 길을 따라 숲으로 들어섰다. 어디에서도 본 적 없는 곳이었다. 여긴 대체 어디일까?

'그래스.'

뺨이 욱신거리고 목이 화끈거렸다.

거울을 통해 어디로 왔든 상관없었다. 그래스에게 붙잡히기 전에 도망치는 게 급선무였다.

시어니는 왼쪽 다리를 절뚝거리며 길을 따라 큰 보폭으로 걸었다. 다행히 산비탈은 아닌 것 같았다. 이끼로 뒤덮인 전나무와 잡초가 자라는 미개척 삼림 지대인 듯했다. 400미터쯤 걸어가다가 길을 벗어나 나무 사이로 움직였다. 그래스가 길을 따라 이동해올 경우 붙잡힐 수도 있겠다 싶어서였다.

시어니는 무릎 높이까지 오는 수풀 사이로 최대한 빠르게 뛰었다. 나무뿌리와 움푹 팬 땅에 걸려 넘어지지 않도록 발밑을 계속 주시했다. 한참 달리다가 걸음을 멈추고 주목나무 뒤로 몸을 숨겼다. 폐가 타는 듯하고 발목이 욱신거렸다. 눈물이 나오려는 걸 애써 참으며 바닥에 앉아 신발과 긴 양말을 벗었다.

발목이 부러진 것 같지는 않았지만 살짝 부어 있었다. 삐거나 뒤틀린 모양이었다. 가만히 놔두면 알아서 나을 부상이었지만 당장 쉴 수가 없다는 게 문제였다.

부기를 가라앉히기 위해 양말과 신발을 도로 신었다. 창고에서 가져온 거울 파편을 꺼내 두 손에 쥐었다. 그리고 그 거울에 대고 속삭였다.

"나를 찾아줘, 딜라일라. 어서. 전에도 나를 찾았잖아. 이번에도 찾아줘."

간절한 표정을 한 자신의 모습을 거울 파편을 통해 한참 바라보았지만 아무 일도 일어나지 않았다. 어차피 큰 기대는 하지 않았다. 주목나무에 등을 기대고 가쁜 숨을 골랐다. 여기가 어디인지 시어니 자신도 모르는데 딜라일라가 어떻게 알 수 있을까? 시어니가 유리 마법사라면 또 몰라도……

그래스의 위협이 떠오르자 심장이 다시 빠르게 뛰었다.

가족들.

'그가 내 가족들을 해칠 거야. 죽일지도 몰라. 어서 돌아가야 돼!'

시어니는 욕을 하며 나무에 기댄 채 몸을 일으켰다. 도움이 필요했다. 종이라도 찾을 수 있으면 종이 새를 접어 에머리에게 날려 보낼 텐데.

시어니는 덤불이 우거진 삼림 지대에서 서둘러 발걸음을 옮겼다.

'에머리가 알면 날 죽이려 들겠지. 분명히 견습생 자리에서도 쫓겨날 거야.'

하지만 지금 그런 건 중요하지 않았다. 어떻게든 도움을 청할 방법을 찾아내야 한다. 가족에게 경고해줘야 한다. 그리고 그래스에게 붙잡히지 말고 여기서 도망쳐야 한다!

시어니는 기우뚱한 자세로 비틀비틀 숲을 달렸다. 나무들이 점점 드문드문해지더니 빗방울 몇 개가 코끝에 떨어졌다. 하지만 하늘에는 아직 구름이 없었다. 얼마 후 땅이 비스듬해지고 길이 동쪽으로 구부러졌다. 시어니는 다리 근육이 땅기고 목이 말라 비명이 나올 때까지 그 길을 따라 몇 킬로미터를 더 뛰었다.

그 길은 널찍하고 양쪽 모두 곧게 뻗은 흙길로 이어졌다. 흙길 주변에는 프랑스어가 새겨진 낡은 표지판 말고는 집이나 사람의 흔적이 보이지 않았다.

프랑스어. 그렇다면 영국을 벗어난 건가? 여긴 대체 어디지? 프랑스? 벨기에? 그래스가 리라를 캐나다까지 옮겨다 놓았을 리는 없었다.

지친 시어니는 기침을 하며 그 길을 따라 거의 걷다시피 이동했다. 어느새 두꺼운 구름이 해를 가렸지만 시어니는 낮이 저녁으로 바뀌고 있음을 알 수 있었다.

무언가 움직이는 소리가 들린 것 같아 뒤를 흘끗 돌아봤지만 아무것도 없었다.

걸어가면서 혹시 종이 쓰레기라도 찾을 수 있을까 싶어 길 양옆을 계속 살펴봤는데 흙바닥은 깨끗하기만 했다. 지팡이로 쓸 만큼 길쭉한 막대기도 없었다. 길에 난 바퀴 자국도 거의 보일 듯 말 듯했다. 여기가 어디인지는 몰라도 사람이 거의 다니지 않는 길인 듯했다.

서늘한 미풍이 불자 피부가 오싹했다. 이제 시어니는 몸을 끌듯 겨우 움직이고 있었다. 발목이 더 부었지만 멈출 수는 없었다. 누구든 찾아야 한다. 여기서 도망쳐야 한다. 전신기라도 있으면 좋으련만 전선은 한 줄도 보이지 않았다. 표지판도 더는 없었다. 표지판이 있다고 해도 프랑스어라서 읽지도 못하겠지만.

해가 뉘엿뉘엿 저물고 하늘을 뒤덮은 구름이 오렌지색으로 물들었다. 시어니는 유리 파편을 손에 쥐고 딜라일라와 에이비오스키, 에머리의 이름을 차례로 불렀다. 하지만 아무도 그녀의 부름을 듣지 못했다.

어느새 밤이 깊어 앞이 보이지 않을 때까지 길을 따라 걸었다. 구름이 달과 별빛마저 덮어 가렸다. 숨을 몰아쉬며 길을 벗어나 드문드문 서 있는 나무 사이로 숨어든 시어니는 그중 한 나무뿌리 사이에 앉아 무릎을 끌어안고 눈물을 흘렸다.

15

다음 날 아침 일찍, 가볍게 흩뿌리는 빗방울과 부드러운 회색을 띤 빛에 시어니는 눈을 떴다. 야생 조류의 울음소리, 보이지 않는 동물의 발소리가 밤사이 두 배는 늘어난 듯했다. 나무줄기를 잡고 일어서는데 무릎 아래 오른쪽 다리가 얼얼하고 등이 삐걱거리는 느낌이었다. 커다란 갈색 거미가 시어니의 어깨를 타고 기어갔다. 시어니는 놀라 펄쩍 뛰면서 거미를 털어냈다. 얼떨결에 다친 다리로 바닥을 디딘 바람에 몸이 휘청했다. 왼쪽 발목은 많이 좋아졌고 밤새 부기도 가라앉았다.

시어니는 생각을 정리하려 애쓰며 주변을 둘러보았다. 옷에는 미세하게 옅은 안개가 붙었고 머리 위의 묵직한 잎사귀에서 빗방울이 떨어졌다.

리라의 잭나이프를 꺼내 들고 숲 사이를 살폈다. 생강색에 가까운 옅은 적갈색 머리카락이나 사람의 흔적이 있는지 주의를 기울였다. 아무도 없었다. 하지만 어제 그래스가 시어니가 이동한 창고에 다다랐다면 시어니를 찾아내는 것은 시간문제일 터였다.

잭나이프를 캐미솔 안에 도로 집어넣고 거울 파편을 들여다보았다. 유리면은 매끈했고 어떤 마법도 깃들어 있지 않았다.

그 파편을 가지고 이동하는 것이 양날의 검은 아니기를 바랐다. 하지만 거울 파편에 그래스의 이미지가 나타난다고 해도 그는 시어니의 위치를 바로 알아내지는 못할 것이다. 물론 그것은 시어니의 희망 사항일 뿐이었다. 어차피 그 파편도 *그래스의* 거울 일부였다.

다시 길로 들어선 시어니는 혹시 근처에서 주민을 만나면 도움을 받을 수 있을 거라는 희망을 품었다. 적어도 종잇조각 정도는 찾을 수 있지 않을까. 하지만 종이 새를 접어 날린다 해도 비에 젖어 멀리 날아가지도 못할 것이다.

런던까지 거리가 얼마나 되는지, 그 사이에 강이며 바다
가 몇 개나 되는지도 알 수 없었다. 하지만 나아가는 것 외
에 다른 방법이 없었다.

길을 따라 계속 가야 했다.

어느새 회색 하늘이 밝아왔다. 구름이 잔뜩 끼어 해가 지
상에 빛을 뿌리지 못했다. 옷이 축축하게 느껴질 만큼 비가
내리다가 그쳤다. 늦여름이라 서늘한 기운이 감돌았다. 시
어니는 머리를 풀어 손가락으로 빗질을 하고 다시 땋아 내
렸다. 거울을 들여다보며 뒤를 살폈다.

두 시간쯤 흐른 것 같았다. 저 앞의 흙길 쪽에서 덜커덕거
리며 달려오는 마차 바퀴 소리가 들렸다. 점박이 말 두 마
리가 끄는, 페인트칠은 안 되어 있었지만 튼튼해 보이는 마
차였다. 안도한 시어니는 그 마차를 향해 달려가며 두 팔을
흔들었다. 하지만 마부는 시어니를 무시하고 계속 마차를
달렸을 뿐 아니라 오히려 말들의 속도를 더 높였다. 마차의
창문에는 덧문이 내려져 있었다.

시어니는 길 한가운데 서서 그 마차 뒤를 바라보았다. 곤
란한 지경에 처한 젊은 여자를 보고도 마차를 세우지 않고

가버리다니. 빌어먹을 프랑스인들! 저들은 시어니를 뭐라고 생각한 걸까? 대체 이런 숲에서 무슨 일로 바쁘길래 잠시 멈추고 길을 알려줄 새도 없이 가버린 걸까?

시어니는 어깨가 축 처진 채 다시 걸었다. 하기야 길 안내를 받을 필요도 없었다. 저들이 알려줬어도 프랑스어라 어차피 못 알아들었을 것이다. 이제 선택지는 두 가지뿐이었다. 계속 이 길을 따라 가거나 창고로 돌아가거나.

허기로 쑤시는 배를 손으로 문지르며 조금 더 빠르게 걸음을 옮겼다. 마차가 온 방향으로 가다 보면 어디든 나올 것이다. 말들도 그리 지친 모습은 아니었으니 희망적이었다.

'몇 시간만 더 가면 될 거야.'

숲이 점점 더 성겨졌다. 구름은 비를 뿌리다 말다 하며 태양의 온기를 지상에 이르지 못하게 막았다. 마을의 흔적을 찾아 걸어가는 동안 손가락에 한기가 들어 시어니는 연신 손을 비볐다. 야생 토끼가 보이자, 요리하는 방법 외에 동물을 사냥하는 방법까지 알아뒀으면 좋았을걸 하는 생각이 잠시 뇌리를 스쳤다.

입을 벌리고 빗물이라도 마셔보려 했지만 오다 말다 하는 미세한 빗방울은 갈증을 덜어주지 못했다. 시어니는 손에 거울 파편을 쥐고 온몸의 근육이 쑤시도록 걷고 또 걸었다.

'나를 찾아줘, 딜라일라. 그래스보다 먼저 나를 찾아주세요, 에이비오스키 마법사님.'

가족 걱정은 안 하려고 했지만 끝도 없는 길을 조용히 걷다 보니 자꾸 걱정이 고개를 쳐들었다. 육류 포장 창고의 저장실 바닥에 쓰러진 마셜, 그 창고의 갈고리에 걸려 있는 지나, 그리고 그들을 바라보는 에머리와 경찰의 모습이 머릿속을 어지럽혔다. 만약 그런 일이 생기면 모두 시어니 탓이었다.

불길한 상상을 떨치며 뒤를 돌아보았다. 묵직한 발소리가 들린 것도 같고, 그래스의 옅은 생강색 머리카락이 보인 것도 같았다. 하지만 아무도 없었다. 시어니 혼자였다. 사라즈가 가까이 있을 때면 늘 들곤 했던 솜털이 쭈뼛 서는 불안한 느낌도 없었다.

시간이 더 흐르고 또 다른 표지판이 보였다.

'Zuydcoote un kilomètre au sud-est(쥐트코트까지 남동쪽으로 1킬로미터).'

'kilomètre'는 킬로미터라는 뜻인 것 같은데 나머지는 짐작도 할 수 없었다. 그래도 표지판이 있다는 건 근처에 마을이 있다는 뜻일 테니 희망을 가져보기로 했다.

걷는 속도를 높였다. 배 속에서 꼬르륵 소리가 요란하게 울렸다. 다행히 잠시 후 풀이 잘 손질되어 있는 언덕 꼭대기에 자그마한 붉은 벽돌집이 보였다. 길에서 약간 벗어난 곳이었다. 그 집을 보고 새로 힘을 낸 시어머니는 길을 가로질러 언덕을 올라갔다. 그 집으로 이어지는 오솔길을 찾아볼 겨를도 없었다. 좁은 현관 앞에 다다른 시어머니는 숨을 몰아쉬며 문을 두드렸다. 문에 붙은 색 바랜 문패에 '클래스(Claes)'라고 적혀 있었다.

안에서 마룻바닥을 밟는 삐걱거리는 소리가 들리더니 사십 대 후반쯤 돼 보이는 대머리 남자가 문을 열었다.

"안녕하세요, 실례가 많습니다. 길을 잃어서 도움이 필요해서요. 혹시 전신기 갖고 계신가요?"

남자는 이마에 십자를 그었다.

"Et, qui êtes-vous? Je ne parle pas l'anglais. (누구시죠? 난 영어를 못합니다.)"

아, 딜라일라가 옆에서 통역을 해주면 좋을 텐데! 시어머니는 거울 파편을 쥔 손에 힘을 주며 아쉬워했다. 다른 쪽 손으로 자신을 가리키며 천천히 말했다.

"시어니. 길 잃었어요. 영국에서 왔어요."

그리고 영국이 있을 것으로 추정되는 방향을 손으로 가리켰다. 그러다 좋은 생각이 떠올랐다.

거울 파편을 허리띠 안쪽에 집어넣은 뒤 손바닥에 글씨 쓰는 시늉을 했다.

"종이? 음, 파피? 파피에? 씰 부플레?"

그럭저럭 프랑스어처럼 들린 것 같기는 했다.

대머리 남자는 가만히 서 있더니 고개를 끄덕이며 문을 더 열고 시어니에게 들어오라고 손짓했다. 그와 비슷하게 생긴, 조금 더 나이 든 남자가 무릎에 신문을 얹은 채 야트막한 살구색 소파에 앉아 있었다. 그 남자는 호기심 어린 눈으로 시어니를 쳐다봤다.

첫 번째 남자는 한쪽 구석에 있는 책상으로 걸어가 종이와 연필을 꺼냈다. 그는 그것을 시어니에게 내밀며 물었다.

"Papier(종이)?"

"예, 맞아요! Oui(예)."

시어니는 종이와 연필을 얼른 받았다. 손가락 끝에 종이의 익숙한 간질간질한 느낌이 전해지자 마음이 놓였다.

두 남자가 의아하게 쳐다보는 가운데 시어니는 종이에 얼른 문장 하나를 갈겨썼다. 다 쓰고 나서 강하게 억양을 넣어 읽었다.

"거울로 이동하다가 길을 잃은 시어니는 낯선 장소에 다다랐고 집으로 돌아가는 길을 찾을 수가 없었어요."

자신이 하고자 하는 말뜻을 제일 잘 전할 수 있는 이미지를 떠올리자 이내 그것이 시어니 앞에 유령처럼 흐릿하게 나타났다. 시어니가 이 집에 도착하기까지의 과정을 보여주는 이미지였다. 두 남자는 약간 놀랐지만 곧 매료되어 집중해서 바라보았다.

시어니는 종이를 내려놓고 글을 몇 자 더 쓰고 다시 읽었다.

"시어니는 여기가 어딘지 궁금했어요."

시어니의 앞에 유럽 지도의 이미지가 펼쳐지고 그 위에 물음표가 떴다. 영국과 프랑스 사이에 박힌 압정이 살짝 흔들거렸다.

"Belgique(벨지크)."

첫 번째 남자가 말했다. 그는 머뭇거리다가 형제인 듯한 옆의 남자를 흘끗 돌아보았다. 그러고는 어설픈 영어 억양으로 다시 말했다.

"벨기에."

"여기가 벨기에라고요?"

이야기 환영이 젖은 페인트처럼 허공에서 흘러내렸다.

'짭짤한 바다 냄새가 났는데 거기가 영국해협이었나 보네. 난 거울을 통해서 영국해협을 건너왔구나. 어떻게 영국으로 돌아가지?'

"유리 마법사요." 시어머니는 선을 쭉쭉 그어 간단히 사람 모양 그림을 그리고 그 사람의 손에 거울을 그려 넣으며 물었다. "여기 유리 마법사가 있나요?"

시어머니는 종이를 내려놓고 창문 쪽으로 걸어가 유리창을 톡톡 두드렸다.

첫 번째 남자가 형제를 돌아보며 말했다.

"Je pense qu'elle est celle qu'il veut. Elle est rousse. Elle enchante papier. (그 사람이 찾는 여자 같아. 빨간 머리잖아. 종이 마법도 쓸 줄 알고.)"

"Papier(종이)." 프랑스어를 모르는 시어머니는 이 말만 되풀이하며 고개를 끄덕였다. 아는 단어는 그것뿐이었다. "Oui, papier. (그래요, 종이.)"

형제가 고개를 끄덕이자 첫 번째 남자는 시어니에게 손짓해 집 안 깊숙한 곳으로 데려갔다. 그가 두 손을 내밀자 시어니는 마지못해 종이를 내주었다. 어쩌면 이 남자가 자비심을 더 발휘해 간단한 먹을거리라도 내주지 않을까. 배속이 꼬르륵거렸다. 시어니는 남자가 그 소리를 들었길 바랐다.

　어쩌면 듣고도 못 들은 척하는 것일 수도 있었다.

　시어니는 남자를 따라 작지만 깨끗한 부엌을 지나 가파른 계단을 내려갔다. 남자는 천장에 머리를 부딪힐 뻔했지만 시어니가 소리쳐 알려준 덕분에 피할 수 있었다. 지하층에 다다르자 그는 닫힌 문을 열고 시어니를 그 안으로 데리고 들어갔다. 한쪽 구석에 상자 몇 개가 쌓여 있고 나머지 공간은 거의 비어 있는 직사각형의 지하실이었다. 상자 근처의 벽에는 테두리가 부서진 낡은 거울이 세워져 있었다.

　시어니는 문 안으로 들어서자마자 놀라서 몸이 굳었다. 그래스 코발트가 널찍한 가슴팍에 팔짱을 끼고 그 낡은 거울 안에 서 있었다.

　시어니가 뒷걸음질 치자 남자는 팔로 문을 막으며 그래스에게 물었다.

"Est-ce que c'est la fille? On a le douxieme parti? (이 여자예요? 이쪽으로 올 거라는 사람 맞죠?)"

"Bien sûr, vous avez bien fait. (맞아, 잘했어.)"

그래스는 회색 눈으로 시어니를 쳐다보며 훌륭한 억양의 프랑스어로 대답했다. 시어니는 심장이 미친 듯이 뛰어 목구멍까지 올라올 것만 같았다.

"S'il vous plaît, donnez-moi un instant. (잠시 기다리고 있어.)"

남자는 고개를 끄덕이고는 밖으로 나가 문을 닫았다.

시어니가 지하실 문손잡이로 손을 뻗자 그래스가 팔짱을 풀며 말했다.

"그러지 마. 난 막막한 목표물을 추적하는 데 익숙하지만 목표물의 위치를 알고서 갖고 노는 걸 더 좋아해." 그는 한 걸음 앞으로 다가왔다. "우리 둘을 위해 이쯤 해두자."

시어니는 몸을 떨며 조그맣게 말했다.

"나는 당신이 원하는 걸 갖고 있지 않아요. 보내줘요."

"그래놓고 또 나한테 상처를 내려고?"

그래스는 딜라일라가 쏜 총알이 스치고 지나간 옆구리를 손으로 문질렀다. 총알 때문에 셔츠가 찢어지긴 했지만 그 안의 피부는 멀쩡해 보였다. 시어니를 추적하기 전에 사라즈를 찾아가 치료를 받은 걸까? 그건 사라즈가 런던 안에 숨어 있다는 뜻일까, 아니면 그래스가 거울을 이용해 사라즈가 있는 곳으로 찾아간 걸까?

시어니는 손잡이를 잡고 흔들었지만 문은 굳게 잠겨 있었다. 금속 걸쇠가 딸깍 걸리는 소리도 듣지 못했는데.

가슴이 철렁했다. 배고픔도 달아났다. 시어니는 눈가에 눈물이 맺힌 채 힘없이 말했다.

"원하는 대로 할게요. 그날 리라의 피가 내 종이에 뿌려졌어요. 리라의 피로 글씨를 쓰고 나서 환영 마법을 사용했어요. 그게 다예요. 내 가족은 건드리지 마세요."

그래스는 한 걸음, 또 한 걸음 다가와 결국 거울 밖으로 나왔다. 시어니의 말을 듣고도 그는 표정이 바뀌지 않았다. 시어니는 그를 쳐다보느라, 그의 이마에서 고동치는 혈관과 눈 속에서 춤추는 그림자를 보느라, 그의 등 뒤 거울이 빙글빙글 도는 것을 알아채지 못했다. 그래스가 시어니 쪽으로 느긋하게 걸어오는데 그 뒤에서 익숙한 목소리가 그를 불렀다. 그래스는 우뚝 멈춰 섰다.

"이런 식으로 좀 안 만날 수 없을까."

그 목소리를 듣는 순간, 시어니는 몸이 휘청할 정도로 안도감을 느꼈다. 그래스는 인상을 쓰며 뒤를 돌아보았지만 한쪽 어깨는 여전히 시어니 쪽을 향하고 있었다.

거울 오른쪽에 남색 외투를 입은 에머리가 서 있었다. 에머리의 모습은 전보다 날카롭고 어두워 보였고 목소리도 평소와 달랐다. 거울 왼쪽에는 상황에 어울리지 않게 차분한 표정을 한 휴즈가 서 있었다.

거울은 여전히 소용돌이 치듯 돌고 있었다. 굳이 건너가서 확인하지 않아도 누가 그 거울에 마법을 걸었는지, 그래서 마침내 시어니를 찾아냈는지 알 수 있었다.

'에이비오스키 마법사님이구나! 신이여, 감사합니다.'

휴즈가 말했다.

"늦게 와서 미안해, 트월 양. 하지만 상태가 좋지 않은 거울로는 소재 파악을 하더라도 건너오기가 어렵거든."

시어니의 두 눈에서 눈물이 흘러내렸다.

"고맙습니다."

에머리는 왼쪽 손을 바지 주머니에 넣은 채 그래스를 쏘아보았다. 주머니 안에 넣어둔 마법 장치를 쥐고 있는 게 틀림없었다. 휴즈는 오른손에 쥔 작은 고무공 세 개를 보란

듯이 주무르고 있었다.

그래스가 허리를 펴며 기세 좋게 받아쳤다.

"타이밍 한번 기막히게 성가시군, 세인. 거의 다 됐는데 말이야."

휴즈가 손을 들자 그래스가 그쪽을 처다보았다. 휴즈의 마법에 대비해 그래스가 긴장한 순간, 에머리가 바지 주머니에서 꺼낸 파란색 종잇조각들을 허공에 뿌렸다. 수많은 종잇조각들에 가려 에머리의 모습이 일순간 보이지 않았다.

그가 사라졌다.

잠시 후 시어니는 허리에 손이 닿는 것을 느꼈다. 어느새 이쪽으로 이동한 에머리가 시어니를 자기 등 뒤로 밀어냈다. 지하실 문을 열려던 그는 문이 잠겨 있는 걸 알고 거울에 대고 소리쳤다.

"거울이 하나 더 필요해요, 패트리스!"

빙글빙글 도는 거울 속에서 에이비오스키의 목소리가 약간씩 끊겼다.

"그 집 위층 화장실에 적당한 크기의 거울이 있어요."

그래스가 웃으며 두 마법사를 모두 시야에 담기 위해 뒤로 두 걸음 물러섰다. 그는 박수까지 치며 지껄였다.

"대단한 쇼군, 대단한 쇼야!" 그는 웃으며 말을 이었다.
"3 대 1이라니! 그런데도 난 어째서 내가 더 우세하다고
느낄까?"

"그래……."

시어니가 그자를 부르려는데 에머리가 말을 막았다.

휴즈는 고무공을 손으로 주무르며 말했다.

"우린 범죄자들과 협상하지 않아, 트윌 양."

"흐음." 그래스는 턱을 쓰다듬으며 말했다. "원하는 게 뭐
야? 나를 잡겠다는 거야, 아니면 저 계집애를 구하겠다는
거야? 저 둘을 데리고 어떻게 여길 빠져나갈 생각인지 모
르겠네. 본인 목숨도 아슬아슬한 주제에."

"네놈을 그 신발 속 고무를 이용해서 목매달아주마, 코
발트."

그래스는 인상을 썼다.

"난 당신을 한번 만지는 걸로 충분해, 알프레드 휴즈."

휴즈가 소리 내어 웃었다.

"우린 네놈의 정체를 알아. 여태 모르고 있었을 줄 아
나?"

그래스는 인상을 확 찌푸렸다. 시어니는 지금 그자의 분노가 자신을 향하고 있음을 충분히 알 수 있었다.

잠시 후 그래스는 몸을 천천히 돌려 에머리를 마주 보았다. 그래스는 허리띠에 끼워둔 유리 단검 중 하나를 빼들고 엄지로 칼날을 문질렀다. 그리고 에머리를 위아래로 훑어보며 말했다.

"넌 날 못 이겨." 그래스는 길쭉한 송곳니 하나를 드러내며 히죽 웃었다. "절대로. 넌 나뿐만 아니라 사라즈도, 리라도 못 이겨. 리라는 내 최고의 습득물이었지."

에머리는 대꾸하지 않았다.

그래스는 에머리의 어깨 너머를 잠시 쳐다보다가 시어니를 곁눈질로 보았다.

"계집애를 보호할 생각뿐이군. 내가 진작 처리했어야 했는데."

그 말에 에머리는 긴장하는 기색이었다.

"네놈 목에 올가미가 걸리기 전에 혀부터 자르라고 해야겠다, 그래스."

그래스가 칼을 들어 올렸지만 휴즈가 더 빨랐다.

휴즈는 그래스에게 고무공들을 던졌다. 바닥에 떨어졌다

가 튀어 오른 그 공들은 놀랄 만큼 빠른 속도로 세 방향으로 날면서 벽과 천장에 부딪혔다. 마치 시커먼 총알처럼 휙휙 날았다. 고무공들은 휴즈와 에머리, 시어니 주변에서는 궤도를 그리듯 돌았지만 그래스에게는 달랐다. 고무공 하나가 그래스의 어깨를 스치자 그 자리에 널찍한 붉은 줄이 확 그어졌다. 그래스는 고무공에 맞을까 봐 이리 뛰고 저리 뛰며 몸을 피했다.

시어니는 그래스의 반격을 쳐다볼 틈도 없었다. 에머리가 시어니를 문에서 멀리 밀어놓은 뒤 발로 나무문의 손잡이를 찬 것이다. 부실한 자물쇠가 떨어지면서 문이 벌컥 열려 그 옆의 벽에 세차게 부딪혔다. 에머리는 시어니의 팔뚝을 아플 정도로 꽉 잡고 지하실 밖으로 데리고 나갔다. 그들은 계단을 올라가 부엌으로 들어갔다. 처음 현관문을 열어줬던 대머리 남자가 싱크대 근처에 서 있다가 그들을 보고 화들짝 놀라는 모습이었다. 에머리는 그 남자를 팔꿈치로 쳐서 밀어내고 부엌을 지나 복도로 뛰어갔다. 그리고 침실 문을 열고 그 옆의 화장실 문을 열어젖혔다. 화장실 안에는 칠이 벗겨진 흰색 서랍장 위에 가로 90센티미터, 세로 60센티미터 크기의 거울이 비딱하게 걸려 있었다. 거울

의 은색 표면이 이미 에이비오스키의 이동 주문에 걸려 물
결 치고 있었다.

시어니의 팔을 놓은 에머리는 벽에서 거울을 떼어 바닥
에 놓고 시어니의 어깨를 잡아 그 안으로 밀어 넣었다. 차
가운 무중력 상태로 떨어진 시어니는 속이 울렁거렸다. 하
지만 에이비오스키가 있는 곳으로 나가지 못했다. 거울을
통과하지 못한 것이다.

시어니는 거울 안에 서서 주변을 둘러보았다. 사방이 올
록볼록 휘어지고 빙글빙글 도는 은색 벽이었다. 앞에는 벽
보다 더 어두운 빛깔의 은색 바위가 허공에 떠 있고, 오른
쪽에는 은색 바닥에 석순 몇 개가 이빨처럼 솟아 있었다. 앞
쪽에는 단단해 보이는 구름 모양의 형체가 떠 있었는데 거
울의 긁힌 자리가 이 안에서는 그렇게 표현되는 것 같았다.

딜라일라는 상태가 좋지 않은 거울을 통과할 때의 위험
성에 대해 경고했었다. 바로 이런 것을 의미한 듯했다.

잠시 후 에머리가 옆에 나타나 작게 욕을 내뱉더니 다시
시어니의 팔을 잡으며 말했다.

"가까이 붙어."

그는 시어니를 데리고 석순들 사이를 지나 허공에 뜬 바

위 쪽으로 다가갔다. 거울의 이가 빠진 부분이나 변색된 부분이 이 안에서는 바위로 나타나는 듯했다. 그들은 바위 밑을 완전히 통과할 때까지 고개를 숙인 채 조심스럽게 지나갔다. 유리로 된 거미줄을 닮은 수직 구름이 날카롭고 위협적으로 떠 있었다. 에머리는 시어니를 오른쪽으로 이끌었다. 그들은 거미줄 같은 구름의 끝자락을 빙 돌아 옆걸음으로 이동했다.

이내 빙글빙글 도는 밝은 색깔의 또 다른 벽 앞에 섰다. 에머리는 시어니를 그 벽을 향해 밀었고, 시어니는 한기를 느끼며 벽을 통과했다.

16

* * * * * ★ 🔍 ★ * * * * *

잠시 후 주변 상황이 시어니의 시야에 들어왔다. 여기는
에이비오스키의 집 3층에 있는 직사각형의 거울방이었다.
여러 장의 유리로 된 왼쪽 대형 창문을 통해 흘러들어온 고
요한 햇살이 유리 마법사가 만든 완벽한 유리로 된 수십 개
의 거울에 반사되었다. 그 거울들은 신중하게 고른 순서에
따라 벽에 배치돼 있었다. 각기 다른 틀과 크기의 여러 거울
중 한 거울의 상단 모퉁이에 딜라일라의 필체로 글씨가 적
혀 있었다. 그리고 바닥에는 3분의 1쯤 읽다가 만《중급 유
리불기용 마법 꽃병 성형 방법》이라는 낡은 책이 엎어진 채

놓여 있었다.

누군가의 두 손이 시어니의 어깨를 잡았다. 멍하게 있던 시어니는 딜라일라의 목소리에 정신을 차렸다.

"아, 시어니!" 딜라일라가 깜짝 놀랄 정도로 세게 시어니를 끌어안았다. 눈물이 그렁그렁한 눈에 평소 완벽하게 단장하고 다니던 머리칼은 엉망인 채로 말했다. "네가 죽은 줄 알았어! 얼마나 무서웠는지 몰라!"

"우리 모두 그렇게 생각했지."

옆에서 에이비오스키가 딜라일라보다는 건조한 목소리로 말했다. 에이비오스키는 길쭉하게 세워놓은 거울 면에 아직 손을 대고 있었다. 그 거울 면이 빙글빙글 소용돌이치고 있었다.

시어니는 딜라일라를 마주 안으며 조그맣게 물었다.

"에머리는?"

시어니가 그 이름을 말하자마자 에머리가 빙글빙글 도는 반짝이는 거울 면에서 휴즈의 팔뚝을 잡고 걸어 나왔다. 휴즈는 멍한 눈빛이긴 했지만 다친 것 같지는 않았다.

휴즈는 거울의 틀을 넘어오다 휘청했지만 에머리에게 기대어 중심을 잡았다.

두 사람이 다 건너오자 에이비오스키는 거울에서 손을 뗐고 거울 표면은 원래 상태로 돌아갔다. 에이비오스키는 에머리와 함께 휴즈를 부축해주었다.

"괜찮아요?"

에이비오스키의 물음에 휴즈는 고개를 끄덕였다.

"놈이 섬광 마법을 사용한 바람에 눈앞이 아직 번쩍거리지만, 괜찮습니다."

딜라일라가 시어니에게 속삭였다.

"섬광 마법은 유리 표면에 반사되는 빛을 증폭시키는 마법이야. 거울로 하면 특히 효과가 더 좋아. 빛을 충분히 쐴 경우 눈이 멀게 만들 수도 있어."

옆에서 에이비오스키가 그 말을 듣고 인상을 찌푸렸다.

"이번 경우엔 그렇지 않아." 에이비오스키는 방 뒤쪽 구석진 곳에 놓인 의자로 휴즈를 부축해 데려가며 덧붙였다. "시간이 지나면 괜찮아져."

휴즈가 웃었다.

"이것보다 더 지독한 마법 공격도 받아봤습니다. 눈을 한참 깜박거리다 보면 괜찮아지겠죠."

"그, 그래스는요?"

시어니는 이렇게 물으며 에머리 쪽을 흘끗 보았다. 에머리의 초록색 눈이 이글이글 타오르고 있어서 시어니는 얼른 휴즈 쪽으로 시선을 돌렸다.

휴즈는 손으로 눈을 문지르며 대답했다.

"유감스럽게도 놈은 도망쳤어. 예상했던 일이야. 런던 교외에 있는 헛간 쪽으로 사람들을 보냈는데, 좋은 소식이든 나쁜 소식이든 아직 들어온 게 없어."

시어니는 가슴이 철렁했다.

시어니의 표정이 어두워지자 딜라일라가 소리쳤다.

"마법사님들에게 말할 수밖에 없었어, 시어니! 제발 화내지 마."

"말하기를 잘했지!" 에이비오스키가 얇은 입술을 오므리며 시어니를 나무랐다. "맙소사, 트윌 양. 우린 밤을 꼬박 새우고 이틀을 헤맨 끝에 겨우 자네를 찾아냈어. 내가 운 좋게 자네가 있는 곳을 찾아냈기에 망정이지, 안 그랬으면 어떻게 됐을지 생각도 하기 싫어!"

"맞는 말씀이야."

에머리가 차갑게 맞장구를 쳤다. 그는 또 다른 거울에 걸쳐둔 남색 외투를 들어 팔에 걸쳤다.

시어니는 소라게처럼 껍데기 속으로 기어들어 숨고 싶은 심정이었다.

"죄송합니다." 시어니는 허리띠 안쪽에 넣어둔 거울 파편을 꺼내 에이비오스키에게 건넸다. "이건 제가 통과한 거울의 파편이에요. 이 거울 파편이 있던 창고에 그래스가 리라를 숨겨놓고 있었어요."

에이비오스키가 그 파편을 받았다.

"어쩌면 쓸모가 있을 수도 있겠구나."

"그렇겠어요." 휴즈도 앉은 자리에서 앞으로 몸을 기울이며 말했다. 그는 눈을 몇 번 더 껌벅거렸다. "자네도 형사과 일에 합류하는 게 좋겠어, 시어니. 자네도 괜한 고생을 했고, 우리도 막막한 상태에서 자네를 찾느라 한바탕 난리를 치긴 했지만, 어쨌든 자네가 나선 덕분에 유익한 정보를 얻었으니까."

그 순간 뇌리를 스치는 생각에 시어니는 눈이 확 커졌다. 딜라일라가 잡아주고 있지 않았다면 그 자리에서 몸까지 휘청했을 것이다.

"제 가족들!" 시어니는 친구의 손을 밀어내고 에머리를 돌아보았다. "그래스가 제 가족들을 죽이겠다고 했어요! 사라즈를 시켜서요! 그래스는 우리 가족의 이름도 다 알고 있었어요, 에머리!"

에머리는 표정이 어두워지며 휴즈를 돌아보았다.

휴즈는 의자에서 일어나 구겨진 조끼를 폈다.

"놈이 그런 위협을 했을까 봐 걱정이 되긴 했습니다. 그 놈들은 늘 그런 식으로 일을 하잖습니까." 휴즈는 까칠하게 자라 올라온 수염을 쓰다듬으며 잠시 생각에 잠겼다가 덧붙였다. "트월 양의 가족들을 위해 우리가 할 수 있는 조치를 취해야겠습니다."

시어니가 애원했다.

"제발 서둘러주세요. 저를 찾으러 와주신 건 정말 감사드려요. 하지만 가족들이 걱정이 돼서 미치겠어요. 마셜과 마고는 아직 어린애들인데. 저희 부모님은 어디 가 계실 데도 없어요."

휴즈가 에이비오스키에게 말했다.

"이 집에 있는 전신기를 좀 쓰겠습니다."

에이비오스키는 고개를 끄덕였다.

에머리는 옆으로 물러서며 시어니의 팔을 잡고 나지막하게 속삭였다.

"따라와."

하지만 그가 시어니를 방에서 데리고 나가기 전에 에이비오스키가 말했다.

"트월 양을 데리고 나가기 전에 내가 먼저 트월 양과 딜라일라에게 할 얘기가 있어요, 세인 마법사. 이건 정말 심각한 문제……."

"미안합니다만, 패트리스." 에머리는 나지막하지만 날 선 목소리로 말을 잘랐다. "시어니는 *제* 견습생이니 시어니 문제는 제가 알아서 하겠습니다."

에머리는 시어니를 데리고 거울방 밖으로 나가 계단을 밟고 2층으로 내려갔다. 그는 욕실 문을 열고 시어니를 그 안으로 데리고 들어간 후에야 팔을 놓아주었다.

발 달린 욕조 쪽으로 물러선 시어니는 심장이 마구 뛰었다. 에머리는 전등을 켜고 욕실 문을 닫았다.

시어니는 눈가에 고인 눈물을 닦아내며 입을 열었다.

"에머리, 죄송……."

"죄송?" 그는 그녀의 말을 날카롭게 잘랐다. "*죄송하다고?* 맙소사, 시어니! 자네 죽을 뻔했어!"

"제가 그걸 모르겠어요?"

"알았으면 그런 바보 같은 짓을 하지도 않았겠지! 자네가 상대한 그놈은 *그래스 코발트*야! 거리의 소매치기 따위가 아니라고!"

시어니는 움찔했다. 심장 속 세 번째 방에서 말고는 에머리의 고함 소리를 처음 들어봤다.

"사라즈가 거기 있었으면 어쩔 뻔했어?" 그의 초록색 눈이 활활 타올랐다. "그랬으면 자네는 지금쯤 고기 갈고리에 걸려 있겠지. 우린 자네가 어디로 사라졌는지 몰라 아직도 헤매고 있을 테고!"

"딜라일라가……"

"게다가 *어떻게* 딜라일라를 이 일에 끌어들일 생각을 해! 거울 이동이 어떤 식으로 작동하는지 알기는 해? 그래스가 자네를 죽인 후에 딜라일라도 죽일 수 있었어!"

"어떻게 작동하는지 알아요! 전 바보가 아니에요. 아무것도 모르는 상태로 무작정 뛰어들지 않았어요. 이건 *제가* 책임져야 할 일이에요. 그들이 쫓는 건 저라고요! 그런데 저는 이 문제를 논의하는 회의실에 들어가지도 못했어요. 그래서 제가 알아서 문제를 해결해야겠다고 생각한 거예요!"

"자네 생각은 틀렸어." 에머리는 잡아 뜯을 듯이 세차게 손으로 머리카락을 넘겼다. "이번엔 운이 엄청 좋았던 거야, 시어니. 앞으로 또 위험한 일을 벌이면 *안 돼*. 자넨 불사신이 아니란 말이야. 자네가 위험에 처하면 내 마음이 어떨지 생각은 해봤어? 어떻게 자진해서 그런 일을 벌여!"

"제가 위험을 감수하고 나서지 않으면 당신이 죽으니까요!" 시어니는 이렇게 받아치며 손을 앞으로 뻗다가 조가비 모양 세면대를 칠 뻔했다. "세상이 위험에 맞서 싸우는데 저만 한가하게 놀고 있을 수는 없잖아요!"

"자네는 세상을 떠받치는 존재가 아니야." 에머리는 평소의 목소리로 돌아왔다. "하느님도 아니고. 다시는 이런 짓 하지 마."

"마법사님은 하느님을 믿지도 않잖아요."

시어니는 팔짱을 끼며 반박했다. 목 안이 부어 따끔거리고 눈물이 날 것 같았다. 울컥하는 감정을 누르려 고개를 숙이고 바닥을 쏘아보았다.

"내가 뭘 믿든, 자네가 뭘 믿든, 이 빌어먹을 나라 사람들이 뭘 믿든 아무 상관없어." 에머리는 길게 한숨을 내쉬었다. "자네를 이해할 수가 없어. 어떻게 나한테 말도 없이 이런 일을 벌일 수 있는 거지? 날 못 믿어?"

시어니는 눈을 들었다. 그는 화난 표정이었지만 눈빛에는 상처받은 영혼이 담겨 있었다.

시어니의 어깨가 축 처졌다.

"믿어요. 제가 믿는 거 아시잖아요. 하지만 마법사님이 다치는 걸 다시는 보고 싶지 않아요. 그래스가 마법사님의 안전도 위협했어요."

"위협은 그저 말에 불과해. 공연한 말이든 진심이든 사람들이 하는 위협에 일일이 대응했으면 난 지금까지 버티지 못했어. 진작 은퇴했겠지."

에머리는 손을 들어 시어니의 뺨에 가져다 댔다. 그래스에게 맞은 자리라 시어니는 움찔했다. 그 자리는 아직도 부은 채 따끔거렸다.

그는 한층 낮은 목소리로 덧붙였다.

"하지만 이건 위협 정도가 아니야. 내가 자네보다 그래스를 더 잘 알아. 그는 자기가 한 말은 반드시 지켜. 그래, 자네가 내 목숨을 구해준 건 맞아. 이제 내가 자네 목숨을 구할 차례야. 난 리라와는 싸우지 못했지만 그래스와 사라즈를 상대로는 *싸울 수 있어*. 그들은 리라와는 *완전히* 다른 놈들이야. 그들에 비하면 리라는 초보일 뿐이지. 강아지와 늑

대 정도의 차이라고 보면 돼."

시어니는 울지 않으려 했지만 뺨을 타고 눈물이 비뚤비뚤 흘러 그의 엄지를 적셨다. 시어니가 조그맣게 말했다.

"그래요. 제 잘못이에요. 저 때문에 우리 가족이 위험해졌어요. 아, 어쩌죠? 그자가 가족들을 죽이려 들 텐데……."

에머리는 손을 내려 시어니의 어깨를 잡고 가까이 끌어당겼다. 그는 시어니를 가만히 안아주었다. 살던 집의 향이 그의 몸에 여전히 배어 있는 듯 그에게서 숯과 황설탕 냄새가 났다. 그의 셔츠 깃이 이내 시어니의 눈물로 젖었다.

"자네 가족을 보호하기 위한 모든 조치를 취하겠다고 약속할게. 그놈이 이번만은 허세를 부린 것이길 바라야겠지. 어쨌든 그래스와 사라즈는 이제 내가 처리해."

에머리가 뒤로 물러서자 온기도 함께 멀어졌다. 그는 문을 열고 복도로 나갔다.

심장이 갈라진 듯 아프고 멍한 상태로 한참 조각상처럼 서 있던 시어니는 고개를 흔들며 돌아서서 그의 뒤를 따라나갔다. 복도에서 시어니는 계단을 내려오는 에이비오스키, 딜라일라와 마주쳤다.

"자네 처벌은 당분간 유예할게, 트월 양."

에이비오스키는 단단히 팔짱을 끼며 말했다. 그 옆에 선 딜라일라는 신발 끝으로 마룻널의 눈처럼 둥근 무늬를 후벼 파며 고개를 숙였다.

"상황이 상황이니만큼 자네에 대한 가택 구금 조치를 당장 시작하진 않겠지만, 또 멋대로 돌아다녔다간 견습생 자격을 박탈해버릴 테니 그리 알아."

시어니는 기가 죽어 몸이 발바닥만 하게 쪼그라드는 기분이었다. 반박하고 싶었지만 목 안으로 말을 삼키며 고분고분하게 대답했다.

"알겠습니다. 죄송합니다. 딜라일라, 미안해. 나도 이렇게 될 줄은 몰랐어."

딜라일라는 어깨를 으쓱했다.

"우리 기운 내자, 응?"

딜라일라는 말은 이렇게 했지만 울적해하는 목소리였다.

시어니는 그녀들 옆을 지나 계단 쪽으로 향했다. 1층 현관문 쪽으로 가려고 계단 한 칸을 내려가는데 에이비오스키가 물었다.

"어디 가려고?"

"에머리를 찾으러요."

시어니가 아무렇지 않게 스승인 마법사를 이름으로 부르자 에이비오스키는 인상을 잔뜩 썼다.

시어니는 빠르게 계단을 내려갔다. 다행히 다쳤던 발목이 잘 버텨주었다. 1층 응접실을 들여다본 후 복도를 지나 식당으로 갔다. 1층 끄트머리에 있는 작은 거실 쪽에서 에머리의 목소리가 들렸다. 시어니는 주방 근처에서 전신기를 두드리고 있는 휴즈를 지나 에머리가 있는 곳으로 발걸음을 옮겼다.

에머리는 고풍스런 책상 앞에서 수화기를 귀에 대고 통화를 하는 중이었다.

시어니는 그가 전화기에 대고 하는 말의 끝부분밖에 듣지 못했다.

"…… 그럼 그 앞에서. 예, 감사합니다."

그는 전화를 끊었다.

"뭘 하시려고요? 그래스와 사라즈는 알아서 해결할 테니까 상관 말고 가만히 있으라는 말은 하지 마세요."

"자네는 이 문제에 대한 발언권이 없어." 그는 목소리를 낮췄다. "그리고 그렇게 결정한 사람은 나뿐만이 아니야."

에머리는 시어니 옆을 지나쳐 응접실로 향했다.

시어니는 그의 뒤를 따라갔다.

"발언권이 없다니요? 이런 일까지 겪었는데 아무것도 모르는 채로 있으라고요?"

그는 싸늘하게 웃으며 걸음을 멈췄다.

"제발 그렇게 있어주면 좋겠어." 차갑고 무뚝뚝한 말투였다. 그는 휴즈가 듣지 못하게 목소리를 잔뜩 낮췄다. "하지만 결국 알아내겠지. 내가 엎드려 빌어도 자네는 아무것도 모르는 채로 가만히 있을 사람이 아니니까. 지금 자네는 아무리 불어도 꺼지지 않는 촛불이고, 세상에서 가장 잔혹한 자들이 자네를 노리고 있어. 그들은 빛이라면 질색하는 자들이야."

에머리는 고개를 가로젓더니 계속 걸어갔다. 시어니도 그를 따라 복도로 나갔다.

"아까도 말했지만……." 시어니는 목소리가 자꾸만 떨렸다. "정말 죄송하게 생각하고 있어요. 에머리, 제발 화내지 말아요. 시간을 돌려 제가 한 짓을 없던 일로 만들 수 있다면 그렇게라도 하고 싶은 심정이에요."

"시간이 마법으로 다룰 수 있는 재료가 아니라 유감이군."

그는 잠시 걸음을 멈추고 현관문을 열었다. 그러고는 오후의 햇살 속으로 걸어 나가 작은 앞마당 너머 길 쪽을 살펴보았다. 그는 팔짱을 끼며 말을 이었다.

"그래, 자네한테 *화가 나*. 아주 많이……." 그는 숨을 고르며 덧붙였다. "화가 *아주 많이* 나지만 자네를 지켜줄 거야, 시어니. 내 목숨을 걸고 자네를 지킬 거야."

시어니는 가슴이 찢어질 듯 아팠다. 더운 날씨임에도 팔에 소름이 돋았다. 고개를 숙인 채 발끝을 내려다보았다. 떠오르는 말은 하나뿐이었다.

"죄송해요."

잠시 후 집 앞에 차 한 대가 멈춰 섰다. 에머리는 그 차로 걸어갔다. 운전자 외에 차에 다른 사람은 없었다. 시어니는 운전석에서 내리는 사람을 곧바로 알아보았다.

"랭스턴, 부탁을 들어줘서 고맙네."

"별것도 아닌데요, 뭐."

에머리가 시어니를 돌아보며 말했다.

"당분간 랭스턴의 집에 가 있도록 해. 부족함 없이 돌봐줄 거야."

시어니는 놀라서 입을 딱 벌렸다.

"저…… 저를 다른 마법사한테 보내시려고요?"

그러자 랭스턴이 말했다.

"이 사태가 해결될 때까지만 임시로 저희 집에 와 있는 겁니다. 거기 있으면 안전해요. 잘 지켜줄게요."

시어니는 고개를 저었다.

"그러실 필요 없어요." 그러고는 에머리에게 말했다. "마법사님과 함께 있을래요."

에머리는 그녀의 눈길을 피하며 랭스턴에게 당부했다.

"신경 써서 잘 지켜줘. 오래 걸리지 않도록 할게."

"오래 걸릴 모양이네요?" 시어니가 그의 말을 받으며 셔츠 소매를 붙잡고 물었다. "어디로 가려는 건데요?"

에머리가 나지막하게 말했다.

"부탁이야, 시어니. 나를 위해 시키는 대로 해줘. 일단 저 차에 타."

시어니는 뺨이라도 맞은 듯 손을 뒤로 뺐다. 뺨이 다시 얼얼해진 기분이었다. 더는 아무 말도 못하고 고개만 끄덕였다. 랭스턴이 조수석 문을 열어주었다.

에머리는 작별 인사도 하지 않고 돌아서서 집 안으로 들어갔다. 랭스턴이 차를 출발시키는 동안 시어니는 현관문 쪽을 계속 바라봤지만 에머리는 다시 나오지 않았다.

17

··· ★ ★ 🔍 ★ ★ ···

예전에 레스토랑에서 일이 터진 뒤 길에서 우연히 만난 시어니를 에머리의 집까지 데려다줬을 때처럼, 랭스턴은 운전을 하면서 간단한 질문을 했다. 하지만 시어니는 아무 말도 하고 싶지 않아 창밖으로 지나가는 건물들만 바라보았다. 몇 블록 되는 거리를 지나면서 랭스턴은 날씨와 대학 도서관에 대해 떠들기 시작했다. 그 도서관이 최근에 다양한 종류의 미국 신문을 구비해놓기 시작했는데, 그가 읽어보니 영국 신문보다 더 솔직한 내용이 많더라고 했다.

시어니는 창문에 머리를 기대고 멍하니 들었다. 잠시 후 랭스턴의 차는 시어니의 가족이 살고 있는 화이트채플 지역 밀 스콰츠 마을로 이어지는 길을 지나갔다. 지금쯤 아버지는 일을 하고 있을 시간이었고, 어머니는 저녁 준비를 하고 있을 것이며, 여동생 지나는 학년이 새로 시작되기 전 최대한 자유를 만끽하기 위해 친구들과 여태 밖에서 놀고 있을 것이다. 마셜은 소파에 앉아 책을 읽고 있을 테고, 마고는 밖에 나가 흙장난을 하면서 벌레를 찾거나 모래성을 짓고 있을 것이다.

여기서 내리면 가족들 중 누구하고라도 만날 수 있지 않을까. 가족들에게 경고를 해줘야 했다.

랭스턴이 길을 건너는 여자 때문에 차를 세우자 시어니가 부탁했다.

"혹시 밀 스콰츠 마을로 데려다줄 수 있어요?"

"미안하지만, 세인 마법사님이 곧장 집으로 데리고 가라고 하셨어요. 가족들이 걱정돼서 그러죠?"

랭스턴은 조수석 문에 자물쇠라도 채워놓고 싶어 하는 표정이었다.

허리를 곧추세웠던 시어니는 다시 주저앉았다.

"네."

"다들 안전할 겁니다." 랭스턴은 다시 차를 출발시켰다. "세인 마법사님은 철저한 분이세요. 형사과와 공조하고 있으니 그쪽에서 벌써 댁으로 사람들을 보내 지키고 있을 겁니다."

시어니는 고개를 끄덕였지만 젊은 종이 마법사의 말은 별로 위로가 되지 못했다. 눈보라 치는 날씨에 다 떨어진 담요 한 장을 걸친 거나 마찬가지였다. 그 담요로 아무리 몸을 바짝 감싸도 구멍이 숭숭 뚫린 것은 어쩔 수 없었다.

랭스턴은 의회 건물에서 그리 멀지 않은 거리를 따라 차를 몰았다. 길 한쪽에는 연립주택들이, 다른 쪽에는 옷 가게들이 즐비하게 늘어서 있었다. 황갈색, 흰색, 회색, 심지어 연어색인 연립주택들은 죄다 5층 건물이었고, 그 사이로 개미 새끼 한 마리 비집고 지나갈 수 없을 만큼 서로 바짝 붙어 있었다. 랭스턴은 그중 가장자리를 검은색으로 칠한 커피색 연립주택 앞에 차를 세웠다. 그리고 차에서 내려 조수석 쪽으로 돌아와 문을 열고 시어니를 내려주었다. 그가 격식을 차려 숙녀가 팔을 잡을 수 있도록 팔꿈치를 내주었지만 시어니는 고개를 저었고 그의 뒤를 따라 안으로 들어갔다.

랭스턴은 그 건물 2층에 살고 있었다. 정확히 설명할 수는 없지만 그 집 내부가 시어니에게는 꽤 놀랍게 느껴졌다. 바닥 전체가 반들거리는 호두나무 널빤지로 되어 있고, 널찍한 거실이 작은 식당으로 이어지는 구조였다. 천장에 매달린 한 단짜리 샹들리에에 전깃불이 들어왔다. 큰 유리창 앞에는 크림색 커튼이 달려 있어서 방 안 분위기를 한층 밝게 해주었다. 거실에는 기다랗고 폭신한 소파와 고리버들 의자, 수직형 피아노가 있었다. 식당이 시작되는 쪽 벽에 설치된 단순한 모양의 책꽂이에는 책이 반쯤 차 있었고, 식당 안에는 잘 만들어진 나무 식탁과 의자 여섯 개가 갖춰져 있었다. 거기서 모퉁이를 돌자 한옆에 작은 주방이 있고, 다른 쪽에는 복층으로 이어지는 나선계단이 있었다.

집이 무척 깨끗하고 깔끔하게 정돈돼 있었다. 온갖 물건들로 가득한 에머리의 집에 비하면 휑해 보이기도 했다. 집안에 약간이라도 빈 자리가 있으면 자질구레한 골동품과 쓸데없어 보이는 장식품을 놓아두는 에머리의 취향에 익숙해져서 그렇게 느끼는 건지도 몰랐다. 비어 보이는 공간이 임시로 머무는 거처 같은 느낌이었다. 부디 임시이기를 바랐다.

랭스턴은 시어니를 위층의 손님방으로 안내했다. 에머리의 집에서 쓰는 방보다 두 배는 넓은 방이었다. 맞은편 벽에 널찍한 창턱이 있는 커다란 정사각형 창문이 있고, 문바로 옆에는 벽장이 있었다. 가장자리에 보라색 백합이 그려진 야트막한 침실용 테이블 옆에는 세 명이 자도 충분할 것 같은 큰 침대가 놓여 있었다.

"복도를 따라 가면 욕실이 있어요. 벽장에는 옷이 몇 벌 있고요." 랭스턴은 벽장을 가리키며 말을 이었다. "몇 주 전에 누이가 와서 지내다가 갔는데 본인 물건들을 놓고 갔거든요. 아마 트윌 양과 체격이 비슷하거나 약간 클 겁니다. 편하게 갈아입으세요."

"고맙습니다."

시어니가 초조해하며 오른쪽 검지를 잡아당기자 조그맣게 딱 소리가 났다.

랭스턴은 뭐라도 말을 해야 할 것 같은데 무슨 말을 해야 할지 모르는 표정이었다.

"제 강아지를 데리러 갔다 와도 될까요? 임시 숙소인 아파트에 두고 와서……."

"미안하지만 나가지 말고 여기 있도록 하세요. 오래 걸리지 않을 겁니다."

시어니는 고개를 끄덕였고 랭스턴은 방에서 나갔다.

혼자 남게 되자 시어니는 창가로 갔다. 방 안이 덥게 느껴졌지만 창문을 열지는 않았다. 길가의 작은 나무들부터 우아한 모자를 쓴 여자들, 시가를 피우며 대화를 나누는 남자들에 이르기까지 도시의 풍경이 내다보였다. 다들 아무것도 모르는 채 그저 행복해 보였다.

한숨을 쉬며 바닥에 무릎을 굽히고 앉아 팔꿈치와 턱을 창턱에 올렸다. 에머리는 여전히 시어니에 대해 언짢은 감정을 갖고 있는 듯했다. 그럴 만했다. 딜라일라도, 에이비오스키도 마찬가지였다. 휴즈만이 어리석은 짓을 한 시어니에게 잘했다고 칭찬을 해줬는데 그 칭찬이 오히려 분위기를 악화시켰다. 시어니는 잘못을 어떻게 바로잡으면 좋을지 궁리를 해봤지만 답을 찾을 수 없었다. 사과를 하는 것 말고는 방법이 없는데, 지금까지 사과를 수차례 했지만 달라진 건 없었다.

랭스턴이 방문을 두드렸다.

"상처에 도움이 될 만한 걸 가져왔어요."

그는 색종이 조각이 잔뜩 들어 있는 주머니를 건넸다. 에머리가 냉장고에 넣어두는 색종이 조각과 비슷했다. 손가락을 대자 주머니 안의 차가운 기운이 느껴졌다.

"고맙습니다."

랭스턴은 고개를 끄덕이고는 방을 나갔다. 시어니는 주머니를 뺨에 가져다 댔다가 피부 아래의 통증 때문에 움찔했다. 지금 꼴이 엉망일 듯했다.

이 집에 머물게 해준 랭스턴에게 고마움을 표하려면 요리라도 해야 하지 않을까 싶었지만 도저히 의욕이 나지 않았다. 친절한 랭스턴은 저녁 6시 15분이 되자 시어니에게 비스킷과 꿀 약간, 그리고 물 한 컵을 가져다주었다. 꽤 오래 굶었는데도 배가 고프지 않아서 시어니는 천천히 조금만 먹었다. 다만 물은 양껏 마셨다. 가족과 딜라일라를 생각하면서, 에머리를 생각하면서 거의 기계적으로 비스킷을 입에 넣고 씹었다.

한밤중에야 겨우 잠이 들었지만 줄곧 잠을 설쳤다. 그래스의 위협, 제지 공장에서 본 사라즈에 대한 희미한 기억, 한밤중에 일어났던 택시 사고, 그리고 시장에서의 이미지가 머릿속을 줄곧 어지럽혔다.

문득 그래스가 했던 말이 떠올랐다.

'핵심은 결국 재료……, 빌어먹을 맹세…….'

시어니가 아는 한 지금까지 재료와의 결합 맹세를 깬 사
람은 아무도 없었다. 태기스 프래프에 다니던 시절 시어니
도 그 얘기를 귀에 못이 박히도록 들었다. 적어도 선택권
이 있는 사람들에게는, 어떤 마법 재료와 결합할지 택하는
것이 마법사로 살아가는 데 있어서 매우 중차대한 결정이
었다. 그래스는 언제인지 모르지만 정식 허가 없이 유리와
결합하여 유리 마법사가 됐지만 - 정식 허가가 없는 결합은
그 자체로 중범죄다 - 결합의 서약은 철회가 불가능했다.

겨우 잠이 든 시어니는 얼마 후 창문으로 흘러드는 아침
햇살에 잠자리를 떨치고 일어날 때까지 줄곧 거울과 에머
리, 그래스 등이 나오는 꿈을 꾸었다.

다음 날 아침, 시어니는 몸에 그럭저럭 맞는 담청색 블라
우스를 찾아냈다. 벽장 안에 있는 치마들은 대부분 허리가
너무 크거나 길이가 너무 길어서 편안하게 입기는 힘들 것
같았다. 그러다 벽장 뒤쪽에서 길이가 종아리 중간까지 오
는 연회색 치마를 발견했다. 시어니가 평소 선호하는 길이
보다 약간 짧았다. 키가 큰 랭스턴의 누이에게는 무릎까지

내려오는 정도의 길이일 것이다. 보수적인 여성은 긴 양말을 신든 안 신든 이렇게 다리를 많이 노출하는 치마는 입지 않으니 랭스턴의 누이는 아마도 진보 성향인 자유당을 지지하는 모양이었다. 어제 입었던 치마는 심하게 지저분해진 터라 시어니는 벽장에서 찾은 치마로 갈아입고 머리핀을 사용해 뒤쪽의 허리띠를 잡아 고정시켰다. 머리를 빗기는 했지만 여분의 머리핀이 없어서 그냥 어깨까지 땋아 내리기만 했다.

아래층으로 내려가자 랭스턴이 식탁 앞에 앉아 플레인 오트밀을 먹으며 신문 과학란에 실린 기사를 읽고 있었다. '플라스틱 마법사, 케이크처럼 생긴 "폴리스티렌" 플라스틱 발명. 마법을 거는 방식은 아직 불확실'이라는 제목의 기사였다.

시어니가 가까이 가자 그는 고개를 들고 냅킨으로 입가를 꼼꼼히 닦았다.

"세인 마법사님한테서 소식 온 거 있어요?"

시어니의 물음에 그는 고개를 저었다.

"없습니다. 아침 갖다줄까요?"

시어니는 지나치게 오래 끓인 듯한 오트밀을 흘끗 보고

는 말했다.

"괜찮으시면 제가 직접 요리를 하고 싶어요. 별로 성가실 건 없어요. 집에 어떤 재료가 있죠?"

랭스턴은 잠시 어안이 벙벙한 표정으로 시어니를 쳐다보다가 대답했다.

"어…… 음, 찬장에 밀가루가 있을 겁니다."

시어니는 애써 미소를 지었다.

"제가 한번 찾아볼게요."

시어니는 주방으로 가서 이리저리 찾아보았다. 다행히 이 집에는 대형 취사용 난로가 있었다. 찬장 속에는 서로 어울리지 않는 재료뿐이었다. 그래도 대충 재료를 모아서 그럭저럭 먹을 만한 토마토 볶음과 소금 간을 한 버섯, 수란 약간을 만들었다. 별것 아닌 요리인데도 랭스턴은 눈이 휘둥그레지면서, 특별한 요리라며 토마토 볶음에 감탄을 했다. 평소 어떤 음식을 먹고 살기에 이럴까 싶어 시어니는 이 남자가 어서 결혼을 해야겠구나 생각했다. 딜라일라를 꼬드겨 랭스턴과 데이트를 하게 해볼까 싶기도 했는데, 일단 그 생각은 속에 접어두었다.

"흐음."

식사를 마치고 침묵이 밀려들자 시어니가 입을 열었다. 식탁에 가려 랭스턴의 눈에 다리가 보일 리가 없는데도 괜히 신경이 쓰여 시어니는 치맛자락을 아래로 잡아 내렸다.

"그때 그 거리에서 뭘 하던 중이었어요? 누굴 만나기로 했는데 약속이 취소됐다고 했잖아요."

랭스턴은 신문에서 눈을 들었다.

"저랑 처음 만났을 때 말이에요."

시어니가 덧붙이자 그는 잠시 생각하더니 자세를 바로 하며 대답했다.

"아, 예. 기억납니다. 그때 사이나드 밀러 씨와 프래프 교무 위원회 쪽 사람들을 만나기로 했었어요. 일정이 취소돼서 다음 날로 다시 만날 약속을 잡았었습니다."

시어니는 사이나드 밀러라는 이름에 인상을 찌푸리지 않으려고 조심하며 고개를 끄덕였다. 태기스 프래프에 입학하려는 학생들 사이에서 가장 명망 있는 장학금 수여자가 바로 그 사람이었다. 시어니는 원래 밀러 장학생으로 선정되어 있었는데, 사이나드 밀러의 무릎에 피처에 든 값비싼 와인을 쏟아버린 바람에 못 받게 되었다. 그자는 시어니의 치마 속에 손을 넣는 짓을 했으니 그런 일을 당해도 쌌다.

시어니가 긴 치마를 선호하는 여러 가지 이유 중 하나도 그때 그 일 때문이었다.

시어니는 치맛자락을 다시 아래로 당기며 물었다.

"장학금 때문에요?"

랭스턴은 고개를 저었다.

"아, 아뇨. 교무 일정 때문에요. 프래프 측에서는 종이 기반 마술에 대한 관심을 불러일으키기 위해 두 번째 학기에 종이접기 수업을 추가할 생각을 하고 있어요. 현재 종이 마법사의 수가 부족하기도 하고요."

"필수 과목으로요?"

태기스 프래프에 다니는 동안 시어니는 어마어마한 학습량 때문에 숨이 막혀 거의 죽을 뻔했다. 설마 현재 교과 과정에 필수 과목을 추가한다는 얘긴 아니겠지.

"음." 랭스턴은 신문 모서리를 손으로 만지작거렸다. "저는 성적을 매기지 않는 특별 활동 수업으로 하는 게 좋겠다는 생각이에요. 하지만 뮐러 교수님은 필수 과목으로 정해 놓거나 추가 학점을 받을 수 있게 하지 않으면 학생들이 그 과목을 수강하겠냐는 생각이시고요."

"랭스턴 씨가 그 과목을 가르치시는 건가요?"

"아마도요. 아니면 직업 체험의 날처럼 여러 선생이 돌아가며 가르칠 수도 있을 겁니다. 애니메이션이나 행운 부적, 별빛 조명등 같이 학생들의 관심을 끌 만한 기초 종이 마법을 보여주면 좋겠다 싶어요."

시어니는 잡고 있던 치맛자락을 놓았다.

"별빛 조명등이요?"

"아직 모르나 보군요? 그게, 봉제 장난감처럼 생긴 작은 별인데 빛을 내는 기능이 있습니다. 생일 파티나 정전 시에 상당히 유용해요. 이 도시는 자주 정전이 되니까요."

그 말에 시어니는 웃음이 났다. 마고가 정말 좋아할 만한 장치였다.

"어떻게 만드는지 보여주실 수 있어요?"

"어…… 음, 그러죠. 수업한다 생각하고 한번 해볼게요."

랭스턴은 신문을 쳐다보며 잠시 생각을 하다가 식탁에서 물러나 거실의 책상 쪽으로 향했다. 책상 위에는 종이 여러 묶음이 놓여 있었다. 그는 노란색과 분홍색의 직사각형 종이 몇 장과 가위 하나를 들고 식탁으로 돌아왔다.

"우선 종이를 길게 자릅니다."

랭스턴은 노란 종이의 긴 면을 가위로 잘랐다.

"크기도 중요한가요?"

"어……, 아뇨. 그렇지는 않아요." 그는 종이를 마저 자르며 설명을 이어갔다. "그리고 여기를 이렇게 모서리 살짝 접기를 합니다. 모서리 살짝 접기 배웠어요?"

"일단 만드는 걸 볼게요."

랭스턴은 안심한 표정으로 고개를 끄덕이고는 짧고 굵은 손가락으로 종이에 주름을 잡아가며 접었다. 길게 자른 종이의 일부를 매듭처럼 접고 그 부분은 주름을 세게 잡지 않았다. 그리고 남은 종이를 붕대처럼 빙 두른 뒤 끄트머리를 깔끔하게 접어 넣어서 작은 오각형을 만들었다. 그다음에 별 모양이 될 때까지 새끼손가락으로 오각형의 각 옆면을 눌러주었다.

마침내 완성된 별빛 조명등을 손에 쥐고 랭스턴이 명령을 내렸다.

"빛나라."

마치 종이 안에 성냥불을 켠 것처럼 별 속에서 부드러운 빛이 피어났다. 시어니는 밝은 아침 햇살 때문에 잘 보이지 않아 별 주변을 양손으로 감싸고 들여다보았다. 별빛은 약해지지 않고 꾸준했다. 마침내 랭스턴이 말했다.

"멈춰."

시어니는 감탄했다.

"멋지네요. 괜찮다면 저도 한번 해볼게요."

시어니는 종이를 자른 뒤 기억을 더듬어가며 랭스턴이 했던 대로 종이를 접기 시작했다. 랭스턴의 커다란 손에 가려 못 봤던 단계에 이르자 두 번 정도 손을 멈추고 물어봤다. 마침내 시어니는 작고 부드러운 빛을 내는 분홍색 별을 완성했다. 단순하지만 아름다웠다.

"종이라서 약하긴 하지만 멋진 목걸이를 만들어도 되겠어요."

시어니는 예전에 에머리가 머리핀을 만들어주면서 광을 냈듯이 이 별빛 장치에 광을 내도 빛이 여전할지 궁금했다.

에머리 생각에 기분이 가라앉은 시어니는 조용히 별빛 장치에 명령했다.

"멈춰."

랭스턴이 엉덩이를 움직여 자세를 바꿔 앉았다.

시어니는 별빛 장치를 내려놓으며 물었다.

"혹시 총 같은 거 있으세요?"

중등학교 시절 시어니가 어떤 일로 인해 속상해하면 아

버지는 시어니를 종종 시골로 데려가 산탄총을 쏘게 해주었다. 방아쇠를 당기고 천둥 같은 총성을 듣다 보면 번잡한 머릿속을 비울 수 있었다.

랭스턴은 낯빛이 창백해졌다.

"그…… 그게, 이 집에서 나가게 해줄 수가 없어요. 이 집에서 총을 쏘게 해줄 수도 없고요." 그는 목 뒤를 손으로 문지르며 말을 이었다. "제가 아직 교습을 잘 못하기는 합니다만 이 집에 읽을 만한 책이 몇 권 있습니다. 세인 마법사님이 가르쳐주지 않은 새로운 내용을 발견할 수도 있을 거예요."

힘없이 늘어져 앉아 있던 시어니가 말했다.

"그럴지도 모르겠네요. 허락해주신다면 제가 한번 찾아볼게요."

"그러세요."

의자를 밀며 식탁에서 일어난 시어니는 식탁 위의 접시들을 모아 말없이 설거지를 했다. 그리고 교과서가 아닌 책을 찾아 책장을 이리저리 둘러보았다. 교과서가 아닌 책은 《제인 에어》뿐인 듯했다. 랭스턴이 다른 쪽으로 시선을 돌린 사이에 시어니는 그의 책상 위에 있던 종이 한 장과 펜을 슬쩍 들고 위층 손님방으로 올라갔다.

침대에 걸터앉아 소설책을 받침대로 놓고 종이에 글을 적었다.

제 말을 믿고 집을 떠나세요. 휴가 가는 셈 치고 어디로든 가세요. 돈은 제가 부칠게요. 서둘러야 돼요.

시어니는 그 글을 다시 읽으며 아랫입술을 잘근잘근 깨물었다. 아마 형사과는 시어니의 가족을 보호하기 위한 조치를 취했거나 그래스와 사라즈를 불러들이기 위한 미끼로 쓸 생각을 했을 것이다. 가족을 미끼로 쓰는 건 생각만 해도 속이 뒤집혔다.

그래스와 사라즈가 위협을 실행에 옮기기까지는 오랜 시간이 걸리지 않을 것이다. 특히 사라즈는 손만 대도 가족들을 끝장낼 수 있었다.

택시기사 사망 사건을 떠올리면 몸서리가 쳐졌다. 침대에서 바닥으로 내려간 시어니는 바닥에 대고 종이를 접어 두루미를 만들었다.

"숨 쉬어."

종이 두루미가 날개를 펼치고 시어니를 향해 삼각형 머리를 들었다.

시어니는 두루미에게 명령을 내렸다.

"집에 아무도 없으면 곧장 돌아와서 나한테 알려줘."

두루미는 시어니의 손 위에서 고개를 까닥거렸다. 시어니는 두루미가 빠져나갈 수 있을 만큼만 창문을 열고 두루미를 내보냈다. 거리 위로 훌쩍 날아오른 두루미는 연립주택들 위로 유유히 날아갔다. 두루미의 하얀 몸뚱이는 차츰 작아져 이내 시야에서 사라졌다.

시어니는 한숨을 쉬며 창문을 닫았다. 아무것도 모르는 이 상태가 답답하고 싫었다.

창턱에 기대어 거리를 내려다보았다. 거리에는 유리 마법 램프가 달린 가로등이 줄지어 서 있었다. 《제인 에어》의 한 페이지를 찢어 망원경이라도 만들어볼까 하는 생각이 들었다. 이쪽으로 택시가 오지는 않는지, 남색 외투를 입은 남자가 보이지는 않는지, 거리를 연신 살폈지만 에머리의 모습은 보이지 않았다.

'자네한테 화가 나.'

에머리는 이렇게 말했었다. 시어니는 유리창에 이마를

갖다 대며 속삭였다.

"죄송해요."

달리 어떻게 미안한 마음을 전해야 할지 방법이 떠오르지 않았다.

'내가 어리석었어요. 생각이 부족했어요. 딜라일라와 휴즈 마법사님, 그리고 당신을 위험에 빠뜨려서 정말 미안해요. 내 말을 믿어줘요. 시간을 되돌려 나를 막을 수만 있다면 정말 그렇게 하고 싶어요. 사랑해요.'

시어니는 멍이 들었다가 차츰 나아지고 있는 뺨의 상처에 손을 대고 꾹 눌러보았다. 이런 꼴을 당해도 할 말 없는 행동을 했다.

그녀는 한참 동안 창가에 서서 지나가는 사람들을 바라보았다. 택시가 길을 지나갈 때마다 숨을 죽이고 혹시나 하는 기대를 품었다.

하지만 에머리는 끝내 오지 않았다.

18

시어니는 《제인 에어》를 50페이지 정도 읽고 옷을 세탁한 뒤 랭스턴에게 그레이비소스 만드는 방법을 가르쳐주었다. 그리고 목욕을 하고 나서 적당한 시간에 마지못해 잠자리에 들었다. 여전히 잠을 설치기는 했지만 어젯밤보다는 나은 편이었다. 아침에는 다리를 완전히 덮는 길이의 치마를 찾아내어 약간이나마 마음이 편해졌다.

창문을 내다보며 작고 하얀 두루미를 기다렸지만 두루미는 돌아오지 않았다. 두루미가 목적지에 무사히 도착했기를 바랐다. 두루미가 여태 돌아오지 않고 있는 건 가족들이 여전히 밀 스콰츠의 집에 머물고 있거나 혹은 누군가 가족들을 건드렸기 때문일 수도 있다는 생각이 들었다. 만약 그랬다면 누가 가족들을 건드렸을지는 충분히 상상이 됐다.

신경을 쓰자 속이 쓰려와 블라우스 위로 배를 살살 문질렀다. 랭스턴의 집에 전화기가 있었던 것 같은데? 에이비 오스키 마법사에게 전화를 걸면 소식을 들을 수 있지 않을까? 어떤 소식이든 들어야 했다. 이렇게 무작정 기다리다가는 수플레 요리처럼 푹 퍼져버릴 것이다.

계단을 내려가는데 랭스턴이 거실에서 누군가와 얘기를 나누는 소리가 들렸다. 몇 걸음 더 내려가자 누구 목소리인지 알 수 있었다. 시어니는 나머지 계단을 서둘러 내려가다가 넘어질 뻔했다. 마지막 계단을 내려서는데 심장이 또다시 목구멍까지 치고 올라왔다.

시어니는 거실로 뛰어들며 그를 불렀다.

"에머리…… 아니, 세인 마법사님!"

현관문 옆에 서 있는 에머리는 남색 외투를 입고 있지 않았다. 흰색 긴소매 버튼업 셔츠에 진회색 바지 차림이었다. 넥타이만 맸으면 사무실에 출근하러 가는 사람처럼 보였을 것이다. 그는 깔끔하게 면도를 했고 머리도 잘랐다. 길이가 좀 짧아지고 덜 헝클어졌을 뿐, 평소와 크게 다르지는 않았다.

에머리는 느슨하게 팔짱을 끼고 왼쪽으로 비스듬히 기대어 서 있었다. 시어니를 흘끗 쳐다보는 그의 눈빛에서 더는 분노가 읽히지 않았다.

그는 그저 아름다웠다.

에머리 옆에 선 랭스턴은 옷을 완전히 갖추어 입었고 어깨에 멜빵끈을 걸었다. 시어니는 두 사람이 무슨 얘기를 하는지 엿들을 생각도 못 하고 무작정 다가간 자신을 속으로 나무랐다. 그들의 표정을 보아하니 시어니에 대한 얘기를 하고 있던 중인 듯했다.

시어니는 등 뒤로 손을 돌려 깍지를 끼고 뺨의 홍조를 가라앉히려 애썼다.

"이렇게 빨리 다시 보게 될 줄은 예상하지 못했어요." 그녀는 다음 말을 입 밖으로 꺼내지 못했다. '보고 싶기는 했지만요.'

"이 친구와 몇 가지 논의할 게 있어서 왔어."

에머리는 화가 난 목소리가 아니라 체념한 듯한 목소리였다. 무엇에 대한 체념인지는 알 수 없었다. 에머리가 다시 표정을 감춰버려서 시어니는 그의 눈빛에 담긴 비밀을 읽어낼 수 없었다. 대체 누가 그에게 속내를 이렇게 잘 감추는 방법을 가르쳐준 걸까.

랭스턴이 시어니에게 물었다.

"가지고 갈 거 있어요?"

"신발이요." 시어니가 대답했다. "지금 가져올게요."

시어니는 서둘러 위층으로 올라가 어제 신었던 옥스퍼드화를 챙겼다. 몇 번 심호흡을 하면서 어깨를 털어 긴장을 풀어준 뒤 양 볼을 한 번씩 꼬집어보고는 다시 아래층으로 달려 내려갔다.

에머리가 현관문을 열며 말했다.

"다시 한번 고맙네, 랭스턴. 참고 자료가 필요하면 언제든 말해."

고개를 끄덕인 랭스턴은 시어니에게 모자 끝을 약간 올리며 인사를 하려다가, 모자를 안 쓰고 있음을 알아차리고는 고개를 끄덕이며 말했다.

"좋은 하루 보내요. 몸조심하고요."

시어니는 그에게 고맙다고 인사하고 복도로 나갔다. 에머리는 시어니의 허리 뒤에 살짝 손을 대고 현관문 쪽으로 이끌었다. 그는 다른 쪽 손을 주머니에 넣더니 종이 두루미 한 마리를 꺼냈다. 주머니에 넣은 바람에 왼쪽 날개가 구겨진 그 두루미는 시어니가 접어서 날려 보낸 것이었다.

"이건 별로 좋은 생각이 아니었어."

시어니는 가슴이 철렁했다. 에머리가 시어니의 가족들이 살고 있는 집에 갔던 모양이었다.

"저희 가족은요?"

"안전해. 런던 밖으로 피신시켰어."

"감사해요."

그는 고개를 끄덕였다.

시어니는 깊은 숨을 들이마시며 다시 입을 열었다.

"저희 부모님을 만나셨겠네요?"

"만났지."

시어니는 치맛자락을 두 손으로 꼭 잡았다.

"정말 죄송해요, 에머리."

"그래. 이미 벌어진 일은 어쩔 수 없지. 결국 달라진 것도 없었어."

"달라진 것도 없다니, 그게 무슨 뜻이죠?"

하지만 에머리는 대답하지 않았다. 그는 시어니를 집 밖으로 데리고 나가 시동을 켜놓고 대기 중인 택시에 태웠다.

뒷좌석 너머에 실려 있는 여행 가방이 시어니의 눈에 띄었다.

"집에 다녀왔어요?"

"잠깐."

그들이 자리를 잡고 앉자 택시가 출발했다.

"내가 알아야 할 게 더 있어? 말 안 한 게 있으면 지금이라도 말해줬으면 하는데."

시어니는 고개를 저었다.

"없어요. 마법사님이 만든 글라이더를 타고 나갔다가 잃어버린 것 말고는요. 그걸 타고 헛간으로 갔었어요."

"흠." 에머리는 고개를 끄덕였다. "지붕문을 닫았기를 바랄게."

시어니는 지붕문을 닫지 않았다.

택시 안에 침묵이 흘렀다. 시어니는 치마를 손으로 잡고 비틀다가 단추 하나가 떨어질 지경이 됐다. 에머리는 그걸 보더니 시어니의 손에 자신의 손을 얹으며 말렸다.

"난 내가 과거에 겪은 일을 남들에게 떠들어대는 스타일은 아니야." 그는 시어니의 손을 내려다보며 말을 이었다.

"하지만 굳이 말하자면 그동안 살면서 참 많은 걸 잃었어. 중요한 것들을 잃었지. 자네마저 잃고 싶지 않아, 시어니. 자네가 어떻게 생각할지 모르겠지만 자네는 나한테 소중한 사람이야. 내가 자네의 멘토이기 때문만이 아니라, 난 개인적으로 자네의 안녕을 제일 우선시하고 있어."

그 말에 시어니는 심장 박동이 빨라지고 가슴이 뜨거워졌다.

에머리는 좌석 등받이에 몸을 기댔다.

"약속대로 자네 가족들을 안전한 곳으로 피신시켰어. 문제가 다 해결될 때까지 우리 쪽에서 돌봐줄 거야."

시어니가 조그맣게 대답했다.

"고마워요."

"자네는 당분간 패트리스의 집에 머물도록 해. 패트리스가 그렇게 하는 것에 동의를 해줬고 자네의 안전을 지켜줄 거야. 딜라일라도 자네가 가 있으면 좋아할 테지."

안 그래도 딜라일라의 안부를 물어보려던 참이었는데 에머리가 먼저 말을 하자 시어니는 다른 질문을 했다.

"왜 제가 에이비오스키 마법사님 댁에 있어야 해요? 어디 가세요?"

차 뒤에 실린 여행 가방을 흘끗 돌아본 시어니는 창밖을 살폈다. 브릭스 약국, 울프 연필 같은 간판들이 보였다. 에이비오스키의 집으로 가는 길이 아니었다. 아침 햇살에 물든 주변의 건물과 도로 표지판을 눈여겨본 시어니는 가슴이 철렁했다.

"여길 떠나시는군요. 지금 이 택시는 기차역으로 가고 있네요."

"눈치가 빠르군."

시어니는 에머리를 향해 돌아앉았다.

"어디 가는데요? 뭘 하려고요?"

에머리는 시어니를 보지 않았다.

"내가 수년째 해오던 일을 하러."

"그래스를 잡으러 가는군요." 시어니는 택시기사가 듣지 못하게 목소리를 낮추며 날카롭게 말했다. "저한테는 하지 말라고 해놓고 마법사님은 그래스를 잡으러 가는 거잖아요!"

그는 고개를 돌려 시어니의 얼굴을 바짝 응시했다.

"자네와 나는 달라, 시어니. 난 이 일에 경험이 많아. 이건 형사과에서 내린 결정이고 난 그래스를 쫓는 게 아니야."

그 순간 분노는 흩어지고 시어니는 두려움에 몸을 떨며 조용히 내뱉었다.

"사라즈. 사라즈를 잡으러 가는군요."

에머리는 인상을 쓰며 고개를 끄덕였다.

택시가 기차역 앞에 멈춰 서는데 보도에 설치된 시계가 아침 여덟 시를 알리는 종을 울렸다.

시어니는 에머리의 팔을 붙잡고 말렸다.

"안 돼요, 에머리!" 시어니는 눈물을 애써 참으며 애원했다. "그자가 어디 있는지 알고나 가는 거예요? 어디로 가려고요? 얼마나 오래 떠나 있으려고요?"

"나도 모르니 대답을 해줄 수가 없네."

그는 죄책감을 느끼는 표정이었다.

시어니는 그에게 더 말을 하려다가 택시기사에게 부탁했다.

"잠시 자리 좀 비켜주시겠어요?"

반기는 표정으로 고개를 끄덕이며 차에서 내린 택시기사는 주머니에서 담배와 성냥을 꺼내들었다.

"전 당신을 살리려고 온갖 노력을 다했어요. 그런데 어떻게 목숨을 내놓으러 가겠다는 거예요!"

에머리는 미소를 지었다.

"자네는 나를 전혀 안 믿는군."

"손 한번 내저어 사람을 죽일 수 있는 자를 잡으러 간다니까 그렇죠! 다시 생각하세요. 제가 뭐든 할게요. 집에서 나가지 말라고 하면 안 나갈게요. 원한다면 저를 다른 마법사의 견습생으로 보내도 좋아요. 급료도 반납할게요. 제발, 가지 말아요."

에머리는 표정이 부드러워지면서 손을 들어 시어니의 뺨에 물든 멍을 쓰다듬었다. 그의 손길에 시어니는 턱부터 목까지 전율이 흘렀다.

"그런 자들을 상대하는 방법에 대해서는 내가 누구보다 잘 알아, 시어니. 그리고 이렇게 해야 자네를 안전하게 지킬 수 있어. 그러니 이 문제에 관해서는 나를 믿어. 자네가 무슨 말을 해도 내 결심은 바뀌지 않아."

그러고는 앞으로 흘러내린 시어니의 머리카락을 귀 뒤로 넘겨주었다. 그는 팔을 뒤로 뻗어 여행 가방을 끌어냈다. 시어니는 아무 말도 못하고 멍하니 그를 바라보았다. 심장이 먹먹하게 느려지고 손가락에 아무 감각이 없었다.

에머리는 택시 문을 열고 햇빛이 쏟아지는 길로 발을 내

디뎠다.

그는 혼자서 사라즈 프렌디를 상대할 것이다.

어쩌면 지금이 시어니가 그를 마지막으로 보는 순간일 수도 있었다.

'자네는 나한테 소중한 사람이야.'

그의 말이 머릿속을 맴돌았다.

시어니는 유리가 끼어 있지 않은 창을 내다보았다. 에머리는 손에 가방을 들고 기차역을 향해 걸어가고 있었다. 윤기 나는 그의 검은 머리카락이 황금색 햇빛에 물들었다.

시어니는 맥박이 확 빨라지면서 피부까지 고동쳤다. 서둘러 손잡이를 잡고 택시 문을 열어젖혔다. 밖으로 나가자 강렬한 아침 햇살에 눈이 부셨다.

시어니는 소리쳤다.

"갔다가 죽을지도 모르는데 키스라도 하고 가요!"

그 말에 에머리뿐만 아니라 기차역으로 향하던 다른 두 남자까지 멈춰 섰다. 에머리는 뒤로 돌아 시어니를 바라보았다. 햇빛이 그의 주변을 후광처럼 감싸고 있었다.

그가 다시 택시 쪽으로 돌아왔다. 시어니는 얼굴이 확 붉어졌다. 방금 한 말 때문에 화가 났을까? 설마 정말로……?

여행 가방을 바닥에 내려놓은 에머리는 한 손을 시어니의 허리에, 다른 손을 그녀의 멍들지 않은 쪽 얼굴에 가져다 댔다. 그리고 그녀를 가까이 끌어당겼다.

조심스럽게 오른쪽으로 고개를 돌린 에머리는 몸을 숙여 시어니에게 키스했다.

그의 따뜻한 입술이 시어니의 입술에 닿았다. 시어니는 몸의 안과 밖이 뒤집히는 느낌이었다. 쏟아지는 햇살이 온몸을 관통하고 도시는 산산이 부서져 저만치 멀어졌다.

눈을 감은 채 에머리의 목으로 손을 뻗었다. 줄곧 원해왔던 대로 그와 키스를 나눴다. 입술을 살짝 벌린 채 그를 음미하고 기쁨을 맛보았다.

영원처럼 느껴진 키스는 실은 몇 분에 불과했다. 에머리는 천천히 뒤로 물러섰지만 시어니는 그를 놓을 수가 없었다. 그의 아름다운 초록색 눈을 올려다보며 잠시지만 그 속에서 모든 것을 보았다. 지금도 생생하게 기억나는 그의 심장 속 모든 기억들, 그를 처음 만난 뒤로 그에게 받은 모든 미소와 그가 입 밖에 내지 않은 모든 말들이 지금 그의 눈에 다 담겨 있었다.

에머리는 다시 시어니의 이마에 키스한 후 뒤로 물러나

가방을 집어 들었다. 그는 더 이상 아무 말도 하지 않았다. 시어니도 그가 기차역으로 걸어가는 모습을 말없이 바라보았다. 더는 할 말이 없었다. 서로에게 하고픈 말은 이미 다 했다.

시어니는 떠나는 에머리의 뒷모습을 바라보며 아린 가슴을 부여잡았다. 이윽고 그는 시야에서 사라졌고 시어니는 택시로 돌아가는 수밖에 없었다. 택시에 탄 시어니는 그의 무사 귀환을 위해 속으로 기도하면서, 기사에게 에이비오스키의 집으로 가달라고 요청했다.

19

에이비오스키의 집 앞에 도착한 시어니는 택시기사에게 고맙다고 인사하며 차에서 내렸다. 도심에서 교외로 이어지는 길모퉁이에 위치한 높은 고딕풍 건물이었다. 암회색 널빤지로 된 박공지붕과 꼭대기의 작은 탑 너머에는 연기 한 줄기 나오지 않는 좁은 굴뚝이 하나 솟아 있었다. 가늘고 얇은 울타리 뒤로 기다란 앞 베란다가 보였다. 2층을 떠받치는 화려한 기둥들은 마치 웅장한 거실에 놓인 의자 다리를 떼어다가 그 자리에 박아놓은 듯했다.

시어니는 이 집에 세 번 와봤다. 태기스 프래프를 졸업하고 에이비오스키로부터 종이 마법 분야에 배정됐다는 얘기를 듣기 전 축하 파티를 하기 위해 처음 왔었고, 두 번째는 딜라일라를 만나러 왔을 때였다. 세 번째는 이틀 전 에이비오스키 덕분에 벨기에의 끔찍한 지하실에서 탈출했을 때였다.

에이비오스키가 시어니 혼자 이동하도록 내버려둔 일이 의아하긴 했지만, 현관문을 향해 터벅터벅 계단을 올라가면서도 시어니의 마음과 생각은 온통 기차역에 가 있었다. 지금쯤 에머리는 기차에 탔을 것이다. 그를 따라가 목적지라도 알아내면 좋을 텐데. 사라즈가 런던을 떠나지 않았다면 그리 멀지 않은 곳일 것이다. 만약 그 끔찍한 신체 마법사가 런던을 떠났다면 부디 형사과가 더 이상 일을 진행시키지 말고 에머리를 여기 머물게 해주길 시어니는 간절히 바랐다.

시어니는 폐 사이의 아릿한 통증을 가라앉히려 손가락 두 개로 가슴을 문지르며 초인종을 눌렀다. 그 통증은 예전에 에머리의 심장 안에서 보았던 깊은 골짜기를 떠올리게 했다. 만약 그가 영영 돌아오지 않는다면 시어니의 가슴속에도 마찬가지로 깊게 갈라진 골짜기가 생겨나게 될 것이다. 형사과는 시어니의 가족은 보호해주면서 어째서 시어니가 사랑하는 남자는 보호해주지 못하는 걸까?

시어니는 입술을 핥으며 다시 한번 자신의 뛰어난 기억력에 감사했다. 앞으로 무슨 일이 일어나더라도 그 키스만큼은 마지막 순간까지도 상세하게 기억할 수 있을 것이다. 눈을 감고 그 기억을 떠올리자 무릎에 힘이 빠졌다.

'아, 에머리! 제발 죽지 말아요.'

집에서 아무도 나오지 않자 시어니는 문을 두드렸다. 임시 숙소였던 아파트에 가서 소지품을 챙겨 올까 하다가, 이집에 사는 유리 마법사와 그 견습생의 도움을 받으면 더 수월하겠다는 생각이 들었다. 어차피 이 집에서도 임시로 머물 것이다. 일주일이면 되겠지. 어쩌면 이 주일.

뒤로 물러선 시어니는 도시의 소음 너머로 기차의 기적소리라도 들을 수 있지 않을까 싶어 기차역 쪽을 바라보았다. 에이비오스키의 집 마당 절반에 그림자를 드리운 꽃사과나무 사이에서 새소리가 들려올 뿐 주변은 적막했다.

시어니는 한숨을 쉬며 현관문 손잡이를 돌려보았다. 잠겨 있지 않길래 문을 열고 안으로 들어갔다. 2층으로 이어지는 계단이 바로 보이고 그 옆으로는 1층 안쪽으로 연결

343

되는 복도가 있었다. 닫힌 블라인드 사이로 햇빛이 새어 들어오는 응접실을 슬쩍 들여다보았다.

"에이비오스키 마법사님? 딜라일라?"

집에 없을 리는 없었다. 지금 같은 상황에서는 시어니가 오기를 기다리고 있어야 맞았다. 에이비오스키는 그런 절차를 깐깐하게 따지는 성격이기도 했다.

뭔가 싸늘한 기분이었다. 목 뒤가 간질거려 벌레인 줄 알고 손으로 탁 쳤는데 자신의 머리카락이었다.

에이비오스키가 카펫을 신발로 밟는 것을 싫어하므로 시어니는 신발을 벗고 2층으로 난 계단 열한 칸을 올라갔다. 2층에는 서재와 욕실이 있고 기다란 복도를 따라 거울과 여러 개의 침실 문이 있었다. 딜라일라의 방은 복도에서 오른쪽 세 번째 방이었다. 가서 보니 그 방은 비어 있었고 욕실도 마찬가지였다. 크기로 보나 장식이 없는 것으로 보나 에이비오스키의 침실인 듯한 방도 비어 있었다.

3층에서 발소리가 들렸다. 에이비오스키와 딜라일라는 위층 학습실이나 거울방에 있는 모양이었다. 딜라일라가 한창 수업을 받는 중일 수도 있었다.

시어니는 옆으로 돌아가 계단을 올라갔다. 발로 밟을 때마다 바닥의 널빤지가 삐걱거렸다. 에머리의 집과는 달리 에이비오스키의 집은 3층이 전체 층 가운데 규모가 가장 작아서 방이 세 개뿐이었다. 그중 큰 방은 딜라일라가 마법 연습을 하는 거울방이고, 나머지 두 방은 에이비오스키가 학습실과 창고로 쓰는 작은 방이었다.

"에이비오스키 마법사님?"

시어니는 거울방의 문을 향해 손을 뻗었다. 그런데 시어 니가 손잡이를 잡기도 전에 문이 벌컥 열렸다. 문 너머에는 문틀을 가득 채울 정도로 몸집이 커다란 남자가 번뜩이는 송곳니를 드러내며 웃고 있었다.

"어서 와, 아가씨."

그래스였다.

시어니는 숨을 흠칫 들이마시며 뒷걸음질 쳤다. 하지만 시어니가 비명을 내지르기도 전에 그래스의 두툼한 손이 시어니의 목과 어깨 사이를 붙잡고 근육에 손톱을 박아 넣 었다. 그는 시어니를 방 안으로 끌고 들어갔다. 커튼을 젖 힌 창문에서 햇빛이 한가득 들어왔다. 하늘에는 부연 구름 몇 줄기가 느릿하게 흘러가고 있었다.

그래스가 눈높이까지 시어니의 목을 잡고 들어 올렸다.

시어니의 발이 바닥에서 뜨자 그는 입을 크게 벌리고 웃더니 몸의 중심을 옮기면서 시어니를 바닥에 패대기쳤다. 무릎부터 마룻바닥에 떨어지는 바람에 무릎 관절에서 우드득 소리가 나고 왼쪽 무릎의 피부가 찢어졌다. 시어니는 간신히 기도에 공기를 밀어 넣고 헐떡임과 훌쩍임이 뒤섞인 소리를 내질렀다.

시어니는 덜덜 떨며 간신히 몸을 일으켰다. 바로 옆의 벽에 서 있는 고풍스런 거울에 자신의 모습이 보였다. 여러 장의 유리로 된 커다란 창문 두 개가 시어니를 굽어보았다. 그 사이의 공간에는 더 많은 거울들, 그리고 분유리(녹은 유리 방울에 바람을 불어 넣어 일정한 모양을 만들어낸 유리 제품을 통틀어 이르는 말-옮긴이)와 유리구슬과 유리 파편 들이 잔뜩 올려진 테이블이 있었다. 유리 마법사가 만든 높은 거울에 딜라일라의 모습이 비쳤다. 지난번 벨기에에서 돌아올 때 시어니가 통과했던 바로 그 거울이었다.

시어니는 비틀거리며 일어섰다. 고개를 돌려보니 딜라일라는 굵은 밧줄로 의자에 결박돼 있었고 자신의 하얀 손수건으로 입에 재갈이 물려 있었다. 딜라일라는 소리를 지르려 했지만 재갈 때문에 소리가 나지 않았다. 딜라일라의 커다란 갈색 눈에 눈물이 고였다.

그 옆에는 에이비오스키가 발가락 끝을 겨우 바닥에 대고 두 팔을 머리 위로 올린 채 서 있었다. 아니, 매달려 있었다. 그래스는 원래 샹들리에 설치용인 천장 고리에 밧줄 여러 개를 걸어 에이비오스키의 두 손을 묶어놓았다. 에이비오스키는 고개를 한옆으로 떨군 채였고, 코끝에 걸린 안경의 오른쪽 렌즈에 금이 가 있었다.

그녀는 기절한 것 같았다. 위로 매달린 두 손은 하얗게 질렸고 팔뚝은 보라색이 되어 있었다.

"안 돼!"

시어니가 비명을 지르며 그들에게 달려가려 하자 그래스가 머리채를 잡아 뒤로 확 당겼다. 시어니의 두피에서 오렌지색 머리카락 몇 가닥이 뽑혔다. 시어니의 등이 그래스의 널찍한 가슴에 부딪힌 순간 그는 두툼한 팔로 그녀의 목을 졸랐다.

"네가 어서 오길 바라고 있었어, 시어니."

그래스는 시어니의 귀에 대고 뱀처럼 음산하게 속삭였다. 의자에 묶인 딜라일라가 몸을 비틀며 재갈을 뱉으려고 안간힘을 썼지만 소용없었다.

"내가 우리 둘의 작은 비밀에 대해 알아낸 게 있거든. 너에게 제일 먼저 알려주고 싶었지. 널 찾느라 영국 전역을 추적하면서 찬찬히 생각을 해봤단 말이야. 우리가 리라에 대해 나눈 얘기에 대해서."

"저들을 풀어줘요!"

시어니가 애원했다. 시어니는 그래스의 팔을 손톱으로 찍어 눌렀지만 그는 꿈쩍도 하지 않았다. 아무리 발버둥을 쳐도 그를 걷어찰 수 있는 각도가 나오지 않았다.

"제발 부탁할게요. 나한테는 무슨 짓을 해도 좋으니까 저들을 풀어줘요. 저들은 이 일과 아무 상관도 없어요."

"아, 상관이 있지 왜 없어."

그래스는 시어니를 풀어줬다가 뒤로 돌려 세우면서 벽으로 거칠게 밀어붙였다. 삼각형의 작은 거울이 바닥으로 떨어지면서 세 조각이 났다. 어깨뼈 쪽에 날카로운 통증이 느껴졌다.

"저들도 이 일의 일부야. 내가 그렇게 만들 테니 똑똑히 잘 봐줘. 네가 사랑하는 이들이 죽어갈 때 아무것도 못 하는 심정이 어떤지 느껴보란 말이야."

"리라는 죽지 않았어요! 리라는 얼어 있을 뿐이에요!"

"이제 리라 문제는 내가 알아서 해."

그래스는 멍든 시어니의 뺨을 손가락 관절로 찍어 눌렀다. 시어니는 비명을 질렀다.

"내가 알아서 한다고. 방법을 다 알았으니까. 힘만 있으면 돼. 이번에는 네가 방해하지 못해."

그는 시어니를 벽에서 떼어냈다. 한 손을 시어니의 겨드랑이 밑에 넣고 다른 손으로는 그녀의 목을 움켜쥔 다음 창문에 머리를 처박았다. 그의 손가락이 목을 조르자 숨이 막힌 시어니는 몸부림을 쳤다.

그래스는 한쪽 입꼬리를 올리며 피식 웃었다.

"부서져라."

그의 명령에 유리창이 박살났다. 유리 파편이 시어니의 피부에 박히고 블라우스와 치마를 지나 속치마와 긴 양말까지 찢어놓았다. 시어니의 등과 목에도 유리가 박혔다. 어깨를 쓸고 내려간 유리는 옷은 물론이고 피부까지 베었다. 수백 개의 작은 단검이 다리 뒤쪽과 무릎에 박히는 듯했다. 얼얼한 통증이 온몸을 날카롭게 찌르고 수십 줄기의 작은 피의 강이 피부를 따라 흘렀다.

시어니는 물 밖으로 끌려 나온 물고기처럼 숨을 헐떡였

다. 그래스는 망가진 인형을 버리듯 시어니를 바닥에 떨어
뜨렸다. 갓난아기의 손톱처럼 자잘한 유리들이 시어니의
손에 박혔고 별 모양 같기도 한 십자형의 상처들이 두 팔
에 수두룩하게 새겨졌다. 블라우스 소매에 핏물이 배였다.
등도 피에 젖어 들어가고 있었다. 유리에 베인 피부가 불
타는 듯 뜨거운 느낌이 들어, 피가 아니라 숫제 산(酸)을 뒤
집어쓴 듯했다.

시어니는 비척대며 일어서려 안간힘을 썼다. 그럴수록
날카로운 파편들이 파고들어 뜨겁게 달궈진 숯처럼 피부
를 지졌다. 시어니는 숨을 몰아쉬다가 바닥에 쓰러지고 말
았다. 보석처럼 반짝이는 유리 파편들이 얼굴 한옆을 모질
게 베었다.

그래스가 두 손을 털며 씩 웃었다.

"잘 들어, 시어니." 그는 딜라일라와 에이비오스키 쪽으
로 걸어갔다. "중요한 건 단어와 재료야." 그는 여전히 묶여
있는 딜라일라의 뺨을 토닥거렸다. "난 리라에 대해 계속
생각을 해봤어. 내 귀여운 리라에 대해서. 그리고 네가 리
라에게 걸어놓은 기분 나쁜 마법을 푸는 방법에 대해서. 그
마법을 역전시켜야 되겠구나 하는 생각이 들었지. 그래, 역

전. 그래야 말이 되잖아? 마법을 역전시켜야 풀 수 있겠지."

그래스는 뒷짐을 진 채 한 손으로 다른 손을 톡톡 치며 말을 이어갔다.

"마법 재료와의 결합의 서약도 마찬가지인 거야. 모든 마법은 '멈춰라' 같은 반대의 명령을 내릴 수 있는 주술로 구성돼 있어. 그런데 마법 재료와의 결합 주술은 어째서 반대 명령을 내리는 주술이 없는 걸까?"

시어니는 피부에 박힌 유리 파편 때문에 신음을 흘리면서도 숨을 고르며 조금씩 움직여보았다. 하지만 피에 젖은 손이 미끄러지면서 도로 마룻바닥에 쓰러지고 말았다.

그래스는 히죽 웃더니 다시 시어니 쪽으로 다가왔다.

"그래서 난 성실한 견습생처럼 연구와 실험을 진행했어. 그런데 한 가지가 빠져 있었지. 내가 원하는 대답을 찾으려면 기존의 틀에서 벗어나 생각을 해야 했어. 어젯밤, 네가 전에 레스토랑에 놓고 간 그 작은 거울을 들여다보다가 문득 깨달았지. 내가 뭘 깨달았는지 궁금하지 않아?"

시어니는 마룻바닥 위로 손가락을 뻗어 피에 젖은 유리 파편을 손에 쥐었다.

"답은 바로 나였어!" 그래스는 거창하게 두 손을 들어올렸다. "빠진 부분이 바로 나였던 거야. 나 진짜 똑똑하지?"

"딜라…… 일라."

시어니는 마룻바닥에서 미끄러지면서도 딜라일라 쪽으로 가려고 안간힘을 썼다. 그 순간 등에서 뜨거운 액체가 부글부글 끓어오르는 느낌이 들어 움찔했다.

"무슨 말인지 이해돼?" 그래스는 딜라일라와 에이비오스키 쪽으로 다시 걸어가며 말했다. "바로 내가 문제 해결의 열쇠였어! 나를 나 자신과 재결합시키면 되는 거야."

시어니는 눈을 깜박이며 겨우 단어를 내뱉었다.

"제, 제발……."

그래스는 아랑곳하지 않고 하던 얘기를 계속했다.

"이제부터 보여줄게. 진짜 대단한 쇼가 될 거야. 첫째, 일단은 원재료가 있어야 돼. 난 그걸 원재료라고 부르기로 했어."

그는 허리띠에 매달고 있던 작은 주머니를 당겨 그 안의 내용물을 테이블 위에 쏟아놓았다. 고운 황갈색 모래였다. 모래는 유리 부는 장인이 유리를 만들 때 쓰는 원료다. 그러니 원재료는 마법에 쓰이는 재료를 만드는 원래 물질을 뜻하는 말인 걸까?

"둘째, 과정의 역전, 즉 단어의 역전이야. 서약할 때 어떤 단어들을 쓰는지 기억하지?"

머리카락이 시어니의 눈앞을 가렸다.

그래스는 허리띠에서 유리 단검 하나를 빼냈다. 그는 그 단검을 딜라일라의 목깃에 들이대고 피부를 살짝 그었다. 딜라일라는 재갈을 문 채로 비명을 질렀다.

"자, 어서 서약을 말해봐."

시어니는 저도 모르게 몸을 떨며 울음 섞인 목소리로 말했다.

"이, 인간에 의해…… 만들어진 재료여. 창조자가 명한다. 내, 내가 죽어 흙으로 돌아가는 날까지……."

"그래, 바로 그거야." 그래스가 시어니의 말을 자르며 오른손을 모래에 넣고 지껄였다. "이 부분이 좀 까다로워. 이렇게 바꿔야 되거든. 흙에 의해 만들어진 재료여, 너를 다루는 자가 명한다. 바로 이 순간부터 나와 너의 연결을 끊어라!"

뜨끈한 피가 시어니의 목 옆에 튀었다. 피가 흘렀다. 모든 베이고 찔린 상처를 통해 맥박 소리가 울려 퍼지는 듯했다. 맥박이 뛸 때마다 딜라일라의 이름이 귓전을 때렸다.

"다음은 나 자신과의 결합이지." 그래스가 계속해서 말했다. 그는 오른손을 자신의 가슴에 대고 주문을 외웠다. "인간에 의해 만들어진 재료여, 내가 너에게 명한다. 바로 이 순간부터 내가 너에게 연결되듯이 나와 연결되어라."

그러고는 손을 뒤로 빼고 웅크리고 앉아 시어니가 자신의 눈을 마주 보게 했다. 그는 나직하게 천천히 말했다.

"이제 *새로운* 재료와 결합을 하는 거야. 내가 보여준다고 약속했잖아, 응?"

그래스는 일어서서 딜라일라가 묶인 의자를 벽으로 밀어붙였다. 그리고 딜라일라의 목을 손가락으로 감아쥐었다.

시어니는 바닥을 밀고 일어서려 안간힘을 쓰면서 소리쳤다.

"안 돼!"

무릎이 피에 미끄러지고 양 무릎과 어깨로 전기 충격 같은 날카로운 통증이 올라와 숨이 턱 막혔다.

"잘 보고 있지?" 그래스는 딜라일라에게 시선을 고정한 채 말을 이었다. "인간에 의해 만들어진 재료여, 창조자가 명한다."

'신체 마법사가 어떤 식으로 결합을 하는지 알아, 시어

354

니?'

그래스는 지금 이 질문에 대한 답을 직접 보여주려 하고 있었다.

"그래스, 안 돼!"

시어니가 악을 쓰며 일어서려고 몸부림을 쳤다. 두 팔에 불이 붙은 것처럼 화끈거렸다. 등의 피부가 찢어져 또다시 피가 터져 나왔다. 옆구리와 몸통 전체가 흔들렸다.

"내가 죽어 흙으로 돌아가는 날까지, 평생 내가 너에게 연결되듯이……."

시어니가 고풍스러운 거울을 부여잡고 힘겹게 몸을 일으키는 동안 그래스는 주문을 마저 외웠다.

"……나와 연결되어라."

딜라일라는 숨이 막히는 듯 컥컥거렸다. 두 눈이 휘둥그레지고 콧구멍에서 피를 쏟기 시작했다. 공포에 찬 눈으로 그래스를 바라보다 눈알이 뒤로 획 넘어가면서 흰자만 보였다.

그제야 그래스는 딜라일라를 놓아주었다. 딜라일라는 의자에 묶인 채 축 늘어졌다.

"안 돼!" 시어니는 딜라일라에게 달려갔다. "딜라일라!

아, 안 돼!"

그래스는 달려오는 시어니의 가슴팍을 팔로 거칠게 쳐냈다. 뒤로 나동그라지며 시어니의 등에 박힌 유리 파편들이 피부 안쪽으로 더욱 깊숙이 파고 들어갔다. 시어니는 비명을 지르며 숨을 몰아쉬었다. 입술에서 피 맛이 돌았다. 눈앞이 캄캄해졌다.

"아니, 아직 안 끝났어."

그래스는 주먹을 쥐었다 폈다 하면서 미소 띤 얼굴로 에이비오스키를 돌아보았다.

시어니는 몸이 부서질 것 같았다. 그래스가 에이비오스키 쪽으로 가는 동안 시어니는 간신히 일어섰지만 팔다리에 힘이 하나도 없었다. 감당할 수 없는 고통이었다. 심신에 이렇게 *지독한* 상처를 입은 것은 처음이었다.

종이 인형처럼 늘어진 딜라일라가 보였다.

주변의 유리 파편들은 세공 중에 떨어져 나온 다이아몬드 조각처럼 마룻바닥에서 반짝거렸다.

마룻바닥에 떨어진 수많은 유리들.

*나무*로 된 마룻바닥.

지금 시어니의 수중에 종이는 없지만 나무는 있었다.

피투성이 손바닥을 마루에 대고 시어니는 자신의 귀에만 겨우 들릴 만큼 작게 중얼거렸다.

"흙에 의해 만들어진 재료여, 너를 다루는 자가 명한다. 내가 너에게 연결되었듯이 바로 이 순간부터 나와의 연결을 끊어라."

시어니는 종이와의 연결을 끊은 뒤, 같은 손바닥을 자기 몸에 대고 울먹이며 주문을 외웠다.

"인간에 의해 만들어진 재료여, 내가 너에게 명한다. 이 순간부터 내가 너에게 연결되듯이 나와 연결되어라."

시어니는 팔꿈치를 바닥에 대고 힘을 주며 몸을 일으켰다. 정신이 아득해지고 뜨겁게 지지는 듯하던 상처의 통증이 희미하게 느껴졌다. 그녀는 커다란 유리 파편을 향해 손을 뻗어 손가락에서 피가 흐를 정도로 꽉 움켜쥐었다.

에이비오스키 앞에 선 그래스는 그녀의 블라우스를 아래로 잡아 내리고 칼로 캐미솔을 찢었다. 심장을 꺼내려는 듯했다.

시어니는 소리를 거의 내지 않고 유리 파편을 손에 쥔 채 입속으로 계속해서 주문을 외웠다.

"인간에 의해 만들어진 재료여, 창조자가 명한다. 내가 죽어 흙으로 돌아가는 날까지, 평생 내가 너에게 연결되듯이 나와 연결되어라."

시어니가 손에 쥔 유리 파편이 손가락에 간질간질한 느낌을 전했다. 그것은 딜라일라의 거울이었다. 거울이 제대로 작동했다.

그래스가 뒤로 손을 뻗었다.

시어니는 거울들을 빠르게 둘러보았다. 그래스의 머리 바로 옆에 있는 둥근 거울에 자신의 피 묻은 어깨가 비치고 있었다. 맞은편 벽에 세워진 고풍스런 거울에서 반사된 상이었다.

시어니는 전에 레스토랑에서 만났을 때 맞은편에 앉아 있던 딜라일라의 모습을 떠올렸다. 화장 거울을 꺼내들고 장난을 치며 웃던, 쾌활하고 활기찬 생기 가득한 모습이었다. 시어니는 그때 딜라일라가 마법에 대해 설명해준 내용을 기억해냈다.

아까 바닥에서 일어서며 붙잡았던 고풍스런 거울 쪽으로 몸을 돌린 시어니는 "투영해"라고 속삭인 뒤 처음 보았을 때의 리라의 모습을 집중적으로 떠올렸다. 에머리의 집으로 쳐들어온 미모의 여인, 완벽한 몸매의 곡선을 드러내는 검은 옷차림과 루비처럼 붉은 립스틱을 칠한 입술의 비딱한 미소, 다크 초콜릿처럼 진한 색깔의 곱슬머리가 얼굴을 감싸며 어깨로 흘러내린 모양새까지 기억해냈다. 반짝이는 검은 눈동자와 허리띠에 차고 있던 피가 담긴 유리병들도 떠올렸다.

고풍스런 거울은 리라의 완벽한 이미지를 거울에 담아냈고 둥근 거울은 리라의 얼굴을 표면에 띄웠다.

그래스는 멈칫하더니 곁눈으로 리라의 모습을 보았다. 그는 바로 옆에 리라가 서 있는 줄 알고 돌아섰다. 마법에서 풀려난 것으로 여긴 것이다.

그렇게 리라를 쳐다보느라 그는 시어니에게 등을 보이고 말았다.

시어니는 통증을 이겨내려 이를 악물며 몸을 일으켰다. 그러고는 곧장 그래스를 들이받으면서 손에 쥔 유리 파편을 그의 갈비뼈 바로 밑에 쑤셔 넣었다.

"부서져라!"

시어니의 주문에 유리는 그래스의 피부 안쪽에서 수십 개의 조각으로 박살났다.

그래스는 컥컥대며 시어니의 머리카락을 휘어잡고 밀쳐

냈다. 바닥에 쓰러진 시어니는 이미 피투성이가 된 팔에 또다시 유리 파편이 꽂히자 비명을 질렀다.

그래스는 휘청하면서 쓰러지지 않으려고 에이비오스키를 붙잡았지만 다리에 힘이 쭉 빠지면서 그대로 딜라일라의 발치에 쓰러졌다. 그의 몸 안에서 터진 유리 파편들은 몸속 깊숙한 곳까지 순식간에 베어놓았다. 치료 주문을 내뱉을 새도 없었다.

시어니의 시야를 가린 그림자가 점점 커지며 방 안의 색깔들을 빨아들였다. 마치 녹아내린 회색 구름을 피부에 문지른 듯 시어니의 피도 회색으로 변했다.

시어니는 가장 가까이에 있는 거울을 향해 기어갔다. 그래스가 모래를 쏟아놓은 테이블 바로 옆에 있는 거울이었다. 시어니는 끙끙대면서 그 거울에 손가락을 댔다. 거울에 비친 자신의 상에 붉은 손자국이 찍혔다.

도움. 누군가의 도움이 필요했다. 의식이 희미해지고 있었지만 지난번 임시 숙소에서 딜라일라가 그래스를 찾아낼 때 부서진 거울에 대고 썼던 주문이 기억났다. 시어니는 목소리라기보다는 숨소리에 가까운 소리로 주문을 말했다.

"되돌려라."

거울에는 시어니의 상이 사라지고 하얀 거울과 화려한 꽃병이 가득한 환한 방이 나타났다. 소파에 앉은 회색 고양이가 한쪽 앞발을 핥고 있었다. 거울에 비치는 반짝이는 난간은 그 뒤에 계단이 있음을 알려주었다. 거울 너머는 누군가의 거실이었다.

이제 그림자는 시어니의 시야를 완전히 뒤덮었다. 시어니는 손과 머리를 바닥에 떨구었다. 어느 순간 휴즈가 시어니의 이름을 부르는 소리가 들린 것도 같았다.

20

에머리가 앉아 있는 자리의 차창 너머로 런던의 풍경이
빠르게 지나갔다. 도심이 주택 구역으로 이어지면서 거대
하고 끝이 뾰족한 도시의 건축물들은 점차 줄어들었다. 기
차가 칙칙 소리를 내며 남쪽으로 달려가는 사이, 차창 밖 아
파트는 단독주택이 되고 집들 사이의 간격도 멀어졌다. 완
만하게 경사진 언덕에 자리한 농장, 잡목림, 성긴 숲이 초
록빛 얼룩으로 흘러갔다. 수로의 물은 너무나 잔잔해서 마
치 유리 마법사가 만든 유리 표면 같았다. 에머리는 집에
서 점점 멀어져, 적이 있는 곳으로 가까이 다가가고 있었

다. 차창으로 빠르게 지나가는 풍경의 다채로운 색깔과 길게 뻗은 도로를 보면서도 눈에 담지는 않았다. 속으로 여러 가지 환영, 사슬, 신중한 종이접기 마법을 이리저리 맞춰보고 있었으나 전반적으로 그의 머리를 채우고 있는 생각은 시어니였다.

여자와 마지막으로 키스를 해본 게 언제였더라? 머릿속으로 천천히 되짚어보았다. 3년 전인가? 리라와 이혼하기 전, 별거를 하면서부터 키스와는 담을 쌓고 살았다. 그 기억은 별로 떠올리고 싶지 않았다.

창턱에 팔꿈치를 기대었다. 시어니. 한 달 전쯤 에머리는 시어니가 정식 마법사가 되어 각자 새로운 삶을 시작하게 되면 시어니에게 정식으로 교제를 제안해도 되지 않을까 생각했다. 시어니가 신예 종이 마법사로서 일을 시작하게 되면 그는 에이비오스키가 뭐라고 하든 말든 밀어붙일 작정이었다. 시어니는 최소 2년 내에 마법사 자격시험을 통과할 것이다. 그녀는 영리하고 배움에 열정적이며 탁월한 기억력을 갖고 있음을 이미 증명해 보였다.

하지만 최근 몇 주 동안 그는 앞으로 기다려야 할 2년이 너무 긴 시간으로 느껴졌다. 달력의 일자가 표시된 네모 칸

들이 점점 커지고 시곗바늘은 점점 느리게 움직이는 듯했
다. 어쩔 수 없는 상황이긴 했지만 누군가에게 자신을 그
렇게나 많이 보여주고 나니 관계가 달라질 수밖에 없었다.
보통 수년은 걸려야 쌓이는 깊고 편안한 유대감이 시어니
와는 단 며칠 만에 생겨났다. 그는 정신 차리자고 스스로를
타일렀지만 시어니의 쾌활하고 열성적인 성격, 아름다움은
그 유대감을 더욱 무시할 수 없게 만들었다.

게다가 시어니가 만들어주는 음식은 정말 좋았다. 그녀
가 손대는 재료는 죄다 그의 입 안에서 황금처럼 빛났다.
시어니와 함께 지낸 후로 그는 랭스턴과 지낼 때보다 몸에
살이 올랐다.

시어니를 생각하니 절로 입에 미소가 지어졌다. 시어니
가 오기 전까지 에머리는 혼자인 삶에 그럭저럭 익숙해져
있었다. 존토만 데리고 그 집에서 혼자 2년 동안 그럭저럭
잘 살았다고 생각했다. 행운 덕분인지, 신의 뜻인지 몰라도
그와 인연이 닿은 시어니는 그의 삶에 들어와, 어느새 암울
해져 있던 집 안을 환하게 밝혀주었다. 시어니가 그의 목숨
을 구하기 위해 신체 마법사 리라를 쫓아가는 바보 같은 짓
을 하지 않았다면 그는 시어니가 내뿜는 빛을 알아채지 못

했을 것이다. 그때는 시어니도 그를 잘 모를 때였다. 하지만 이제 시어니는 그에 대해 모든 것을 알고 있었다.

거의 모든 것을.

에머리는 창밖으로 흘러가는 풍경을 다시 바라보았다. 케이터햄을 벌써 지났을까? 문득 시간이 꽤 흘렀음을 알아챘다. 이번 임무에 있어서는 무엇보다 시간이 아쉬운 터라, 그는 시간이 너무 빨리 흘러가지 않았기를 바랐다.

기차 안의 맞은편 자리에 갈색 정장을 입은 남자가 앉아 있었지만, 에머리는 그 남자를 못 본 척 조용히 창밖만 내다보았다.

지금까지 사라즈와는 딱 한 번 대면해봤다. 리라가 멋대로 위험한 짓을 하고 돌아다니다가 그래스, 그리고 또 다른 누군가와 함께 아예 떠나버린 직후였다. 그는 신체 마법사 그래스 아니, 유리 마법사 그래스가 마법으로 홀린 자였다.

사라즈는 천성이 태피(설탕을 녹여 만든 무른 사탕 – 옮긴이)처럼 일그러진 해충 같은 놈이고, 세상에서 제일 지독한 범죄자보다 더 정신이 나간 자였다. 무수한 사람을 재미 삼아 죽였고, 여자를 강간한 뒤 추종자들에게 자랑 삼아 떠벌렸다. 그는 사회의 테두리 밖에 서서 뾰족한 창을 쥐고 사회 안에

사는 사람들을 물고기처럼 사냥했다.

에머리가 알기로는, 그런 사라즈와 친구로 지내면서 그를 그나마 제어할 수 있는 유일한 자가 그래스였다. 만약 휴즈가 그래스를 체포하는 데 성공한다면, 그래스를 통해 사라즈가 다음에 무슨 짓을 벌일지, 어디로 갈지 알 수 있을 것이다. 사라즈가 시어니에게 한 걸음이라도 더 접근하지 않을까 생각하면 에머리는 미칠 것 같았다. 손가락 끝이 저리고 속이 비틀릴 지경이었다. 그래서 사라즈가 미쳐 날뛰기 전에 체포하고자 이렇게 마지막 사냥에 나서기로 한 것이다. 내버려둘 경우 신체 마법사 사라즈가 앞으로 얼마나 더 미친 짓을 벌일지 짐작도 할 수 없었다.

지금 기차를 타고 가도 사라즈를 찾게 되리라는 보장은 없었다. 다만 기차가 향하고 있는 그곳이 사라즈의 최후의 보루이길 바랄 뿐이었다. 에머리는 사라즈를 반드시 감옥에 가둘 작정이었다. 그리고 살아남을 것이다. 반드시 그래야 했다.

마침내 집으로 돌아가 함께하고 싶은 사람이 생겼기 때문이다.

정오 무렵, 기차는 브라이튼에 도착했다. 에머리는 자동차를 빌려 타고 로팅딘에 도착해 솔트딘의 해변까지 걸어갔다.

솔트딘은 한때 밀수로 유명한 곳이었다. 소금으로 뒤덮인 높은 절벽과 숨겨진 해자 덕분에 정식 면허 없이도 부두에 쉽게 배를 댈 수 있기 때문이었다. 혀끝에 소금 맛이 느껴졌지만, 바다의 소금 맛은 아니었다. 핏속의 소금기에 가까웠다.

해안에서 멀리 떨어진 바다 쪽, 영국해협 부근에서 프랑스를 휩쓰는 폭풍우가 보였다. 저 폭풍우가 오늘 이곳까지 다다를지 궁금했다. 마법 장치를 설치할 장소를 신중하게 골라야 할 듯했다. 휴즈는 다른 이들이 내일이나 도착할 거라고 했다.

에머리는 손에 여행 가방을 들고 솔트딘 주변을 걸으며 절벽을 살펴보았다. 마을로 들어가서는 드문드문 서 있는 건물과 주택을 눈여겨보았다. 좀 더 넓고 인적이 드문 곳을 찾아야 했다. 이 마을에서 그런 조건에 맞는 장소를 찾는 것은 어렵지 않을 듯했다. 마을 북쪽 끄트머리와는 가급적 거리를 두고 싶었다. 그곳에서는 평범한 사람들이 땅을 개간

해 수익을 낼 수 있는 곳으로 만들고 있었다.

찬찬히 둘러보니 적당한 크기의 폐공장이 눈에 띄었다. 3
층으로 된 공장 건물은 폭풍우에 닳기는 했지만 거의 멀쩡
하고 상태도 나쁘지 않았다. 고무 밑창과 가죽 냄새가 나는
걸 보면 예전에 신발 공장이었던 모양인데, 내부는 대부분
망가져 있었다. 이만하면 괜찮은 장소였다.

그는 로팅딘으로 다시 돌아갔다. 일단 종이를 꽤 많이 사
야 했다.

에머리는 잠을 거의 자지 못했다. 워낙 불면증에 익숙해
견딜 만은 했다. 그는 종종 자신의 필요에 따라 불면증을 이
용해 일을 하곤 했다. 오늘도 그는 밤새워 크고 작은 종이
를 신중하게 접었고, 개인적으로 쓸 물건과 폐공장에서 치
르게 될 마지막 결전을 위한 준비물을 만들었다. 굳은살이
박인 손가락으로 네 방향으로 뻗친 별, 방패 사슬과 올가
미 사슬, 그 밖에 필요할 것으로 생각되는 여러 가지 장치
를 하나씩 준비했다. 그는 줄리엣 캔트렐 마법사가 계획대
로 사라즈를 이곳 솔트딘으로 몰아주길 바랐다. 캔트렐이
성공하지 못하면 이 모든 준비가 헛수고로 돌아갈 것이다.

아침이 밝자 신발 공장 근처의 낚시 도구 가게가 있는 뒷골목으로 향했다. 일행과 만나기로 한 장소였다. 오전 9시가 조금 지나자 캔트렐과 경찰 몇 명을 태운 자동차 두 대가 차례로 와서 섰다. 에머리와 비슷한 나이인 금속 마법사 캔트렐은 노팅엄에서 부경위로 짧지만 성공적인 경력을 쌓은 뒤 2년 전 형사과에 합류했다. 그녀는 짙은 색 머리카락을 뒤로 바짝 묶어 쪽을 져서, 각진 턱이 도드라졌다. 예쁘고 키가 큰 편이며 어깨를 꼿꼿이 펴고 군인처럼 걸었다. 마찬가지로 군인 같은 걸음걸이와 자세를 가진 경찰 네 명이 캔트렐의 뒤를 따랐다.

캔트렐은 뒷짐을 지고 걸어오며 말했다.

"안색이 좋아 보인다고 말하고 싶은데 그런 말을 못 하겠네요, 에머리. 잠을 잘 못 잤습니까? 하늘이 흐려서 그렇게 보이는 것일 수도 있겠군요."

캔트렐은 구름이 잔뜩 낀 하늘을 흘끗 올려다보았다.

에머리는 한담을 나눌 여유가 없었다. 그는 캔트렐과 잘 지내고 있었지만 지금 같은 상황에서 한담을 나눈다면 기운 낭비일 듯했다.

"놈은 오고 있습니까?"

"모든 것이 일정대로 되고 있는 것 같네요." 캔트렐이 걸음을 떼자 뒤에 선 경찰들이 천천히 뒤를 따랐다. "어서 준비를 해야겠어요. 사라즈가 서둘러 올 것 같지는 않지만요."

"내가 해야 할 준비는 해놨습니다. 저쪽에 있는 오래된 신발 공장입니다."

에머리는 공장이 있는 곳을 손으로 가리켰다. 그는 회녹색 외투 안에서 방패 사슬을 하나 꺼내 건넸다.

캔트렐은 고개를 저으며 한 손을 들어 거절의 뜻을 표했다. 그들 뒤를 따라오던 자동차가 멈춰 섰다.

"고맙지만 필요 없어요."

캔트렐이 자동차의 트렁크 쪽으로 돌아가자 에머리도 따라갔다. 캔트렐은 트렁크를 열고 두꺼운 판지 상자에 담긴 강철 사슬을 꺼냈다. 강철 고리를 연결해 만든 널찍한 띠 모양의 사슬이었다.

"이걸 감으세요. 물에 젖더라도 망가지지 않을 겁니다."

에머리는 볼멘소리를 하지 않고 조용히 고개를 끄덕이며 새로운 방패 사슬을 받아 들었다. 종이로 만든 방패 사슬보다 무게가 훨씬 많이 나갔지만 캔트렐의 말대로 더 견고했다. 종이 마법은 방어 장비를 만드는 데 있어 한계가 있었다. 공격 장비의 경우도 마찬가지였다. 하지만 어떤 재료든 강점과 약점이 있는 법이다. 에머리는 9년 전에 마친 견습생 시절에 그 진리를 체득했다.

"다른 사람들은 브라이튼에서 대기 중입니다." 캔트렐은 주소를 적은 종이를 찾아 재킷 주머니를 뒤적거렸다. "그들에게 종이 새를 날려 보내주세요. 사라즈가 도착하면 그쪽에서 우리에게 경고를 해줄 수 있도록 말이에요."

에머리는 주소가 적힌 종이를 받아 들었다. 캔트렐은 자동차 뒷좌석에서 회색 경량 종이를 한 장 가져왔다. 그 회색 종이로 새를 만들어 날리면 구름 낀 회색 하늘을 날아갈 때 눈에 잘 띄지 않을 것이다. 에머리는 종이를 신중하게 접어 튼튼한 새 한 마리를 만들었다.

"줄리엣."

"네?"

에머리는 종이 새를 손바닥에 올린 채 물었다.

"그들이 창고를 찾았답니까? 리라는요?"

캔트렐은 미간을 찌푸렸다.

"알프레드에게 듣기로는, 그 지역 경찰이 그 창고를 찾았는데 부서진 거울은 있었지만 리라는 없었답니다. 아직까지 못 찾은 모양이에요."

에머리는 리라를 못 찾았다는 말이 마음에 걸렸지만 예상 못한 바는 아니었다. 다만 예전처럼 가슴이 저리도록 아프거나 불안감이 들지는 않았다. 말파리 한 마리가 물어뜯자 그는 손으로 쳐냈다. 지금 리라는 신경 쓸 대상이 아니다.

"숨 쉬어."

에머리가 나지막하게 명령을 내리자 자그마한 종이 새가 살아났다. 상대편에서 날려 보내면 진짜 새처럼 이리로 돌아오도록 에머리가 지시 사항을 속삭이자, 종이 새는 이내 그의 손바닥에서 날아올라 바람을 타고 브라이튼을 향해 서쪽으로 날아갔다.

캔트렐은 한숨을 쉬었다.

"비가 오지 말아야 될 텐데요."

"안 올 겁니다. 아직은 아니에요."

그러자 캔트렐이 콧방귀를 뀌었다.

"확실해요?"

"종이 마법사들은 비에 민감하거든요." 에머리는 자동차에서 시선을 돌렸다. "공장을 보여드리겠습니다. 부하들을 배치하셔야죠."

어느덧 시간이 흘러 종이 새가 돌아왔다.

종이 새는 캔트렐과 함께 낚시 도구 가게 뒤에 숨어 있는 에머리를 곧바로 찾아내 구겨진 날개를 파닥이며 그의 손바닥에 내려앉았다. 바람에 닳고 약간 망가지긴 했지만 제대로 작동하고 있었다.

"멈춰."

에머리는 새에게 명령을 내리고 종이로 된 몸을 뒤집었다. 오른쪽 날개 아래에 잉크로 쓴 짧은 메시지가 적혀 있었다.

추격 중. 솔트딘으로 향하고 있음. 사라즈는 피가 모자랄 것임. 순간 이동은 불가능.

사라즈 프렌디가 곧장 이쪽으로 오고 있었다.

에머리가 새를 건네주자 캔트렐은 그 메시지를 읽고 입술에 힘을 주며 말했다.

"부하들이 여기서 사라즈를 못 잡아도 내 지뢰들이 잡을 겁니다. 해안으로 가는 길과 그 안쪽 내륙으로 가는 길까지 전부 막아놨어요. 지뢰들은 그자의 피를 감지하는 순간 폭발하게 되어 있죠. 그 후에는…… 당신의 속임수가 바보처럼 실패하지 않기를 바라야죠, 에머리 세인 마법사님."

"실패하면 나는 바보가 되겠군요."

이제 곧 사라즈를 보게 될 듯했다. 종이 새는 사람보다 훨씬 빠르게 이동하는데 사라즈는 벌써 여기까지 온 모양이었다. 솔트딘의 잔잔하고 탁한 공기 사이로 총성이 울려 퍼졌다. 사라즈를 쫓는 자들이 쏜 총일 것이다. 사라즈를 죽이려고 작정하고 쏜 것이거나, 아니면 경고의 뜻으로 쏜 것이리라.

근처에서 폭발음이 들렸다. 그 충격으로 낚시 도구 가게의 물건들이 덜걱거릴 정도였으니 꽤 가까운 거리에서 터진 것이다. 사라즈를 그 공장으로, 해안에서 멀리 떨어진 곳으로 몰아가기 위해 캔트렐이 설치해놓은 지뢰가 터진 모양이었다.

캔트렐은 눈을 가늘게 뜨고 미소를 지으며 말했다.

"그럼 거기서 봅시다."

캔트렐은 낚시 도구 가게에서 먼저 달려 나가며 재킷 안쪽 주머니에서 파딩(4분의 1 페니의 가치가 있는 영국의 옛 화폐로, 1961년에 폐지되었다-옮긴이) 동전만 한 크기의 청동 원반 몇 개를 꺼내 던졌다.

"목표물로 가!"

원반들은 허공에서 격렬하게 빙글빙글 돌다가 위잉 소리를 내며 날아갔다. 캔트렐은 그 뒤를 따라 달려갔다.

에머리는 하나부터 여덟까지 센 다음, 반대 방향으로 언덕을 돌아서 공장을 향해 달려갔다. 그런데 돌풍이 불어와 머리카락이 눈을 찌르더니 진한 붉은색 연기가 확 일었다가 가라앉았다.

에머리는 비틀거리며 신발을 바닥에 대고 쭉 끌면서 멈춰 섰다. 열 발자국도 채 떨어지지 않은 곳에서 사라즈가 새하얀 이를 드러내며 웃고 있었다. 피가 모자란다고 들었는데 순간 이동을 할 수 있을 정도는 남은 모양이었다.

사라즈는 몸이 유연해서 삼십 대 후반으로 보였지만 실제 나이는 더 많을 수도 있었다. 에머리는 나이를 판별할 때 주름을 보는데, 사라즈는 피부색이 짙어 나이를 가늠할 수가 없었다. 키는 에머리보다 8센티미터쯤 더 컸고 어깨는 좁은 편이며 두 팔은 길고 가늘었다. 두상이 길쭉한 편이고 턱이 뾰족했다. 굵은 곱슬머리는 유행에 어울리지 않게 귀 윗부분에서 밖으로 뻗쳐 있었다. 햇살이 비치지도 않는데 그의 귓불에 박힌 단추형 금귀고리가 묘하게 반짝거렸다. 그는 가죽 어깨끈이 달린 영국식 작업복 차림이었다. 리라처럼 그자도 차가운 피가 담긴 유리병들이 붙어 있는 허리띠를 찼다. 유리병 몇 개는 비어 있었다. 저 유리병을 채우기 위해 누가 목숨을 잃었는지는 하늘만이 알 것이다.

"에머리 세인." 사라즈가 예상보다 높고 매끈한 목소리로 이름을 불렀다. "건강이 좋아 보이는군. 그래도 내가 당신보다 더 빨리 움직일 수 있어. 흥미롭군. 이렇게 서로 마주할 날이 오기를 바랐거든. 당신은 나와 내가 좋아하는 사냥감들 사이에 놓인 벽 같은 존재야."

에머리는 그를 신중하게 주시하면서 놀리듯이 고개를 숙여 인사했다.

"첫 춤을 청하기 전에 묻고 싶은 게 있어. 제지 공장을 왜 폭발시켰지? 왜 이런 짓을 하는 건가? 그래스는 시어니를 살려두고 싶어 하는데 너는 도대체 무슨 생각이지?"

사라즈가 싱긋 웃었다.

"지겨워서 그래, karaz(종이) 씨." 사라즈는 '종이'를 뜻하는 힌디어 karaz로 에머리를 불렀다. "그래스는 오래 데리고 놀던 애완견 같은 여자가 차갑게 굳어버린 후로 자기가 개처럼 굴고 있어. 잡종견처럼. 집집마다 돌아다니면서 문에 대고 쿵쿵 냄새를 맡으면서 말이지. 난 그만 다른 곳으로 가고 싶은데 그래스가 그 조그만 빨간 머리 계집애 때문에 영국을 떠날 생각을 안 하니 내가 다른 도리가 있겠어?"

오른쪽 외투 주머니로 재빨리 손을 집어넣은 에머리는 종이 별표창 한 줌을 꺼내 사라즈 쪽으로 넓게 뿌렸다. 사라즈는 몸을 피했지만 곧 총성이 터졌고, 어딘가에서 날아온 총알이 사라즈의 맨 어깨를 스치며 피부를 확 찢어놓았다.

캔트렐과 경찰들이 언덕을 달려 올라오는 모습이 보였다. 그들을 본 사라즈의 검은 눈동자 속에서 그림자들이 춤을 추었다. 경찰들은 총을 재장전하는 중이었다. 사라즈는 에머리를 향해 씩 웃어 보이며 뒤로 물러나 공장 쪽으로 달아났다. 총을 피하기 위해서였다. 사라즈는 금이 가 있는 창문을 박살내고 공장 안으로 홀쩍 뛰어 들어갔다.

"저놈을 놓치면 안 돼!" 캔트렐이 숨을 헐떡이며 옆의 경찰에게 지시했다. "자네는 뒷문에서 대기해. 나머지는 나를 따라와!"

에머리는 심장이 빠르게 뛰었다. 속이 울렁거릴 정도로 힘이 솟구쳐, 외투 자락을 펄럭이며 캔트렐을 따라 전력을 다해 달렸다. 몸통에 감은 강철 사슬이 마치 좁고 긴 종들이 울리듯 짤랑거리자 약간은 안심이 됐다. 이제 그는 과거 어느 때보다도 더욱 몸을 안전하게 지켜야 했다.

에머리는 캔트렐과 경찰들 뒤를 따라 공장 앞문을 지나 안으로 들어간 뒤 문을 잠갔다. 사라즈는 체포돼서 끌려 나가는 게 아니라면 이 건물에서 살아 나가지 못할 것이다. 에머리는 영국이 그나마 몇 안 되는 종이 마법사 중 한 명을 잃게 되면 무슨 일이 일어날지 상상도 하고 싶지 않았다. 그런 일이 일어나지 않도록 만전을 기해야 했다.

사라즈는 멀리 도망치지 못했다. 그는 높은 천장과 얼룩진 창문이 있는 크고 탁 트인 방 끄트머리에 서 있었다. 창문 일부는 금이 가거나 깨져 있었다. 바닥에는 자질구레한 장비와 잘게 조각난 전선이 흩어져 있었는데, 공장 내부를 비울 때 덜 치운 물건인 듯했다. 벽에는 빈 상자들 옆에 낡은 통들이 세워져 있었다. 에머리가 등지고 있는 공장 앞문 외에 이 방에는 출입구가 두 개 더 있었고, 둘 다 사라즈 근처에 있었다. 왼쪽은 긴 복도를 지나 계단으로 이어지는 문이고, 오른쪽은 여기보다 작은 방으로 이어지는 문이었다. 그 방에는 문이 두 개 있었는데, 캔트렐은 그중 바깥으로 연결되는 문이 열리지 않도록 미리 납땜질을 해두었다. 나머지 문은 복도를 통해 창고와 비품실로 이어졌다.

사라즈가 왼쪽 문을 택하면 결국엔 스스로를 구석으로 몰아넣는 꼴이 되고 말 것이다. 오른쪽 문을 택한다면……. 에머리는 그가 부디 오른쪽 문으로 가길 바랐다.

하지만 사라즈는 뭘 생각을 않고 다리를 벌린 채 서 있었다. 이미 진홍색으로 얼룩진 손에 피가 담긴 유리병을 들고 앞뒤로 살살 흔들었다. 다른 쪽 손은 허리춤에 찬 황금색 권총 가까이에 있었다.

캔트렐이 선수를 치면서 손을 흔들며 소리쳤다.

"당겨!"

에머리의 몸통에 감긴 강철 사슬이 흔들리면서 캔트렐 쪽으로 끌려갈 듯했다. 하지만 방금 캔트렐이 내뱉은 주문은 에머리를 겨냥한 게 아니었다. 사라즈의 황금색 권총이 마치 자석에 이끌린 것처럼─사실 자석에 이끌린 게 맞다─권총집에서 쑥 빠져나왔다. 사라즈가 권총을 낚아채려 했지만 권총은 캔트렐과 함께 그 방으로 들어온 세 명의 경찰관 사이를 지나서 캔트렐의 금속 허리띠에 척 붙었다. 금속과 금속이 또다시 부딪치는 소리가 났다. 에머리가 고개를 돌려보니 사라즈가 갖고 있던 작은 칼도 날아와 캔트렐의 금속 허리띠에 붙어 있었다. 에머리는 그 칼이 사라즈 한테서 떨어져 나오는 것도 보지 못했다.

하지만 안타깝게도 신체 마법사 사라즈의 가장 강력한 무기인 피 유리병은 금속이 아니었다.

캔트렐은 권총을 꺼내들었다. 손잡이가 상아로 된 날렵하게 생긴 권총으로, 시어니가 보면 탐낼 만큼 멋진 것이었다.

"우리 무기는 전부 마법에 걸려 있어, 프렌디." 캔트렐은 필요 이상으로 크게 외쳤다. 상당히 권위 있는 목소리였다. "우리가 쏜 총은 목표물을 놓치지 않아. 그러니 어서 항복해."

사라즈는 피식 미소를 지었다. 에머리는 그자가 유리병의 코르크를 여는 것도 못 봤는데, 그자는 어느새 뚜껑이 열린 유리병을 앞으로 던졌다. 예전에 리라가 싸우면서 했던 것과 똑같은, 공기를 밀어내는 듯한 자세였다.

그 순간, 캔트렐의 강철 사슬이 몸통을 단단히 조였다. 옆으로 비켜선 캔트렐의 머리카락이 바람에 휘날린 듯 펄럭거렸지만 그녀의 몸은 다친 곳 하나 없이 무사했다.

"영리하군." 사라즈는 살짝 낯선 억양이 섞인 말투로 내뱉었다. "당신들이 제대로 도전하길 바랐는데 말이야."

"발포!"

캔트렐이 소리쳤다.

사라즈는 오른쪽으로 뛰었다. 하지만 문으로 도망친 것은 아니었다. 천둥 같은 총성이 커다란 방 안에 울려 퍼졌다. 사라즈가 유리병들을 깨뜨리자 피가 튀면서 바닥에 작은 피 웅덩이가 생겨났고, 그 웅덩이에서 바닥에 붙박인 유령 같은 형체들이 솟아났다. 사라즈의 모습을 빼닮은 유령들이었다. 사라즈를 향하던 총알들은 방향을 바꿔 그 유령들을 향해 날아갔다.

사라즈는 *자신의* 피를 사용한 것이다. 금속 마법사가 마법을 걸어둔 총알들은 진짜 사라즈와 그 유령들의 차이를 구별하지 못했다. 교활한 전략이었다.

경찰들이 총을 쏘는 동안 사라즈는 방을 빙 돌아 에머리 쪽으로 달려왔다. 조금 전 그가 뛰어 들어온 창문에 위험할 정도로 가까웠다. 에머리는 외투 안에서 종이 섬광별을 꺼내 들고 사라즈 쪽으로 달려갔다. 그는 복잡한 형태의 바람개비처럼 생긴 섬광별을 사라즈 쪽으로 던지며 소리쳤다.

"빛나라!"

섬광별 중앙에서 눈부시게 하얀 빛이 터져 나오자 에머리도 눈앞이 잠시 아득해지고 검은 점들이 아른거렸다. 사라즈는 휘청거리며 미친 듯이 눈을 깜박였다.

하지만 곧 중심을 잡고 에머리에게 달려들었다. 에머리의 몸에 감긴 강철 방패 사슬이 조여들어 적으로부터 에머리를 보호했다. 사라즈는 옆으로 몸을 굴리며 벽에 놓인 드럼통 두 개를 양손에 하나씩 집어 들었다. 그러고는 각각 캔트렐과 에머리를 향해 던졌다. 날아온 통에 세게 맞은 에머리는 마치 전속력으로 달려오는 자동차에 치인 것 같은 충격을 받았다.

그 여파로 폐에서 공기가 쑥 빠져나가고 갈비뼈를 따라 날카로운 통증이 밀려들었다. 에머리는 바닥에서 발이 살짝 떴다가 뒤로 떠밀리면서 공장 벽에 어깨부터 부딪쳤다.

그리고 쿵 소리와 함께 바닥으로 떨어졌다. 엄청난 통증이 느껴졌다.

에머리는 가까스로 숨을 들이마시며 헐떡였지만 뜨거운 고통이 목 오른쪽 측면을 따라 오른쪽 팔로 내려갔다. 마치 송곳으로 찌르는 듯한 통증이 거세게 고동치며 가차 없이 밀고 들어왔다. 에머리는 통증을 덜어내려 왼쪽 어깨를 바닥에 대고 굴렀다. 골절된 쇄골 일부가 끔찍한 각도로 올라왔지만 피부를 찢고 나오지는 않았다. 피가 안 나서 다행이었다. 피까지 났으면 사라즈는 그의 피부에 손을 대 쉽게 그를 처치해버렸을 것이다.

에머리는 고개를 흔들며 왼팔로 바닥을 딛고 몸을 일으키려 안간힘을 썼다. 골절된 쇄골이 흔들리자 끔찍한 통증이 밀려와 이를 악물었다. 통에 맞고 바닥에 나가떨어졌던 캔트렐도 비척비척 일어섰다. 에머리와 캔트렐이 쓰러져 있는 동안 경찰들이 제 몫을 해주었다. 경찰들이 사라즈의 피로 만들어진 유령들을 피해 목표물을 명중시킨 덕분에 사라즈의 오른쪽 엉덩이와 오른쪽 가슴에서 피가 흐르고 있었다. 사라즈는 오른쪽 가슴에 한 손을 얹고 중얼중얼 주문을 외웠다. 그러자 가슴에 났던 총구멍이 말끔히 사라졌다. 아예 늦어버리기 전에 치료 주문을 외운 것이었다.

경찰들이 권총을 재장전하는 틈에 사라즈가 가까이에 있던 경찰 한 명을 거세게 후려치고 목을 붙잡았다. 인간 방패로 쓰려는 모양이었다.

아니, 그게 아니었다. 에머리가 잘못 생각한 것이다. 다른 경찰들이 속수무책으로 쳐다보는 사이에 사라즈는 그 경찰의 목을 꺾어 죽인 뒤 바닥에 던졌다.

그러고는 캔트렐에게 달려들면서 주머니에서 피 유리병이 아닌 이빨들을 꺼내들었다.

무릎을 바닥에 대고 반쯤 몸을 일으킨 에머리는 외투 안에서 올가미 사슬을 꺼내 던지며 명령했다.

"잡아라!"

사라즈가 캔트렐의 몸에 손을 *대기* 직전에 올가미 사슬의 *끄트머리*가 먼저 사라즈의 발목을 휘감았다.

그 순간 신체 마법이 걸린 누런 이빨들이 캔트렐 옆을 스쳐 지나 그 너머 벽에 작은 총알처럼 박혔다.

에머리는 쇄골에 칼로 찌르는 듯한 통증을 느끼며 바닥을 딛고 일어나 팔을 아래로 내렸다. 사라즈는 한쪽 무릎을 바닥에 찍으며 쓰러졌지만 곧 다리를 거세게 휘저어 올가미 사슬을 찢었다. 올가미 사슬은 마법을 잃고 바닥에 떨어지고 말았다.

캔트렐이 재장전을 마치자 사라즈는 춤을 추듯 뒤로 경중경중 뛰었다. 그러고는 또 다른 통을 집어 들고 나머지 두 경찰 중 한 명에게 냅다 집어 던졌다. 통을 맞은 경찰은 그 너머 벽에 부딪치고 쓰러져 움직이지 않았다.

에머리가 폭발 마법 장치를 꺼내려 손을 뻗는데, 사라즈가 목이 부러져 죽은 경찰 쪽으로 돌아서며 주문을 외웠다. 그러고는 경찰의 가슴에 손을 쑤셔 넣고 심장을 끄집어냈다.

에머리는 그쪽으로 달려가며 소리쳤다.

"저 시신을 사용하게 하면 안 돼요!"

캔트렐이 조준 대상을 바꿔 총을 쏘았다. 총알은 심장 중앙을 관통하여 사라즈의 손바닥에 박혔다. 죽은 경찰의 피와 사라즈의 피가 섞였다. 사라즈는 욕을 하며 못쓰게 된 심장을 바닥에 떨어뜨렸다.

사라즈는 성한 손으로 유리병들의 뚜껑을 쓱 훑었다. 남은 유리병의 개수를 헤아리는 듯했다. 사라즈는 쓸 수 있는 탄약이 점점 줄어들고 있었다. 하지만 캔트렐의 손가락이 방아쇠에 가 있으니 죽은 경찰의 몸에서 피를 뽑아낼 수도 없었다. 그런데도 그자는 높은 소리로 미친 듯이 웃었다. 그러면서 몇 마디 주문을 외워 죽은 경찰의 몸 안에서 피가 부글부글 끓게 만들었다. 이내 방 안은 매캐한 붉은 수증기로 가득 찼다. 캔트렐이 총을 쏘자 사라즈는 오른쪽 출구를 향해 뒷걸음질로 달아났다. 총알은 사라즈를 맞히지 못하고 벽에 박혔다. 금속 마법이 걸린 총알이지만 모퉁이를 돌아서까지 목표물을 향해 날아가지는 못했다.

마지막 남은 경찰 한 명이 두 손으로 권총을 쥐고 사라즈를 쫓아갔고 캔트렐이 그 뒤를 따라갔다. 에머리도 왼손으로 오른팔을 부여잡고 휘청휘청 달려갔다. 쇄골이 쪼개지는 듯한 통증 때문에 이를 악물어야 했다. 숨을 참고 붉은 수증기를 통과하는데 눈이 불이라도 붙은 듯 화끈거렸다.

에머리는 바깥으로 연결되는 작은 방을 지나갔다. 벽에 피 묻은 지문이 찍혀 있었다. 복도 끝으로 가자 캔트렐이 보였다. 사라즈는 창고로 도망쳐 들어간 상태였다.

바닥에 깔아놓은 기다란 종이에 붉은 핏자국이 떨어져 있었다. 신발에 밟혀 구겨지긴 했지만 종이에 걸어놓은 마법은 유효했다. 에머리는 달려가면서 그 종이에 손짓을 하고 주문을 외웠다.

"연결해."

캔트렐과 경찰이 총을 겨눴지만 사라즈는 피 유리병 하나를 손에 들고 여전히 킬킬 웃으며 신나게 지껄였다.

"벽 따위로 나를 잡아둘 수 없다는 걸 알아야지. 다음번에는 내 판에서 놀아보자고, 응?"

그러고는 유리병을 획 집어 던졌다. 유리병 안에 담겨 있던 차가운 내용물이 바닥에 흩뿌려졌다. 하지만 순간 이동을 하려던 사라즈는 좌절하고 말았다. 그 방 안에서 피는 효과를 발휘하지 못했다.

눈이 휘둥그레진 사라즈는 창문으로 달려가 주먹으로 유리를 쳤다. 하지만 창문은 깨지지 않고 그의 손가락 관절만 피투성이가 됐다. 그 창문은 유리로 되어 있지 않았다. 환영일 뿐 실제로 존재하는 창문이 아니었다. 사라즈의 주먹은 그 방의 시멘트 벽을 친 것이다. 그 방은 창고 안에 들여놓은 거대한 가림 상자의 안이었다. 종이 환영을 걸어 평범한 창고처럼 보이게 해놓은 것이다. 그리고 에머리는 방금 그들 뒤쪽도 마법으로 봉해놓았다.

사라즈의 마법은 가림 상자 안에서 효과를 발휘할 수 없었다. 하지만 총은 아니었다.

캔트렐이 소리쳤다.

"총으로 쏴버리기 전에 두 손 들어!"

사라즈는 씩 웃었다. 갑작스런 총성에 에머리는 깜짝 놀랐다. 캔트렐이 어느새 사라즈의 종아리를 쏜 것이다.

사라즈는 두 손을 들어 올리며 무릎을 꿇었다. 총을 맞고도 별로 동요하지 않는 표정이었다.

"재미있게 놀았네."

사라즈는 숨을 씨근덕거리며 내뱉었다. 그러고는 경찰이 수갑을 채우러 다가가자 주문을 외우기 시작했다. 아니, 주문이 아니라 자장가였다. 에머리는 그 가사에 귀를 기울였다.

독수리 술집에 들락날락

돈이 드나드네

족제비 털을 저당 잡히네……

에머리는 종이 벽에 기댈 수가 없어 왼손으로 오른쪽 팔꿈치를 받치며 바닥에 쭈그리고 앉았다. 상자 안에서 듣고 있으니 나름 어울리는 노래였다.

캔트렐이 경찰에게 지시했다.

"다른 경찰들을 불러와. 이자를 런던으로 데려간다."

21

어둠이 조금씩 물러갔다.

그림자 속 어딘가에서 흐르는 물처럼 희미한 목소리들이 들려왔다. 시어니는 목소리들과 함께 위아래로 까닥거리며 흘러갔다. 이러다 물 밑으로 가라앉을까 봐 두려웠다.

자세를 바꾸자 목소리들이 더 커졌다. 어쩌면 더 많은 목소리가 합쳐진 것일 수도 있었다. 먼 곳에서 몰려오는 폭풍우처럼 목소리들이 귓가에 휘몰아쳤다.

시어니는 몸을 들썩였다. 잠시 무중력 상태가 된 것도 같았다. 그러다 몸이 단단한 무언가에 부딪쳤다. 검은 물속 어

딘가에서 거머리 천 마리가 피부로 파고들어 포식을 하며
꿈틀거렸다. 피부가 찢어지는 듯한 통증이 밀려왔다.

시어니는 숨을 헐떡였다.

어떤 남자가 소리쳤다.

"이제 그를 데려와! 피는 필요 없어. 지금 이 여자가 피
투성이야!"

차가운 금속성의 물건이 시어니의 피부에 닿았다. 그 물
건은 몸통을 따라 기다란 뱀처럼 타고 올라왔다. 소름이
쫙 끼쳤다.

"오셨어요!"

어떤 여자가 소리쳤다.

그림자 속 어딘가에서 시어니는 또 다른 남자의 목소리
가 주문을 외우는 소리를 들었다. 그 남자가 낯선 고대의
단어들을 웅얼거리자 시어니의 피부 속이 뜨거워졌다. 시
어니가 아는 열기였다.

남자가 주문을 멈추고 지시했다.

"유리를 빼내요. 안 그러면 주문이 효과가 없습니다."

다른 이들보다 좀 더 침착한 목소리였다.

파도가 시어니를 툭 치며 어둠 속에서 몸을 빙글 돌리고

타넘었다. 피부에서 거머리 한 마리, 또 한 마리가 떨어졌다. 주문을 외우는 소리가 다시 들리면서 몸에 열이 올랐다. 파울니스섬에서 느꼈던 바로 그 열기였다.

그림자에 희미한 빛이 섞였다. 해가 뜨기 시작한 걸까.

신체 마법사.

안 돼! 시어니는 머릿속으로 비명을 질렀으나 입술은 움직이지 않았다. 눈도 떠지지 않았다.

거머리들은 밑으로 떨어져 불타 없어졌다. 물이 다시 시어니를 끌어 내리고 목소리들은 희미해졌다.

시어니는 눈을 떴다. 불 꺼진 둥근 전구들이 필라멘트 홍채를 가진 말간 유리 눈처럼 시어니를 내려다보고 있었다. 시어니는 눈을 깜박여 초점을 맞췄다. 소용돌이 같은 놋쇠 소켓에 끼워진 전구들은 회색 판으로 된 천장에 거꾸로 붙여놓은 꽃다발 같았다. 처음 보는 천장이었다.

눈을 한 번 더 천천히 깜박였다. 눈꺼풀이 무거웠다. 몸도 마치 나무로 깎아 만든 것처럼 무겁게 느껴졌다. 바짝 마른 혀가 건조한 입 안에서 껄끄럽게 움직였다. 입 안에 모래 맛, 시큼한 맛이 감돌았다. 머리도 아팠다. 뇌 깊은 곳에서 잔잔하고 묵직하게 욱신거리는 통증이었다.

시어니는 가슴까지 덮여 있는 올리브색 담요를 내려다보았다. 그녀의 두 팔은 그 담요 위에 나란히 얹혀 있었다. 왼쪽 손목에는 이름표가 붙은 끈이 묶여 있었다. 눈의 초점이 맞을 때까지 그 이름표를 바라보다가 마침내 읽어냈다. '시어니 트윌.' 몸을 움직여보았다. 몸 전체에 낯설고 뻣뻣한 물질이 붙어 있는 느낌이었다. 두툼한 베개에서 고개를 들어 입고 있는 옷을 확인해보았다. 하얀 리넨 원피스 아니면 실내복 같은 옷이 턱 바로 밑까지 입혀져 있었다.

오른쪽으로 고개를 돌리자, 아기 침대처럼 양옆에 낮은 울타리가 있는 희고 평평한 침대 여러 개가 주인 없이 줄지어 놓여 있었다. 문 가까이 구석진 곳에는 영국 국기가 깃대에 꽂혀 있었다. 여기는 병원이었다.

왼쪽으로 고개를 돌려보니 이동식 가림막이 그 너머 넓은 휴게실을 막고 있었다. 침대 옆에는 쿠션도 없는 간소한 나무 의자 하나가 놓여 있고, 그 위에는 반쯤 읽은 《두 도시 이야기》라는 소설책이 엎어져 있었다.

시어니가 팔을 들자 팔이 놀라울 정도로 무겁게 느껴졌다. 손으로 눈을 비볐다. 손을 내리고 살펴보았다.

문득 기억이 났다.

그 집. 그래스. 창문. 거울들. 피. 유리. 에이비오스키 마법사. 딜라일라!

시어니는 좁은 매트리스 양옆을 움켜쥐고 몸을 일으키려 했다. 하지만 주위가 빙글 도는 느낌이고 빈속이 메스꺼워 다시 쓰러져 눕고 말았다. 침대 양옆의 금속 울타리가 삐걱거렸다.

다시 한번 손을 들어 살펴보았다. 시어니가 기억하기로, 이 살에 유리 파편이 무수히 박히고 별 모양의 자상이 가득했었다. 지금도 그 상처가 기억에 또렷한데, 손에는 붕대도 감겨 있지 않고 상처도 없었다. 다른 쪽 손을 들어보았다. 그쪽 손으로 유리 파편을 쥐고 거침없이 휘두르느라 손가락이 크게 베었던 기억이 있는데, 마찬가지로 멀쩡했다.

꿈이었을까? 하지만 너무나 생생하고 현실 같았는데. 그리고 왜 지금 병원에 있는 거지?

내가 어떻게 살아 있지?

시어니는 목 뒤를 만져보았다. 머리카락이 느슨하게 하나로 묶여 있었다. 붓고 베인 상처를 찾아보려 했지만 피부는 매끈했다. 멍들었던 뺨을 손가락으로 눌러보았다. 손가락 끝에 눌리는 느낌이 날 뿐 통증은 없었다.

"시어니."

고개를 들어보니 에머리가 이동식 가림막을 돌아 다가오고 있었다. 기차역으로 갈 때 입었던 옷 그대로였다. 그를 보자 시어니는 심장이 뛰었으나, 그의 오른쪽 팔을 감싸고 어깨에 걸어놓은 팔걸이 붕대를 보니 가슴이 철렁했다.

"다쳤네요."

목 쉰 소리로 말이 나왔다.

에머리는 가림막 뒤로 다시 나갔다. 그가 물을 달라고 부탁하는 소리가 들렸다. 잠시 후 흰옷을 입은 간호사가 물주전자와 컵을 가지고 가림막 안으로 들어와 침대 옆의 작은 테이블 위에 내려놓았다. 간호사는 컵에 물을 어느 정도 따라서 시어니가 고개를 들어 물을 마실 수 있게 도와주었다.

차가운 물이 목구멍을 식히며 내려가 팔과 다리로 퍼져나갔다. 시어니가 단번에 물을 다 마시자 간호사는 조금씩 마시라며 컵에 물을 좀 더 따라주었다.

시어니는 그 물도 마저 마신 뒤 콜록거렸다. 간호사가 시어니의 이마에 손을 얹으며 말했다.

"괜찮아 보이긴 하지만 의사 선생님을 불러올게요. 기분은 어때요?"

시어니는 간호사한테서 에머리에게로 시선을 옮기며 되물었다.

"기분요?"

그러자 에머리가 나섰다.

"저기, 방금 깨어나서요. 잠시 둘이 얘기 좀 하겠습니다."

간호사는 고개를 끄덕이고는 물주전자와 컵을 그대로 두고 자리를 떠났다.

에머리는 컵에 물을 채운 뒤 소설책을 바닥으로 내려놓고 의자에 앉았다. 그리고 팔걸이 붕대를 하지 않은 쪽 손으로 시어니의 손을 잡았다. 그의 따뜻한 피부가 손에 닿자 간질간질한 느낌이 들었다.

시어니는 앉아 있기 힘들었지만 몸을 약간 더 일으켰다.

"팔은 다쳤지만 살아서 돌아왔네요."

에머리는 미소를 지었다. 눈이 반짝거리고 입술까지 웃는 진심 어린 미소였다.

"쇄골도 다쳤어. 7주만 더 있으면 괜찮을 거래."

"7주요?"

이 말을 하는데 시어니는 날카로운 두통이 느껴져 움찔

했다.

에머리가 그녀의 손을 꼭 잡았다.

"아파?"

"괜찮아요. 그런데 저…… 여기 얼마나 있었어요?"

"휴즈 마법사가 자네를 9일 전에 여기로 데려왔어. 난 여기 온 지 이틀 됐고."

"9일이요?"

에머리는 고개를 끄덕였다.

"그들이 자네한테 쓴 주문 때문에 몸에 무리가 많이 갔을 거야. 그들은 자네가 스스로 깨어나도록 놔두라고 했어."

시어니는 숨이 가빠졌다. 배 속에서부터 극심한 공포가 밀려왔다. 무언가 머릿속에 떠올랐는데, 확실하게 기억하려 애를 쓸수록 마치 강변의 모래처럼 손가락 사이로 빠져나가버리는 기분이었다.

에머리는 허리를 앞으로 굽히며 시어니의 머리카락을 매만져주었다.

"자네는 안전해. 무사해. 우리 둘 다. 이만 쉬는 게 좋겠어."

"전 9일이나 쉬었어요!" 시어니는 작게 소리를 질렀다가 멈칫했다. 벌렁거리는 가슴을 진정시키기 위해 숨을 깊이

들이마셨다. "저한테 무슨 주문을 썼어요?"

에머리는 눈썹을 찌푸렸다.

"마법사 위원회는 이 사실을 대놓고 떠드는 걸 좋아하지 않지만 모든 신체 마법이 불법은 아니야. 마법사 위원회는 신체 마법사 몇 명을 고용해서 자네 같은 경우에 한해 도움을 주도록 하고 있어."

시어니는 피부에 한기를 느꼈다.

"신체 마법사가…… 저한테 뭘 했는데요?"

'나를 치료하기 위해 누군가를 죽였을까?'

의자에 결박된 딜라일라의 이미지가 시어니의 머릿속에 떠올랐다.

피부에 소름이 확 돋았다. 배 속이 요동쳤다.

"자네를 치료해줬어."

에머리는 찌푸렸던 미간을 폈다. 그의 눈빛은 전처럼 속내를 감추지 않았다. 걱정으로 가득한 눈빛이었다.

"그때 내가 여기 없었던 게 정말 마음이 안 좋았어. 자네를 보호하려고 떠났는데, 내가 그 일을 제대로 못 해낸 것 같아."

시어니는 고개를 저었다. 그 바람에 골이 욱신거렸다.

"딜라일라, 에이비오스키 마법사님. 그래스……."

에머리는 시어니의 손등을 엄지로 문지르며 말했다.

"그래스는 죽었고 이미 화장까지 했어. 딜라일라는……."

시어니는 입이 또다시 바짝 말랐다.

"무, 무사한 거죠?"

에머리는 시선을 떨구었다.

"안타깝게 됐어, 시어니."

시어니는 입술 안쪽을 깨물었지만 터져 나오는 눈물을 막지 못했다. 에머리는 시어니의 손가락을, 상처 하나 남지 않은 손가락을 자신의 입술에 가져다 대고 위로할 뿐, 더 이상 아무 말이 없었다. 시어니는 다른 손의 소매로 입을 막고 흐느낌을 억눌렀다. 베개에 머리를 깊게 묻고 천장을 올려다보며 딜라일라가 죽임을 당하던 순간을 머릿속에 떠올리지 않으려 애썼다.

스스로 목숨을 끊은 중등학교 친구 애니스 해터가 생각났다. 시어니가 너무 늦지 않게 갔으면 그녀는 어쩌면 죽지 않았을 것이다. 이번 일은 시어니의 잘못이 더 컸다. 시어니는 딜라일라 곁에 있었는데도 죽음을 막지 못했다…….

의사가 도착하자 에머리는 뒤로 물러섰다. 의사는 시어

니의 심장 박동 소리를 들어보기만 하고 시어니의 울음에 대해서는 별말이 없었다. 그리고 아버지처럼 다정하게 기분이 어떤지, 두통은 있는지, 다른 통증이 있는지 등을 물었다. 시어니는 고갯짓으로 대답을 대신했다. 의사는 한 시간 안에 퇴원해도 좋다고 허락했고, 가림막을 도로 닫아주고 그 자리를 떠났다.

에머리는 다시 의자에 앉았다. 그들은 한참을 침묵했다.

어느새 눈물이 마른 시어니가 물었다.

"에이비오스키 마법사님은요?"

"자네 덕분에 살아 있어. 무사해. 내가 자네 상태를 확인하러 와본 후로 패트리스도 하루에 두 번씩 자네를 보러 왔었어."

시어니는 그녀의 목숨이라도 구할 수 있어 다행이라 생각하며 깊은 숨을 들이마셨다.

"저희 가족은요?"

"집에 돌아오셨어. 그 집을 아주 떠날 생각을 하시더군. 오늘 아침에 자네 부모님이 여기 오셨었어. 퇴원하면 부모님께 연락드려. 자네가 원한다면 내가 연락드릴게."

시어니는 혹시 별다른 일이 생긴 건 아닌가 싶어 그의 눈빛을 살피며 물었다. "사라즈는요?"

"사라즈는 투옥됐어." 그 질문에 에머리는 단호한 말투와 눈빛으로 대답했다. "우리한테 운이 따라줬고 속임수도 먹혀서 간신히 잡아넣었지."

"우리라면, 혼자가 아니었군요."

"그래. 마법사 위원회는 신체 마법사를 잡는 일에 절대 한 사람만 보내지 않아."

에머리는 팔에 두른 팔걸이 붕대를 슬쩍 내려다보았다.

"사라즈는 전에도 투옥됐던 적이 있잖아요."

그는 그 말에 인상을 찌푸렸다.

"그랬지."

"결국 탈옥했고요."

"이번에는 못할 거야." 그는 한숨을 쉬었다. "나머지는 상황이 정리되면 차차 얘기해줄게."

"약속하시는 거죠?"

"약속해."

시어니가 한참 천장을 올려다보고 있는데 에머리가 의자를 뒤로 밀며 일어섰다.

"내가 자네 부모님한테 연락하고 서류를 마무리할게."

시어니는 그의 손을 붙잡으며 속삭였다.

"할 얘기가 있어요."

에머리는 의아해하며 눈썹을 위로 올렸으나 잠자코 다시 의자에 앉았다.

시어니는 입술을 안으로 오므리며 아무도 듣고 있지 않은지 확인하기 위해 주변을 슬쩍 살폈다.

"그래스가 그걸 했어요, 에머리. 그가 유리 마법과의 결합 서약을 깼어요. 그러니까 그는 신체 마법사로 죽은 거예요. 그는…… 딜라일라의 피와 결합을 했어요."

에머리는 미간을 찌푸렸다.

"부검 보고서를 보고, 아니 들어온 정보로 짐작은 했어."

"저도 제 결합 서약을 깼어요. 지금 저는 유리 마법사예요, 에머리."

그는 못 믿겠다는 표정으로 뒤로 물러섰다.

"자네는 워낙 심각한 부상을 입었어, 시어니. 그래서 지금 뭔가 착각을……."

"거울 줘보세요. 증명할 수 있어요."

에머리는 시어니를 쳐다보다가 의자에서 일어나 가림막 밖으로 나갔다. 잠시 후 그는 금속 손잡이가 달린 작은 거울을 가지고 왔다. 치과의사가 치아 안쪽을 들여다볼 때 쓰는 것과 비슷한 거울이었다.

그 거울을 받아 든 시어니는 딜라일라가 했던 것처럼 가장자리를 손으로 쓰다듬으며 명령했다.

"과거를 비춰라."

그러고는 거울을 에머리에게 도로 내주었다. 그는 눈을 가늘게 뜨고 거울 속에 나타난 새로운 이미지를 들여다보았다. 그 안에는 시어니와 레스토랑에서 만나 함께 식사를 했던 날처럼 밝게 미소 짓고 있는 딜라일라의 모습이 담겨 있었다. 그들이 살아온 세상이 뒤집히기 전, 시어니가 위태롭게 위험에 휩싸이고 딜라일라가 어둠 속에서 헤매기 전의 순간을 담은 이미지였다.

에머리는 거울을 내려놓았다.

"어떻게? 아니, 알고 싶지 않아."

시어니가 나지막하게 설명했다.

"마법사는 마법 재료를 구성하는 원재료와 결합이 돼요. 저는 에이비오스키 마법사님의 거울방에서 종이의 원재료인 나무 바닥을 이용해서 결합 서약을 깼어요. 그리고 저 자신과 결합 서약을 한 다음, 새로운 마법 재료와 다시 결합 서약을 맺었어요. 그렇게 하면 기존의 서약을 깨고 새로운 서약이 맺어져요. 저, 다시 할 수 있을 것 같아요. 그러고 싶고요. 저는 유리 마법사로 있고 싶지 않아요. 하지만 이 결합을 깨려면 모래가 필요해요."

"모래라……."

에머리는 생각에 잠긴 목소리로 그 말을 되풀이했다.

시어니는 옆으로 몸을 돌려 그의 팔을 잡고 부탁했다.

"제발 아무한테도 말하지 마세요. 그랬다가 엉뚱한 자들에게 이 정보가 들어가면……. 아, 에머리! 신체 마법사들은 왜 그런 마법을 쓰는 거예요? 그렇게 지독한 어둠의 마법을 쓰지 않아도 충분히 강하잖아요."

딜라일라가 의자에 묶인 채 쓰러져 있던 모습이 떠올랐지만 애써 밀어냈다. 목 안에 울컥하는 감정이 올라왔다.

에머리는 의자에 앉은 채 허리를 숙였다.

"자네는 이 내용을 마법사 위원회에 보고해야 돼. 강요는 하지 않을게. 어디 가서 말하지도 않을 거야."

시어니는 길게 숨을 토했다.

"고마워요."

에머리는 고개를 끄덕였다. 그리고 시어니가 잡고 있던

팔을 빼내고 그녀의 손에 깍지를 꼈다.

"딜라일라가 저를 구해준 거예요. 저한테 유리 마법 주문을 가르쳐줬으니까요. 제가 그걸 쓰게 될 줄은 몰랐다고 해도요. 딜라일라가 그 주문을 안 가르쳐줬으면 전 지금 죽은 목숨이에요. 에이비오스키 마법사님도 마찬가지일 거고요. 그래스가 에이비오스키 마법사님의 심장을 꺼내려 했어요."

그래스. 그 이름을 생각만 해도 시어니는 몸서리가 쳐졌다.

"위원회에서 어떤 처분을 내릴까요?"

에머리는 시어니에게 가까이 몸을 기울였다.

"무슨 뜻이야?"

"제…… 제가 그래스를 죽였어요, 에머리." 시어니는 목소리를 낮췄다. "제가 그를 유리로 찌르고 몸 안에서 유리가 터지게 만들었어요. 제가 죽인 거예요."

"본인 목숨과 명망 높은 또 다른 마법사의 목숨을 구하기 위해 한 일이야." 그는 시어니의 손을 놓고 뺨을 쓰다듬었다. "결과가 어떻게 됐든 자네는 마땅히 칭찬받을 만한 일을 했어, 시어니."

그 말에 시어니는 속이 울렁거렸다.

"칭찬받고 싶지 않아요."

"그래, 오늘은 이만하자. 우리 집으로 돌아가야지. 자네가 원한다면, 자네가 다시 종이와 결합 서약을 할 수 있다면 말이야."

시어니는 고개를 끄덕였다.

"돌아가야죠. 그리고 다시 결합 서약을 할 수 있어요. 그 방법으로 하면 될 거예요."

에머리는 일어서서 허리를 굽히고 시어니의 이마로 흘러내린 머리카락을 쓸어 넘겨주었다.

"몇 가지 일을 처리하고 바로 돌아올게. 같이 집으로 돌아가자."

시어니는 고개를 끄덕였다. 심장 안에 자그마한 온기가 들어차는 기분이었다. 에머리가 가림막 뒤로 나가는 것이 보이자 시어니는 그 온기를 붙잡아 가슴에 품고 싶었다. 종이 마법사 에머리 세인. 시어니는 그를 사랑했다.

시어니는 끙 소리를 내며 일어나 앉았다. 물주전자로 손을 뻗으려다가 멈칫하고 앞으로 뻗은 손을 바라보았다. 유리 파편을 쥐고 그래스 코발트를 죽인 손, 시어니 자신을 유리 마법사로 만든 손이었다.

시어니는 그 손을 가까이 들여다보았다. 상처가 있던 손바닥과 손가락 관절을 다른 쪽 손으로 만져보았다. 지금 시어니는 유리 마법사지만 오늘밤에는 다시 종이 마법사로 돌아갈 것이다.

기존 결합을 깨고 새로운 결합을 할 수 있는 방법. 그래스가 수년 동안 풀려고 안간힘을 썼고, 현재 살아 있는 마법사 중 아는 사람이 아무도 없는 그 비밀을 시어니가 알고 있는 것이다. 시어니는 종이 마법사이며, 앞으로도 쭉 그렇게 살 것이다. 하지만 원한다면 시어니는 유리 마법사도 될 수 있었다. 불 마법사도, 고무 마법사도, 플라스틱 마법사도. 심지어 금속 마법사도 가능했다.

시어니는 주먹을 쥔 채 몸을 돌려 창문 밖을 내다보았다. 병원 앞마당과 그 너머의 거리가 보였다. 자동차가 서로 범퍼를 바짝 들이댄 채 주차돼 있고, 오렌지색으로 물든 첫 가을 낙엽이 서늘한 바람을 타고 날아갔다. 그 순간, 시어니는 깨달았다.

오늘부터 어떤 마법사든 될 수 있었다.

★ 감사의 말 ★

이 책이 출간되기까지 도움을 주신 많은 분들께 감사드립니다. 우선, 불평 한 마디 없이 제 글을 모두 읽어주고 이 소설과 다른 작품들에 관한 끝없는 이야기를 경청해준 남편 조단에게 감사합니다. 줄리아나, 로렌, 로라, 헤일리, 앤드류, 린지, 위트, 알렉스, 베카 등 제가 멋진 이야기를 쓸 수 있도록 도와준 헌신적인 독자들에게도 고맙다는 말을 전하고 싶습니다.

제가 난관을 뚫고 이 시리즈를 출간할 수 있도록 힘을 준 말렌, 환상적인 편집자 앤젤라 폴리도로, 노고를 아끼지 않고 책을 만들어준 47North 팀, 원고를 감칠맛 나게 다듬어준 편집자 데이비드 포메리코와 제이슨 커크에게도 감사드립니다.

그리고 언제나 그렇듯 하늘에 계신 신께 감사드립니다. 아이디어가 만들어지는 이 뇌를 그분께서 제게 주셨으니까요.

시어니 트윌과 마법 시리즈 ❷

시어니 트윌과 거울 마법

초판 1쇄 인쇄 2020년 4월 13일
초판 1쇄 발행 2020년 4월 20일

지은이 찰리 N. 홈버그
옮긴이 공보경
펴낸이 이범상
펴낸곳 ㈜비전비엔피 · 이덴슬리벨

기획편집 이경원 차재호 김승희 박주은 황서연 김태은
디자인 김은주 이상재 한우리
마케팅 한상철 이성호 최은석 전상미
전자책 김성화 김희정 이병준
관리 이다정

주소 우) 04034 서울시 마포구 잔다리로7길 12 (서교동)
전화 02)338-2411 **팩스** 02)338-2413
홈페이지 www.visionbp.co.kr
이메일 visioncorea@naver.com
원고투고 editor@visionbp.co.kr
인스타그램 www.instagram.com/visioncorea
포스트 post.naver.com/visioncorea

등록번호 제2009-000096호

ISBN 979-11-88053-81-0   04840

이 도서의 국립중앙도서관 출판예정도서목록(CIP)은 서지정보유통지원시스템 홈페이지(http://seoji.nl.go.kr)와
국가자료종합목록 구축시스템(http://kolis-net.nl.go.kr)에서 이용하실 수 있습니다.(CIP제어번호:CIP2020008231)